AF304489

Caro Stein

Highland Stars

VERLIEBT IN SCHOTTLAND

Erstausgabe Oktober 2022

Copyright © 2022 dp Verlag, ein Imprint der
dp DIGITAL PUBLISHERS GmbH
Made in Stuttgart with ♥
Alle Rechte vorbehalten

Highland Stars

ISBN 978-3-96087-425-9
E-Book-ISBN 978-3-96087-226-2

Covergestaltung: Anne Gebhardt
Umschlaggestaltung: ARTC.ore Design
Unter Verwendung von Abbildungen von
stock.adobe.com: © koyash07, © Tatsiana Tsyhanova, © Natalia
shutterstock.com: © Phatthanit, © alexcoolok
elements.envato.com: © deemakdaksinas , © Zomorsky,
© naulicrea, © adrianpelletier
Lektorat: Manuela Tengler
Satz: dp DIGITAL PUBLISHERS GmbH
Druck und Bindung: Books on Demand GmbH, Norderstedt

Kapitel 1

Amy hatte die Scones mit Erdbeermarmelade und Clotted Cream bestrichen und säuberlich auf dem Teller platziert. Der Duft des gebackenen Teiges hing in der Luft, aber Colin schien nichts davon wahrzunehmen. Er knetete seine Hände und starrte die meiste Zeit auf die Bücher über Didaktik und englische Literatur, die auf dem Küchentresen lagen.

Schweigend stellte Amy die beiden Porzellantassen auf den Tisch. Sie war viel zu glücklich, um sich über sein Verhalten Gedanken zu machen. Immerhin hatte sie die letzten Prüfungen für dieses Semester bestanden und freute sich auf einen gemeinsamen Sommer mit Colin. »Ich habe da eine nette Finca in Spanien gesehen, direkt am Meer. Was hältst du davon?« Während sie sprach, nahm sie den Teebeutel aus der Kanne und legte ihn auf einem kleinen Teller ab.

Colin schreckte auf und lächelte verkrampft. »Hm?«

»Spanien? Diesen Sommer?« Ihre Stimme klang zu hoch, so sehr versuchte sie, Fröhlichkeit zu demonstrieren.

Colin richtete sich auf. Er zupfte am Kragen seines karierten Hemdes, das Amy ihm letztes Jahr geschenkt hatte. »Ich weiß nicht, ob das die beste Idee ist.«

Amy griff nach der Kanne und goss Tee in seine Tasse. »Was würdest du denn vorschlagen?«, fragte sie in beiläufigem Ton.

»Nun, also ...« Er rieb sich den Nacken.

Etwas an seinem Tonfall gefiel ihr nicht. Ihre Hände zitterten. Ein, zwei Tropfen Tee landeten auf dem Untersetzer. Amy hob die Kanne rasch an.

»Vielleicht wäre es besser, wenn ...«

Sie brachte es nicht über sich, Colin anzusehen. Stattdessen goss sie Tee in ihre Tasse und hob eine Augenbraue. »Ja?«

»Ich glaube, das mit uns beiden funktioniert nicht länger.«

Das Zittern ihrer Hände übertrug sich mit einem Schlag auf ihren Körper. »Bitte was?«

Colin trommelte mit seinen Fingern auf dem Tisch herum und rückte ein Stück mit dem Stuhl weg. »Wir können nicht länger zusammen sein. Ich habe mich ... verliebt. In eine andere Frau«, fügte er unnötigerweise hinzu.

Obwohl die Sonne durch die schrägen Dachfenster hereinschien, wurde Amy plötzlich kalt. Sie öffnete den Mund und schloss ihn wieder.

»Der Tee!« Colin streckte ruckartig die Hand vor.

»Was zur Hölle willst du mit dem ...« Erst in diesem Moment wurde ihr bewusst, dass sie nach wie vor Tee in ihre Tasse goss, die längst überging. Die Flüssigkeit lief über die Tischkante auf den Teppich, wo sie dunkle Flecken hinterließ. »Verdammt.« Amy stellte die Kanne mit einem Scheppern ab.

Binnen Sekunden kniete sie am Boden und betupfte hektisch die Teeflecken mit Küchenpapier. In ihrem Hinterkopf hallten Colins Worte nach. Sie analysierte verzweifelt jede Silbe, fand allerdings keinen Hinweis darauf, dass sie etwas falsch verstanden hatte.

»Könntest du das bitte lassen und mit mir reden?« Colins Stimme drang zäh zu ihr durch.

Auf einmal wurde Amy schwindlig. »Das ist echte Schafwolle«, fauchte sie, ohne ihn anzusehen. »Der Teppich hat mehr gekostet, als du im Monat verdienst!« Es war unfair, ihn darauf hinzuweisen, das wusste sie. Trotzdem rutschten ihr die Worte heraus.

Colin ließ sich davon nicht beeindrucken. Er hockte sich neben sie und griff nach ihren Händen, die sie ihm sofort wieder entzog. »Ich wollte dir nicht wehtun, Amy. Deswegen habe ich bisher nichts gesagt.«

Nun hielt sie doch inne, presste die Lippen fest aufeinander. Was sollte sie darauf erwidern? Sie suchte nach einer Formulierung, die nicht gespickt war mit Schimpfwörtern und Verwünschungen und die trotzdem ihre Gefühle zum Ausdruck brachte.

Während sie überlegte, ertönte die Melodie von Elton Johns *I'm Still Standing* auf ihrem Handy. Amy reagierte nicht darauf, sondern starrte die Flecken an. *Deswegen habe ich bisher nichts gesagt.* Ihr wurde bewusst, was sie an dieser Aussage störte. »Mit ›bisher‹ meinst du was genau?« Sie musste es aus seinem Mund hören.

Erneut tastete Colin zögerlich nach ihren Händen. Seine Finger waren nun kälter als die ihren. »Mir ist schon länger klar, dass wir nicht für immer zusammen sein werden.«

»Ach ja?« Amys Unterlippe zitterte, aber sie schluckte die aufsteigenden Tränen hinunter. »Das hättest du ruhig früher erwähnen können.«

Ihr Handy verstummte. Als wäre dies ein Zeichen für Colin aufzubrechen, ließ er ihre Hand los. Die Geste besaß etwas Endgültiges. Colin würde sie nie wieder berühren. Vereinzelt liefen Tränen über ihre Wangen, die sie hastig wegwischte.

»Ich wollte dir wirklich nicht wehtun«, flüsterte er kaum hörbar. »Aber ich will dir auch nichts mehr vormachen.«

Amy biss sich auf die Innenseite ihrer Wange. Sie sah zu den gerahmten Fotos, die auf der Kommode standen: Schnappschüsse von ihrem Wochenendausflug nach Kopenhagen, Weihnachten vor zwei Jahren, ihre strahlenden Gesichter. Wohin war diese Zeit auf einmal verschwunden?

»Bitte sag etwas.«

Erst als sie seine Stimme hörte, wurde ihr bewusst, dass sie viel zu lange geschwiegen hatte. Die nächsten Worte lagen ihr auf der Zunge, dennoch zögerte sie den Augenblick hinaus, sie tatsächlich auszusprechen. Stattdessen stand sie schwerfällig auf und legte eine Schicht Küchenpapier auf den Tisch, die sich sofort mit Tee vollsaugte.

»Amy?«

»Pack deine Sachen.« Sie war überrascht von der Härte in ihrer Stimme. Gleichzeitig wusste sie, wenn sie mehr Emotionen zuließ, würden sich diese durch ihre Gedanken fressen und sie unter ihre Kontrolle bringen. Bloß keine Gefühle zeigen. Keinesfalls durfte sie länger Amy Fitzgerald sein. Sie musste zu jemandem werden, der stärker war als Amy. »Ich will dich nie wieder sehen.« Sie krallte die Finger in das nasse Küchenpapier.

Kurz darauf hörte sie, wie Colin einen Koffer vom Schlafzimmerschrank hievte. Das Geräusch der

Kofferrollen auf dem Parkettboden ließ ihren Magen zusammenkrampfen.

Amy sah auf die unberührten Teetassen. Sollte sie sie stehen lassen oder in den Geschirrspüler stellen? Diese Entscheidung erschien so viel schwieriger als jene vor einigen Jahren, ob sie lieber bei ihrem Vater oder ihrer Mutter wohnen wollte. Dann kam das Klappern der Kleiderbügel, gefolgt vom Öffnen und Schließen der Schranktüren und Schubladen, was ihre Gedanken weiter ausbremste.

Ihr Handy klingelte erneut. Erleichtert darüber, sich nicht länger mit den Tassen beschäftigen zu müssen, sah sie auf das Display.

Es war Samantha. Amys Schultern sanken kaum merklich herab. Auf ein Gespräch mit ihrer Halbschwester konnte sie schon unter normalen Umständen verzichten.

Sie lehnte den Anruf ab.

Kapitel 2

Der laute Bass vibrierte in ihrem Körper. Bunte Lichter flogen über die Tanzfläche. Es roch nach Alkohol, Schweiß und teurem Parfüm.

Amy sprang im Takt der Musik auf und ab und streckte dabei die Arme in die Höhe. Einmal wäre sie fast mit ihren High Heels ausgerutscht, hatte aber im letzten Moment das Gleichgewicht wiedergefunden.

Aus den Augenwinkeln sah sie Chloe auf sich zukommen, die in ihrem Glitzertop wie eine Discokugel schillerte. Dicht hinter ihr drängte sich Eliza durch die Menge, deren Auftritt in den weiten Jeans und Turnschuhen nicht halb so auffällig ausfiel.

Amy umarmte ihre beiden Freundinnen überschwänglich und drückte ihnen Küsschen auf die Wangen. »Ich dachte schon, ich würde euch nie wieder sehen.« Ihre Zunge fühlte sich schwer an, weshalb es nicht so einfach war, die Worte deutlich zu formulieren.

»Es ist spät!«, schrie Eliza über die Musik hinweg. »Wir sollten langsam gehen. Morgen ist Uni.«

Amy schüttelte entschieden den Kopf, wodurch ihr schwindlig wurde. Sie schwankte gefährlich in den hohen Schuhen. Chloe und Eliza hielten sie an den Armen fest. Die beiden tauschten einen Blick aus, der Amy nicht verborgen blieb und der sie ärgerte.

Sie fand ihren Halt wieder und strich sich einzelne Haarsträhnen aus dem Gesicht. Mittlerweile trug sie ihr Haar kürzer als vor einem Jahr, als sich Colin von ihr getrennt hatte. Für einen Moment sah sie die beiden

Teetassen vor sich, ohne zu wissen, was sie damit anstellen sollte. Rasch verdrängte sie die Erinnerung genauso schnell, wie sie gekommen war. Darin hatte sie inzwischen Übung.

»Alles in Ordnung mit dir?« Chloe tätschelte ihr die Wange und sah sie besorgt an. »Ich glaube, du hattest genug für heute. Lass uns gehen.«

Amy machte einen Schritt zurück und schüttelte vehement den Kopf. »Ich hab's euch schon gesagt: Ich geh nicht mehr auf die Uni.« Sie hatte sich die letzten beiden Semester durchgekämpft und lediglich knapp die Hälfte ihrer Kurse bestanden. Nachdem Colin die Tür hinter sich zugeschlagen hatte, war ihr Leben aus der Bahn geraten.

Bevor sie weiter darüber nachdenken konnte, rempelte sie jemand an. Amy verzog das Gesicht. »Hey, pass auf, wo du hintrittst.«

Ihr Gegenüber setzte zu einer Bemerkung an, schloss den Mund aber gleich darauf. Er musterte Amy und wackelte dabei mit dem Kopf hin und her. Dann riss er die Augen auf. »Du bist ja ...« Er fuhr herum und winkte mit fahrigen Bewegungen einen Freund heran. »Alter, komm schnell! Das ist Amy Fitzgerald.« Er sah wieder zu ihr und schwankte ein, zwei Schritte näher auf sie zu. Diese Reaktion rief Amy öfter hervor. Vor allem, wenn sie sich in jenen Londoner Clubs aufhielt, die bevorzugt von der hiesigen Theater- und Opernwelt aufgesucht wurden. »Du bist Amy Fitzgerald.«

Chloe schob ihn zurück. »Hau ab.«

Währenddessen hakte sich Eliza bei Amy unter, um sie von der Tanzfläche zu führen. Amy entzog sich ihr und stellte sich direkt vor den Typen. »Ich war Amy

Fitzgerald. Bis vor einem Jahr.« Sie fuchtelte mit den Händen in der Luft herum. »Jetzt bin ich's nicht mehr. Klar?«

Der Fremde sah sie verwirrt an.

Sein Freund stand inzwischen neben ihm. Er zückte sein Handy und filmte Amy, die sich in unzusammenhängenden Erläuterungen darüber verlor, dass sie ihre Zeit nun genieße und keine so furchtbare Spießerin mehr sei. Dieser neue Lebensstil äußerte sich insbesondere dadurch, dass sie in den vergangenen Monaten vermehrt von der Presse in Clubs gesichtet worden war. Ein einziges Mal hatte sie ihr Shirt auf der Tanzfläche ausgezogen. Das hatte allerdings genügt, um von da an regelmäßig in die Schlagzeilen der Yellow Press zu gelangen. Immerhin standen Amys ausgelassene Partys im krassen Gegensatz zu dem, was ihre Eltern repräsentierten: nämlich Seriosität, hervorragende Leistungen und Diskretion. Die *Sun* hatte Amy einmal als »weiblichen Prinz Harry des Theaters« bezeichnet. Der Artikel hing nun eingerahmt in ihrem Wohnzimmer.

Chloe brummte frustriert. »Nicht schon wieder.« Sie näherte sich dem Kerl mit der Kamera. »Lösch das verdammte Video auf der Stelle, sonst ...«

Er grinste sie breit an und hob das Handy etwas höher. »Sonst was?«

Einen Wimpernschlag später packte Chloe sein Handgelenk und verdrehte ihm den Arm so, dass ihm das Handy aus den Fingern glitt. Eliza bückte sich danach, tippte rasch darauf herum und gab es ihm mit einem freundlichen Lächeln zurück. »Hast du fallen lassen.«

Dann nahmen sie Amy in die Mitte und schoben sie Richtung Ausgang. Die beiden Männer schimpften etwas, das die jungen Frauen unter dem schneller werdenden Beat nicht verstanden.

»Ich hab's echt satt, ständig dein Bodyguard sein zu müssen.« Chloes Griff verstärkte sich, als befürchtete sie, Amy könnte jeden Augenblick zurück auf die Tanzfläche stürmen.

»Dann lass es sein. Ich komm schon allein klar«, erwiderte Amy trotzig und stolperte keine Sekunde später über eine Stufe, die ins Foyer führte.

Chloe zog die Lippen zusammen. »Ja, natürlich.«

»Du hast dich in den letzten Monaten echt verändert.«

Amy grinste Eliza breit an. »Danke.«

Eliza schüttelte den Kopf und ging zur Garderobe, wo sie ihre Jacken abholte. Die Dame hinter dem Tresen sah neugierig zu Amy, dann wieder zu Eliza. »Soll ich Ihnen ein Taxi rufen, Ms. Williams?« Elizas Mutter war in der Theaterszene eine beliebte Maskenbildnerin und hatte bereits mit Amys Eltern zusammengearbeitet.

»Nicht nötig!«, rief Amy viel zu laut. »Ich bleibe hier. Es ist erst«, sie sah sich um, aber zwischen den Plakaten, die bevorstehende Veranstaltungen ankündigten, entdeckte sie keine Uhr. »Wie spät ist es?«

»Halb zwei, Ms. Fitzgerald«, antwortete die Garderobiere. Sie reichte Eliza die Jacken und räusperte sich dann. »Könnte ich vielleicht ein Autogramm bekommen?« Ihre Wangen liefen rot an.

»Klar!« Amy löste sich von Chloe.

»Wenn wir dich allein hierlassen, landest du morgen wieder in der Klatschpresse.«

Als Antwort zuckte Amy mit den Schultern und griff nach Kugelschreiber und Block, die ihr die Garderobiere hinlegte. »Wie heißen Sie?«, fragte Amy.

»Sheila, Ms. Fitzgerald.« Ihre Augen glänzten vor Freude. »Ich bin ein ... großer Fan.«

»Für Sheila«, sagte Amy langsam. »Die beste Garderoben-Dame der Welt.« Darunter setzte sie eine schwungvolle Unterschrift.

Sheila nahm den Block und drückte ihn an die Brust. Sie strahlte, als hätte sie soeben den Jackpot im Lotto geknackt. »Stimmt es, dass Sie Schauspielerin werden?«, fragte sie außer Atem. »Ich weiß ja, dass man nicht alles glauben darf, was in der Presse steht, aber ...«

Amy tätschelte ihren Unterarm. »Die Gerüchte sind wahr. Ich werde mich an der Royal Academy of Dramatic Art einschreiben.« Im Frühjahr hatte sie ein Bewerbungsvideo an die Academy geschickt. Darin hatte sie eine Stelle von Shakespeares ›Viel Lärm um nichts‹ und aus ›Hamlet‹ vorgetragen sowie einen Ausschnitt aus ›Peter Pan‹ von James Matthew Barrie. Die Aufgabe war ihr überraschend leichtgefallen. Ein weiterer Beweis dafür, dass sie für die Schauspielerei gemacht schien. Chloe hatte gemeint, es läge daran, dass ihre Eltern aus der Opern- und Theaterbranche kamen. Amy hatte deswegen ein Gespür für die richtige Betonung und Pausen an den passenden Stellen mitbekommen. Für Amy lief das auf dasselbe hinaus: Sie gehörte ins Rampenlicht.

Sheila nickte mit ernstem Gesicht, als hätte sie ihren Gedanken erraten. »Der Stern am Walk of Fame ist Ihnen sicher. Davon bin ich überzeugt.«

»Die einzigen Sterne, die sie jemals sehen wird, sind die, wenn sie morgens mit einem Kater aufwacht«, meinte Chloe spitz zu Eliza.

Amy fuhr herum und hätte dabei fast Sheilas Trinkgeld-Kasse vom Tresen gestoßen. Ihr war auf einmal unerträglich heiß.

Chloe sah Amy herausfordernd an und wartete auf eine Erwiderung. Eliza starrte hingegen auf ein Plakat, das eine Modenschau im Club ankündigte. Sie mochte es nicht, wenn Amy und Chloe stritten. Ein Umstand, der in den vergangenen Monaten viel zu häufig vorgekommen war. Beides war Amy trotz ihres Schwipses allzu deutlich bewusst. Deshalb beschränkte sie sich auf ein Schnauben und ging dann entschlossen an ihren Freundinnen vorbei.

»Wir sehen uns morgen im Kurs, oder?«, rief Eliza ihr hinterher.

Amy erwiderte nichts darauf, sondern ließ sich erneut vom Bass und dem schummrigen Licht einhüllen.

Der Morgen graute, als Amy den Club verließ. Unter ihren Augen lagen dunkle Schatten, ihre Füße schmerzten in den Schuhen und sie verspürte einen unglaublichen Heißhunger auf Burger mit Pommes. Es gab kaum einen Moment, in dem sie sich glücklicher fühlte.

Sie winkte den drei Studenten zu, deren Namen sie zwar nicht kannte, aber mit denen sie die letzten Stunden gefeiert hatte. Dann klopfte sie dem breitschultrigen Türsteher auf den Rücken, der mit einem Kaffeebecher vor dem Eingang stand. »Diesen Freitag? Selbe Uhrzeit?«, fragte sie.

Er grunzte amüsiert. »Ich bin da.«

Amy ging die Straße hinunter. Obwohl sie sich mitten in der Innenstadt befand, blieb es für Londoner Verhältnisse ruhig. So früh waren hauptsächlich Liefer- und Postwagen, Fahrradkuriere und Taxis unterwegs. Der fischige Geruch der Themse stieg ihr in die Nase und erinnerte sie an das Meer und die Freiheit, was ein freudiges Kribbeln in ihr auslöste.

Sie bog in eine Seitengasse, wo sie ihren Wagen geparkt hatte. Genaugenommen gehörte der Jaguar ihrer Mutter. Amy hatte ihn sich unwissentlich ausgeliehen. Beatrice Fitzgerald war über das Wochenende nach St. Andrews gefahren, um sich dort von ihren letzten Auftritten zu erholen. Was ihre Mutter an dem kalten und verregneten Schottland fand, blieb Amy jedoch ein Rätsel.

Sie kramte in ihrer Handtasche nach dem Autoschlüssel und drückte auf dessen Knopf, woraufhin die Lichter des Jaguars kurz aufblinkten.

Im Wagen war es warm und stickig. Amy ließ die Seitenfenster herunter, sodass die kühle Morgenluft ins Innere strömte. Dann drehte sie den Schlüssel im Zündschloss herum. Sofort ertönte das Radio in einer Lautstärke, bei der Amys Kopf zu zerspringen drohte. Rasch schaltete sie es aus.

Sie rieb sich über die Stirn und atmete hörbar aus. »Mann.«

Einen Atemzug später entfuhr ihr ein leiser Schrei. Hatte sich da im Rückspiegel etwas bewegt? Hastig drehte sie sich zur Rückbank, wo sich nichts weiter befand als die Turnschuhe ihrer Mutter, die sie ausschließlich zum Autofahren benutzte.

Durch die Heckscheibe erkannte sie einen schwarzen Peugeot, der hinter ihr parkte. Sie entdeckte aber keinen Fahrer. Amy legte für einen Moment die Stirn auf das Lenkrad. »Du siehst schon Gespenster«, murmelte sie. »Vielleicht solltest du das nächste Mal wirklich auf Chloe ...« Oh nein, sie würde diesen Gedanken nicht laut aussprechen.

Sie fuhr los.

Amy fädelte sich in den Verkehr Richtung Richmond ein. Vor der Scheidung hatte sie dort mit ihren Eltern gelebt. Und mit Samantha. Inzwischen wohnte ihre Mutter allein in dem Haus, das Amys Großeltern in den Siebzigerjahren gekauft hatten.

Als sie die Abzweigung nahm, fiel ihr erneut ein schwarzer Peugeot auf. Sie runzelte die Stirn und konzentrierte sich so sehr auf den Wagen, dass sie einmal zu weit nach links steuerte und beinahe auf dem Feldweg gelandet wäre.

»Schau nach vorne, wenn du diese Fahrt überleben willst«, ermahnte sie sich. Inzwischen quälten sie Kopfschmerzen und sie sehnte sich nach den weichen Kissen ihres Bettes. Das monotone Summen des Motors trug auch nicht dazu bei, dass sie sich wacher fühlte.

Amy schaltete das Radio ein und zuckte zusammen, als der Nachrichtensprecher in unerträglicher Lautstärke das heutige Wetter ankündigte. Sie drehte den Regler zurück und wählte die Playlist aus, die ihre Mutter zuletzt gehört hatte. Gleich darauf erklang *Sempre Libera* aus ›La Traviata‹, eine Arie am Ende des ersten Aktes. Es war das Lieblingslied ihrer Mutter. Insbesondere, weil Beatrice Fitzgerald vor Jahren die Hauptrolle in dieser Oper gespielt hatte und diese der Durchbruch ihrer Karriere gewesen war. Seitdem war Beatrice und alles, was sie tat, für die regionale Presse interessant.

›La Traviata‹ war auch das Stück, bei dem sich Amys Eltern kennengelernt hatten. Aleister Fitzgerald hatte damals Regie geführt. Amys Eltern galten als das Traumpaar des Theaters, und nach Amys Geburt schien das Glück der Familie komplett gewesen zu sein.

Amy drehte den Ton etwas leiser, als die Arie ihren Höhepunkt erreichte. Das gesangliche Talent ihrer Mutter hatte sie nicht geerbt. In ihrem Bewerbungsvideo für die RADA hatte sie neben den Theaterstücken auch einen Song vortragen müssen. Zur Vorbereitung hatte sie dafür extra Stunden bei einer pensionierten Gesangslehrerin genommen, die früher mit ihren Eltern zusammengearbeitet hatte. Mit ihrer Hilfe war es ihr immerhin gelungen, den Refrain von *Ain't No Sunshine* von Bill Withers passabel hinzubekommen.

Amy lauschte den vertrauten Klängen und fragte sich nicht zum ersten Mal, was zwischen ihren Eltern schiefgelaufen war. Die Antwort darauf folgte sofort: Amy sah die junge Samantha, wie sie vor ihrer Haustür stand, die Hand ihrer Mutter fest umklammert. Noch so eine Erinnerung, die Amy bevorzugt verdrängte.

Sie passierte das Ortsschild und blickte erneut in den Rückspiegel. Der schwarze Peugeot folgte ihr nach wie vor. »Was willst du von mir?«, murmelte sie und bog abrupt in eine Seitenstraße ab. Mit klopfenden Herzen schaute sie zurück. Der Wagen tauchte wieder auf. Sie glaubte, das Blitzlicht einer Kamera zu erkennen.

Amy seufzte und strich sich mit einer Hand über die müden Augen. »Verdammt.«

Wenn ihre Mutter erfuhr, dass sie die Presse zu ihrem Haus geführt hatte, konnte sie sich erneut eine Predigt über ihr falsches Verhalten anhören. Sie musste den Typen abhängen. Sobald sie den Jaguar in der Garage geparkt hatte, würde er sie nicht mehr finden. In Richmond verlor man als Außenstehender schnell die Orientierung. Rote Backsteinhäuser reihten sich aneinander, in der Auffahrt schien stets derselbe Geländewagen zu stehen und die Gärten waren bis zur Perfektion gepflegt.

Amy drückte aufs Gas und bog willkürlich nach links und rechts ab. Ihr Blick huschte regelmäßig zum Rückspiegel. Der Peugeot fiel allmählich zurück, war aber weiterhin dicht an ihr dran.

Sie beschleunigte weiter. Eine Kurve nahm sie zu schnell. Der Wagen holperte über den Bordstein und warf eine Mülltonne um. Amy schrie auf, riss das Lenkrad herum und brachte den Jaguar knapp wieder unter Kontrolle. Sie war inzwischen fast beim Haus ihrer Mutter angekommen. Erneut sah sie in den Rückspiegel und bemerkte ihr kreidebleiches Gesicht. Der Peugeot war immerhin verschwunden. Amy jubelte und trommelte auf das Lenkrad.

Erst in diesem Moment sah sie nach vorne und sog scharf die Luft zwischen den Zähnen ein. Eine Katze lief wenige Meter vor ihr über die Straße. Sie schrie wieder auf, bremste und lenkte den Wagen gleichzeitig zur Seite.

Dann krachte es und der Airbag knallte gegen Amys Brust.

Kapitel 3

Sonnenstrahlen fielen schräg auf den fleckfreien Schafwollteppich und streiften das Sofa. Dort hockte Amy mit angezogenen Knien und starrte auf ein Staubkorn, das auf dem Boden lag.

Ihre Mutter saß im Ohrensessel gegenüber und hielt ihr seit zehn Minuten einen Vortrag über Verantwortung und jugendlichen Leichtsinn, für den Amy mit ihren zweiundzwanzig Jahren zu alt sei. In dem türkisfarbenen Kostüm und der eleganten Perlenkette hätte ihre Mum bei der Königin persönlich vorsprechen können. Sofern sie die Chipstüte, die auf ihrem Schoß lag, zu Hause ließ.

»Ernsthaft. Ich weiß nicht, was wir als Eltern falsch gemacht haben.« Ihre Mutter schob sich einen weiteren Kartoffelchip in den Mund, wie sie es meistens tat, wenn sie sich aufregte. »Du warst immer so vernünftig. Und jetzt ...« Ihre letzten Worte gingen im Rattern der Kaffeemaschine unter, die Amys Vater soeben in Gang gesetzt hatte. Aber Amy verstand auch so. Die beiden Magazine, auf deren Titelblättern Amys Unfall mit reißerischen Schlagzeilen angekündigt wurde, sagten alles. Eine dritte Zeitschrift lag aufgeschlagen vor ihr. Auf einer Doppelseite waren mehrere Fotos abgebildet: das Loch in der Hecke ihres Nachbarn. Die finnische Sauna, an der eine Seitenwand halb weggerissen war. Beatrices Jaguar, der mit einem Vorderreifen über der Poolkante hing. Amy, die mit zerzausten Haaren und verwischtem Make-up aus dem Wagen stieg. Der dazugehörige Artikel schilderte das Drama genüsslich in allen Einzelheiten, angefangen bei der Party im Club, über die Raserei durch Richmond bis hin zum Eintreffen des Rettungswagens. Dass sie vor der Presse geflohen war, wurde mit keinem Wort erwähnt. In letzter Zeit hatte es Amy öfter in die regionalen Klatschblätter geschafft, aber auf den Titelblättern war sie bislang nicht gelandet.

»Was hast du dazu zu sagen?« Die Chipstüte in der Hand ihrer Mutter knisterte energisch.

»Die Katze«, nuschelte Amy.

»Was?«

»Da war eine Katze«, antwortete sie so laut, dass ihre Mutter beide Augenbrauen hob. »Ich bin ihr ausgewichen.« Amy fegte die Magazine vom Tisch. »Außerdem ist das alles nur passiert, weil mich dieser Idiot von Journalist verfolgt hat.«

»Das kann schon sein.« Ihr Vater verließ mit einem Espresso die Küche und setzte sich neben Amy. Wenn man ihn so in der abgetragenen Jeans und dem schlichten Shirt sah, wäre man niemals auf die Idee gekommen, dass er zu den erfolgreichsten Regisseuren der Londoner Theater- und Opernwelt gehörte. »Trotzdem musst du besser darauf achten, wie du dich in der Öffentlichkeit verhältst. Alles, was du tust, fällt auf uns zurück.«

»Und das wiederum auf unseren Ruf und – Gott bewahre – auf unsere Karrieren«, fügte ihre Mutter hinzu. Sie knüllte die Chipstüte geräuschvoll zusammen. Auf einmal wurde ihr Blick weich. »Früher warst du nicht so.«

Amy presste die Lippen aufeinander. Sie dachte an die Fotos von sich und Colin, die nicht mehr auf der

Kommode standen. Ihr fiel auch Colins Hälfte des Kleiderschranks ein, worin sich unzählige neue Klamotten befanden. An den meisten Teilen hingen noch die Preisschilder. »Ich habe mich eben geändert. Was ist so schlimm daran?«

Bis vor einem Jahr hatte die Presse Amy gelegentlich in einem Nebensatz erwähnt, wenn sie bei einer Theaterpremiere im Publikum saß. Doch seitdem sich ihre Ziele verändert hatten und Amy öfter in den Clubs gesichtet wurde, war sie in den Fokus der Presse gerückt.

Seufzend stand ihre Mutter auf und strich ihren Rock glatt. »Wie auch immer. Dein Vater und ich«, sie warf ihm einen vielsagenden Blick zu, »haben beschlossen, dass es so nicht weitergehen kann.«

»Was soll das heißen?« Amy sah alarmiert zwischen ihren Eltern hin und her.

»Dass wir dir eine letzte Chance geben«, antwortete ihr Vater. »Bekomm dein Leben in den Griff, beende dein Studium … oder von mir aus auch die Schauspielschule. Aber hör auf mit diesem … diesem …« Er machte eine wedelnde Handbewegung zu den Magazinen, die vor seinen Füßen lagen.

»Was dir dein Vater sagen möchte: Ein weiterer Fehltritt und du kannst dir dieses Leben selbst finanzieren.«

Amy öffnete den Mund, um zu protestieren.

»Wir wollen nur das Beste für dich«, kam Aleister ihr zuvor.

»Indem ihr mir kein Geld mehr gebt?«

»Wenn das hilft, dass du wieder zur Vernunft kommst, dann ja.«

»Das ist Erpressung.«

»Nenn es, wie du willst. Unser Entschluss steht jedenfalls fest.« Ihre Mutter zog eine Dose mit Pfefferminz-
bonbons aus ihrer Tasche und steckte sich eines davon
in den Mund.

Aleister legte eine Hand auf die Sofalehne, wagte es
aber nicht, Amy zu sich heranzuziehen, wie er es früher
getan hatte. »Samantha hat sich in Glasgow ein Leben
aufgebaut und wir wünschen uns für dich ...«

»Ja, klar.« Amy schlang ihre Arme fester um ihre Knie.
Ihre Halbschwester war vor zwei Jahren nach Schottland gezogen und arbeitete nun bei einer regionalen
Zeitung als Fotografin. »Sam kann in deinen Augen
auch gar nichts falsch machen.« Beinahe wäre ihr her-
ausgerutscht, dass es bloß das schlechte Gewissen sei,
das an ihm nage. Schließlich hatte er jahrelang nichts
von seiner zweiten Tochter gewusst. Sam war der
Grund, weshalb die Ehe ihrer Eltern letzten Endes in
die Brüche gegangen war.

»Gut. Damit hätten wir alles gesagt.« Beatrice nahm
ihre Handtasche und tastete nach ihrer Frisur. »Wie es
weitergeht, liegt allein an dir.«

Ihr Vater setzte die Tasse an die Lippen, stellte sie
dann aber wieder zurück auf den Wohnzimmertisch.
Sie war noch halb voll. »Bis bald.« Er klopfte Amy auf
ein Knie und stand auf, ohne sie anzusehen.

Dennoch bemerkte Amy seinen traurigen Gesichtsausdruck. Bei diesem Anblick zog sich alles in ihr zusammen. Ihre Worte hatten ihn härter getroffen, als sie
erwartet hätte. Sie wollte sich schon bei ihm entschuldigen. Allerdings wäre sie dann aus ihrer Rolle der un-
nahbaren Tochter herausgefallen. Und das wäre einem
Schuldeingeständnis gleichgekommen.

Die Wohnungstür schloss sich hinter ihren Eltern mit einem leisen Klicken. Amy bemerkte es kaum. Sie starrte auf die Kaffeetasse. Tränen brannten in ihren Augen. Sie schluckte schwer und kämpfte gegen die Hilflosigkeit an, die in ihr hochsteigen wollte. Nicht schon wieder eine zurückgelassene Tasse.

Zwischen den einzelnen Bewerbungsphasen der RADA konnten mehrere Wochen bis Monate vergehen. Das lag vor allem daran, dass die Auditions nicht ausschließlich in London stattfanden, sondern auch in Glasgow, Birmingham, Manchester, Dublin, Los Angeles, New York und einigen weiteren Städten. Lediglich achtundzwanzig der unzähligen Bewerber würden für das kommende Semester aufgenommen werden. Vierzehn Männer und vierzehn Frauen. Die Konkurrenz war daher enorm und die Chance auf einen der begehrten Plätze verschwindend gering. Aber davon wollte sich Amy nicht einschüchtern lassen. Vor allem, da es für sie um weitaus mehr ging als ihre zukünftige Schauspielkarriere. Sie würde ihren Eltern beweisen, dass sie sehr wohl in der Lage war, sich ein Leben aufzubauen. Sie konnte Verantwortung übernehmen und für sich selbst sorgen ... Sobald sie ihren Abschluss in der Tasche hatte.

Mit energischen Schritten ging sie die Gower Street entlang, bis sie bei Haus Nummer 62 ankam. Der graue Backsteinbau wirkte so unscheinbar, dass man daran vorbeilief, ohne zu wissen, dass hinter diesen Mauern die Schauspielkunst auf höchstem Niveau gelehrt wurde. Für einen Moment blieb sie stehen und musterte die beiden gemeißelten Figuren, die über den

Köpfen der Eintretenden auf einem Sockel thronten und hinter Theatermasken hervorschauten. Zwischen ihnen war *Royal Academy of Dramatic Art* in den Stein graviert worden. Amy schloss ihre Finger fester um den Träger ihrer Handtasche und ging hinein.

Nach einer ewig langen Wartezeit stand ihr endlich ein dreistündiger Workshop an der RADA bevor, der ebenfalls Teil der Aufnahmeprüfung war. Sie würde die Stücke, die sie in ihrem Bewerbungsvideo vorgetragen hatte, mit einem Fachbereichsleiter einstudieren und dann zum ersten Mal eine richtige Bühne betreten. Allein bei der Vorstellung beschleunigte sich ihr Herzschlag. Je nachdem, wie sie dort abschnitt, würde sie entweder in die letzte Runde kommen oder die gefürchtete Absage per E-Mail erhalten.

»Ich hab doch gesagt, dass wir es rechtzeitig schaffen«, hörte sie eine Männerstimme hinter sich. Überrascht fuhr sie herum.

»Bist du auch hier für den Workshop?« Eine Frau in ihrem Alter schwenkte einen Kaffeebecher wie ein Sektglas. Das Klimpern ihrer Armreifen wurde von einem vorbeifahrenden Kleinbus übertönt.

Amy straffte die Schultern. »Ja.«

»Cool. Dann können wir ja zusammen reingehen. Ich bin Carol.« Sie deutete auf ihre Begleiter. »Und das sind Damian – mein Bruder, glaub ihm kein Wort – und Jacob.« Letzterem legte sie einen Arm um den Hals und gab ihm einen Kuss auf die Wange. Jacob versetzte ihr daraufhin einen sanften Klaps auf den Hintern.

Amy nickte ihnen zu. »Ihr bewerbt euch also auch.«

»Die beiden sind bereits im zweiten Semester an der RADA«, erwiderte Carol. »Sie haben mich nur begleitet, damit ich nicht auf der Stelle umkehre.« Sie lachte nervös.

»Du kommst mir bekannt vor.« Damian legte den Kopf schief, woraufhin ihm seine kinnlangen Haare ins Gesicht fielen. Er sah aus wie ein Teenie-Schwarm aus den Neunzigern. »Hast du nicht den Wagen deiner Mutter im Pool versenkt?«

Amy verzog den Mund zu einem Lächeln. »Die Presse stellt die Sache viel aufregender dar, als sie in Wahrheit gewesen ist.« Sie konnte lediglich hoffen, dass das Prüfungsgremium die Geschichte nicht kannte. Eine geschrottete Sauna würde bestimmt nicht den Glanzpunkt ihrer Bewerbung darstellen.

Carol hakte sich bei ihr ein, als wären sie jahrelange Freundinnen. »Dann wollen wir mal los. Ich bin ja so aufgeregt.«

Amy war nicht sicher, ob ihre Nervosität gespielt oder echt war. Verdammt. Ihre Konkurrentin hatte Talent, daran bestand kein Zweifel. Wenn die anderen Bewerberinnen auf einem ähnlichen Niveau waren wie Carol, standen die Chancen für ihren Stern am Walk of Fame schlecht. Und nicht nur dafür. Die Alternative zur Schauspielschule behagte ihr nicht. Sollte sie etwa zurück in ihr altes Leben, zur alten Amy, deren Gefühle so leicht verletzt werden konnten?

Niemals.

Am Ende des Workshops fühlte sich Amy völlig ausgelaugt. In ihrer rechten Schläfe pochte es und hinter ihrer Stirn hatte sich etwas verkrampft. Davon abgesehen hatte sie nach wie vor die nervig säuselnde Stimme ihres Mentors im Ohr, mit dem sie ihren Text einstudiert hatte. Victor Chapman leitete den Theater-Fachbereich an der RADA. Er schien seine Freude daran zu haben, jemanden ein und denselben Satz Fünfzigmal sprechen zu lassen, bis er seiner Meinung nach richtig klang.

»Sie dürfen nicht Peter Pan sein. Sie sind Peter Pan. Wenn Ihnen das bewusst ist, wirken Ihre Worte nicht so gekünstelt. Dann spielt es sich ganz von selbst.«

Nach dem zweistündigen Training durften sie ihren Text auf der Bühne vortragen. Wie befürchtet, waren Carol und die anderen Konkurrentinnen unglaublich gut. Als Amy an der Reihe gewesen war, hatte ihr Herz für einen Augenblick ausgesetzt, dann war sie in Schweiß ausgebrochen. Dennoch hatte sie geschafft, ihren Text fehlerfrei zu sprechen. Sie glaubte sogar, ein anerkennendes Nicken bei Chapman gesehen zu haben.

Erleichtert trat sie hinaus auf die Straße, blinzelte in die Sonne und atmete tief durch. Gut, die Luft roch nach Abgasen. Aber das war eben London.

»Ms. Fitzgerald, auf ein Wort.«

Sie drehte sich überrascht um. Hinter ihr stand Chapman. Er hatte seine Brille von der Hakennase genommen und wirkte dadurch wie ein völlig anderer Mensch. Weniger angsteinflößend. »Wir – also das Prüfungsgremium – wollten es nicht vor der Gruppe ansprechen, aber …«

Amys Puls beschleunigte sich. Bekam sie bereits eine inoffizielle Zusage? Sie hielt den Atem an.

»Es betrifft Ihren Lebenswandel.« Chapman wischte mit dem Saum seines Pullovers über die Brillengläser und setzte sie sich wieder auf.

Auf einmal hatte Amy das Gefühl, in die Tiefe zu stürzen und schluckte heftig. »Ja?«

»Die Academy ist auf ihren guten Ruf bedacht. Wir wollen keine Studierenden, die in der Klatschpresse Schlagzeilen machen. Und in Anbetracht der jüngsten Ereignisse ...«

»Ist das eine Absage?« Ihre Stimme klang dünn, sodass sie im ersten Moment nicht wusste, ob er sie verstanden hatte.

Chapman verschränkte die Hände hinter dem Rücken. »Sie sollten darauf achten, in nächster Zeit nicht die Aufmerksamkeit der Presse auf sich zu ziehen.«

Sie nickte lediglich. In ihrem Hals hatte sich ein Kloß gebildet.

»Damit hätten wir das geklärt. Ah, Ms. Jones.«

Carol kam mit einem strahlenden Lächeln aus dem Gebäude. »Das war eine wunderbare Vorstellung von Ihnen, wenn ich das ganz inoffiziell sagen darf.«

Chapman und Carol wechselten wenige Worte miteinander. Amy konnte ihrem Gespräch kaum folgen. Ihre Karriere stand auf der Kippe, bevor sie begonnen hatte. Die Drohung ihres Dads hallte in ihr nach wie ein Echo, das sich in ihren Gedanken festsetzte.

»Das ist doch toll gelaufen, findest du nicht?« Carol legte ihr eine Hand auf die Schulter und brachte sie so zurück in die Gegenwart. »Das muss gefeiert werden. Am Freitag findet eine großartige Party statt. Gibst du mir deine Handynummer? Dann schicke ich dir die Details.«

Amy gab ein undefinierbares Brummen von sich. Sie musste sich zusammenreißen, wenn sie es nicht vermasseln wollte. Niemand hatte gesagt, dass sie sich

nicht amüsieren durfte. Sie musste lediglich einen weiteren Skandal vermeiden. Und so schwer konnte das
nicht sein.

Kapitel 4

Das Kratzen von Kugelschreibern auf Papier und das stetige Klackern von Laptoptastaturen, gepaart mit der Luft im vollgestopften Vorlesungssaal erinnerten Amy daran, weshalb sie nicht hier sein wollte. Sie kritzelte einen Stern in ihren Block und schrieb ihren Namen in Großbuchstaben hinein. Der Workshop war erst wenige Stunden her, aber um ihren Eltern ihren guten Willen zu beweisen, besuchte sie ein, zwei Lehrveranstaltungen. Sie konnte nicht auf das Geld verzichten. Allein für die Studiengebühren an der RADA hätte sie einen Kredit aufnehmen müssen, für den sie keinerlei Sicherheiten anbieten konnte.

Laura Hughes, die Dozentin von »Vermittlung sprachlicher Strukturen im Englischunterunterricht«, deutete mit einem Laserpointer auf die Präsentation und erklärte den Unterschied zwischen einem Adjektiv und einem Adverb. Die Anwesenden lauschten ihren Worten, als würde sie die Lottozahlen der kommenden Woche vorhersagen. Eliza war da nicht anders. Sie hielt den Blick gebannt nach vorn gerichtet, während ihre Finger über die Tastatur flogen.

Jemand hatte endlich die Idee, ein Fenster zu öffnen. Frische Luft strömte herein und trug den Geruch von nassen Blättern und Kälte mit sich. Vermutlich dauerte es nicht mehr lange, bis die ersten Schneeflocken fielen. Allein bei der Vorstellung fröstelte es Amy. Prompt nieste sie.

Das penetrante Tippen neben ihr pausierte für einen Augenblick. Eliza stupste sie mit dem Ellbogen an.

»Was ist?«, flüsterte Amy.

Anstelle einer Antwort hob Eliza beide Augenbrauen und deutete mit dem Kopf zum Podium. Hughes blühte in einer Erläuterung darüber auf, welche Funktionen ein Adjektiv erfüllte.

Amy zuckte mit den Schultern und wandte sich wieder ihrer Zeichnung zu. Sie fügte kleinere Sterne hinzu, die um den großen herum schwebten.

»Amy!« Eliza schubste sie dieses Mal kräftiger an. Ein Strich ging daneben.

»Gibt es da hinten eine Frage?« Hughes reckte den Hals und sah in ihre Richtung.

Augenblicklich schoss die Röte in Elizas Gesicht. Sie hob die Hand halb in die Höhe. »Hat sich erledigt, danke.« Dann zog sie den Kopf ein und sah konzentriert auf ihren Monitor. Ihre Finger blieben untätig auf der Tastatur liegen, während sie sichtlich genervt zu Amy sah. »Wenn du schon da bist, könntest du auch aufpassen. Was du hier machst, ist völlige Zeitverschwendung.« Das Tippen begann wieder.

»Na ja, so bekomme ich immerhin mein Geld weiter.« Amy spielte mit dem Kugelschreiber und starrte auf ihre Zeichnung. »So gesehen ist es also eine Form von Arbeit.«

»Welches Geld?«

»Das meiner Eltern.«

Erneut hielt Eliza inne. Um dem strengen Blick der Dozentin zu entgehen, duckte sie sich halb unter ihren Laptop. »Wie meinst du das?«

»Eine neue Erziehungsmaßnahme meiner Eltern.« Amy ließ den Kugelschreiber schneller zwischen ihren Fingern hin und her wippen. Er entglitt ihr und rollte unter ihren Sitz. Amy musste sich verrenken, um das Ding hervorzuholen. »Für so etwas bin ich echt schon zu alt. Aber sag das mal meiner Mutter.« Als sie wieder aufsah, bemerkte sie, dass Eliza blass um die Nase geworden war.

»Aber anscheinend sind Sie nicht zu alt, um ermahnt zu werden.« Ein roter Lichtpunkt hüpfte auf Amys Zeichnung auf und ab. Hughes stand wenige Schritte von ihnen entfernt. »Wenn Sie für heute genug gehört haben, können Sie den Saal jederzeit verlassen.« Der Lichtpunkt wechselte zu Elizas Laptop und zurück zu Amys Zeichnung.

Panisch wedelte Eliza mit beiden Händen in der Luft herum. »Nein, nein. Auf keinen Fall.« Sie versuchte sich an einem entschuldigenden Lachen, verschluckte sich dabei und hustete mehrfach. Dann tippte sie eifrig den Inhalt der Powerpointfolie ab, was völlig unnötig war. Schließlich wurden ihnen die Folien im Anschluss der Lehrveranstaltung ohnehin zur Verfügung gestellt.

Hughes nickte knapp. »Wie sieht es mit Ihnen aus, Ms. Fitzgerald?«

Amy streckte beide Daumen in die Höhe. »Alles cool.« Die Rolle der unerschütterlichen Studentin hatte sie auf jeden Fall verinnerlicht.

Hughes hob verwundert die Augenbrauen, erwiderte ansonsten aber nichts darauf.

Erst als Hughes wieder auf dem Podium stand, schien Eliza es wieder zu wagen, Luft zu holen. Sie würdigte Amy allerdings keines weiteren Blickes. Amy machte sich währenddessen daran, oberhalb der Sterne »Hollywood« zu schreiben.

Fünf Minuten später bemerkte Amy, wie Eliza mit einem Bein auf und ab zappelte. Sie hatte die Augen zusammengekniffen und machte sich eifrig Notizen. Amy folgte ihrem Blick und las zum ersten Mal während dieser Vorlesung ernsthaft, was dort auf der Folie stand. Sie zeigte eine Liste mit Partnerschulen des University Colleges London, die Praktikumsplätze vergaben oder nach neuen Lehrkräften suchten.

Amy überflog die klein gedruckte Aufzählung. Die meisten freien Plätze befanden sich in Schottland. Kein Wunder, wahrscheinlich versuchten die Menschen, so schnell wie möglich aus dieser kalten Ecke Großbritanniens zu verschwinden. Zumindest hätte Amy an ihrer Stelle alles daran gesetzt, einen Posten im wärmeren Süden zu ergattern.

Hughes seufzte. »Eigentlich hätte heute ein Vertreter der St. Margret zu uns kommen sollen, aber anscheinend ...« Sie warf einen demonstrativen Blick auf ihre Armbanduhr. »Wie auch immer. Da ich nun meiner Informationspflicht gegenüber Ihnen und dem Rektorat nachgekommen bin, können wir ja ...«

In diesem Moment klopfte es an der Tür zum Hörsaal. Bevor Hughes darauf reagieren konnte, streckte ein Mann mit Brille und zerzausten Haaren den Kopf herein. »Bin ich hier richtig bei ...« Er sah auf sein Handy. »Laura Hughes?«

»Mr. Abercrombie, wenn ich mich nicht irre?« Hughes klang etwas verschnupft. »Sie sind spät dran.«

Der Neuankömmling betrat mit einem verlegenen Lächeln den Hörsaal. Eine Ledertasche hing über seiner Schulter. Alles an seinem Outfit, angefangen bei dem

Pullunder und dem karierten Hemd schrie nach Lehrer.

Dennoch reckten einige Kommilitoninnen neugierig die Köpfe. Amy tat es ihnen gleich. Schließlich konnte es interessant werden, wenn Hughes jemanden zurechtwies. Doch heute hielt sie sich überraschenderweise zurück. Stattdessen machte sie einen Schritt zur Seite und sagte: »Das ist Matthew Abercrombie von der St. Margret Highschool in Dumfries. Die Kontaktdaten der Schule finden Sie ebenfalls auf der Liste.« Sie zeigte auf die Powerpointfolie. »Er wird Ihnen ...«

Abercrombie zappelte unruhig herum, was Hughes nicht verborgen blieb. Irritiert hob sie eine Augenbraue. »Dann möchte ich Sie nicht länger aufhalten.« Hughes trat zurück und deutete ihm an, dass er nach vorn kommen sollte.

Ohne zu zögern, legte er seine Tasche auf das Pult. Er räusperte sich und schob seine Brille ein Stück weiter hinauf. »Wie schon erwähnt, bin ich heute hier, um Ihnen die St. Margret Highschool vorzustellen. Wir sind ein Internat in den schottischen Lowlands und unterrichten auch einige Schülerinnen und Schüler, die aus London kommen. Deshalb ist es immer schön, wenn wir ebenfalls Lehrpersonal ...«

Ab diesem Punkt schwand Amys Aufmerksamkeit mit jedem weiteren Wort, das Abercrombie von sich gab. Sie ließ stattdessen ihren Blick durch den Saal schweifen. Ein, zwei Studentinnen beugten sich weiter vor und sahen konzentriert nach vorn. Amy musterte Abercrombie mit hochgezogenen Augenbrauen. Während er sprach, gestikulierte er mit beiden Händen und hielt stets Blickkontakt mit seinem Publikum. Seine

Stimme klang angenehm tief, sodass es einem leichtfiel, ihm zuzuhören, zumindest wenn man sich für den
Inhalt interessierte.

Amy dachte allerdings nicht daran, einen Fuß nach
Schottland zu setzen. Also wandte sie sich wieder ihrer
Zeichnung zu.

Sie sah erst auf, als das Rascheln um sie herum lauter
wurde. Die Studierenden unterhielten sich weiterhin
im Flüsterton. Solange Hughes im Raum war, würde
niemand lauter sprechen als nötig, aus Angst, etwas
Falsches zu sagen und sich so seine Note zu verschlech-
tern. Endlich war diese Einheit vorbei. Amy hatte das
Gefühl, als würde sie eine Fußfessel loswerden. Mit einem erleichterten Seufzer klappte sie ihren Block zu
und stopfte ihn in ihren Louis-Vuitton-Rucksack.

Eliza schloss den Reißverschluss ihrer Tasche und
hängte sie sich quer über den Oberkörper. Sie zappelte
schon wieder herum. »Das nächste Seminar beginnt in
zehn Minuten.«

»Dann möchte ich Sie auf keinen Fall davon abhal-
ten.«

Überrascht blickte Amy auf. Abercrombie stand vor
ihnen. Er machte einen Schritt zur Seite, um Eliza vor-
beizulassen.

Ihre Freundin warf Amy einen letzten Blick zu und
hob kaum merklich die Schultern. Dann eilte sie aus
dem Saal.

»War mein Vortrag denn so uninteressant?« Abercrombie rückte den Träger seiner Tasche zurecht. »Ich
weiß, dass nicht jeder die Vorstellung unserer Schule
so spannend fand, aber Sie sahen als Einzige so aus, als
könnten Sie jeden Moment einschlafen.«

Amy blinzelte ihn an, fasste sich aber schnell und machte eine abwehrende Handbewegung. »Nein, ganz und gar nicht. Es war richtig spannend.« Beinahe hätte sie beide Daumen nach oben gestreckt, aber das wäre zu übertrieben gewesen.

»Tatsächlich? In diesem Fall sind Sie eine hervorragende Schauspielerin. Ähnlich wie ein Wechselbalg aus dem Gamma-Quadranten.« Er lachte unbeholfen.

Einen Moment lang starrte Amy ihn an. Was wollte er ihr damit sagen? Hatte er ihr ein Kompliment gemacht oder sie beleidigt?

Abercrombie schien ihren Gesichtsausdruck richtig zu deuten. Er steckte die Hände in die Hosentaschen. »Das sind Formwandler, die sich jeder erdenklichen Spezies anpassen. Sie bevorzugen es allerdings, sich auf einem weit abgelegenen Planeten zurückzuziehen.« Er räusperte sich und warf ihr einen abschätzigen Blick zu. »Ist ja auch nicht so wichtig. Hauptsache, ich habe Sie nicht zu Tode gelangweilt.«

Es war schwer zu sagen, ob er sich darüber ärgerte, amüsierte oder ob es ihm völlig gleichgültig war. Amy hatte keine Ahnung, wie sie darauf reagieren sollte. Nervös spielte sie mit ihren Fingern und wich seinem Blick aus.

Das energische Klackern von Hughes' Absätzen rettete sie. »Wenn Sie nichts dagegen haben, würde ich Sie beide nun bitten zu gehen. Ich muss den Saal abschließen.«

Abercrombie wandte sich ruckartig zu der Dozentin um. »Selbstverständlich.«

Ohne Amy eines weiteren Blickes zu würdigen, ging er hinaus. Es kam ihr so vor, als wäre Abercrombie über diese Unterbrechung ebenso erleichtert wie sie selbst.

Unwillkürlich atmete Amy auf. Der Typ verhielt sich wirklich seltsam. Auch wenn sie nicht leugnen konnte, dass es auf gewisse Weise aufregend war, ihm direkt in die Augen zu sehen, gewann sie den Eindruck, dass mehr hinter seiner Fassade steckte als die des engagierten Lehrers. Womöglich wäre es sogar interessant, ihn näher kennenzulernen. Sie schüttelte den Kopf. Nein! Das war ihre erste und letzte Begegnung mit Matthew Abercrombie gewesen. Es hatte also keinen Sinn, sich weitere Gedanken über diesen Mann zu machen. Sie schnappte ihren Rucksack und wollte den Saal ebenfalls verlassen.

»Warten Sie, Ms. Fitzgerald.«

Was hatten die Professoren, dass sie von ihnen ständig zurückgerufen wurde?

Der Ausdruck in Hughes' Gesicht war Amy allerdings vollkommen neu und schüchterte sie zugegebenermaßen ein.

»Was ist mit Ihnen los?«

Amy schüttelte irritiert den Kopf. »Ich, ich weiß nicht.« Sie fuhr sich durch die Haare und dachte nach. Welche Rolle sollte sie wählen?

Hughes vergewisserte sich mit einem Blick zur Tür, dass sie auch tatsächlich allein waren. Dann lehnte sie sich mit verschränkten Armen gegen die Wand. Eine derart entspannte Haltung hatte Amy bei der Dozentin noch nie gesehen. Das machte die Sache jedoch nicht einfacher, richtig zu reagieren.

»Sie haben in den letzten Monaten einen erstaunlichen Wandel durchgemacht.«

Warum konnte Hughes ihre überhebliche Art nicht beibehalten?

Amy hob das Kinn ein Stück weit. »Danke.«

»Ich meine das nicht als Kompliment.« Hughes sah sie direkt an, als könnte sie so in ihre Gedanken vordringen. Unter Umständen gelang ihr das sogar. »Sie waren eine exzellente Studentin, davon ist inzwischen nichts mehr zu sehen. Ich wollte Sie schon für eine Vertretungsstelle vorschlagen, aber rückblickend auf Ihre Leistungen der vergangenen Monate ...« Sie sah zur Decke, möglicherweise um ihre Worte sacken zu lassen.

Gerade als Amy etwas erwidern wollte, setzte Hughes fort. »Was auch immer in Ihrem Leben schiefläuft, bringen Sie es in Ordnung.«

Jetzt oder nie. »Wie ich vorhin schon sagte: Mir geht es bombig.« Okay, vielleicht hätte sie ein anderes Wort verwenden sollen. Sie wollte zwar entspannt wirken, aber nicht, als hätte sie einen an der Klatsche. Amy wurde plötzlich heiß und sie fügte hastig hinzu: »Ich orientiere mich neu. Das ist alles.« Noch während sie sprach, fiel ihr auf, dass sie dabei wild mit den Armen in der Luft herumfuchtelte. Ihre Körpersprache drückte alles andere als Sicherheit aus. Hughes konnte das nicht verborgen bleiben.

»Gegen eine Neuorientierung ist nichts einzuwenden.« Hughes stieß sich von der Wand ab und drückte den Rücken durch, als wäre sie einer der Guardians vor dem Buckingham Palace. »Aber vergewissern Sie sich, dass die Richtung, die Sie einschlagen, Sie auch tatsächlich an Ihr Ziel bringt.«

Kapitel 5

Niemand hatte gesagt, dass sie keine Partys besuchen dürfe. Sie sollte bloß keinen weiteren Skandal anzetteln. Und so schwer schien das auch wieder nicht.

Amy sah erneut auf ihr Handy und überprüfte die Nachricht, in der Carol ihr die Adresse geschickt hatte, wo die Party stattfinden würde. Nach dem mittelmäßig verlaufenen Workshop und Hughes' Rat, von dem sie nicht wusste, was sie davon halten sollte, hatte sie eine kleine Abwechslung dringend nötig.

Da ploppte auf dem Display eine Sprachnachricht von Samantha auf. Sam schickte keine Textnachrichten, wenn es sich vermeiden ließ. Aufgrund ihrer Schreib- und Leseschwäche hätte sie viel zu lange dafür gebraucht. Für einen Moment blieb Amy stehen und starrte den Namen ihrer Halbschwester an. Ihr Finger schwebte bereits über dem Play-Button, dann zuckte sie vor dem Symbol zurück, als könnte es ihr einen elektrischen Schlag verpassen.

Mit gesenktem Kopf ging Amy weiter. Das letzte Mal, als sie eine Nachricht von Sam ignoriert hatte, hatte ihre ohnehin schwierige Beziehung neue Risse abbekommen. Andererseits wollte sie das Verhältnis zu ihrer Halbschwester nicht weiter strapazieren.

Schließlich seufzte Amy. »Was willst du?« Sie berührte den Button, um die Nachricht abzuspielen. In den ersten Sekunden hörte Amy nur ein Rauschen und das unablässige Klackern von Computertastaturen. »Dad sagt, dass du dich bei der RADA beworben hast. Ist ja schön für dich. Immerhin scheint sich dein Traum zu erfüllen.« So wie Sam es aussprach, klang es nach der Verwünschung einer mittelalterlichen Hexe.

Amy hielt die Luft an. Ihr Puls schoss so schnell in die Höhe, dass ihr kurz schwindlig wurde. Dann atmete sie hörbar aus. »Blöde Kuh.« Sie tippte eine Antwort und schickte sie ab, ohne weiter darüber nachzudenken. Sams Nachricht löschte sie. »Verdammt«, zischte sie gleich darauf. Die Nachricht wäre ein prima Beweis dafür gewesen, dass Sam angefangen hatte. »Großartig.« Beim nächsten Familientreffen konnte sie sich Sams beleidigten Blicken aussetzen und sich von ihrem Vater anhören, dass sie mehr Rücksicht auf ihre Schwester nehmen sollte. Dabei hielt Amy Sam durchaus mitverantwortlich für die Scheidung ihrer Eltern. Ihre Mutter hatte Aleister die kurze Affäre, dessen Ergebnis Sam war, nicht verziehen. Und nun sollte sie ihre Halbschwester mit Samthandschuhen anfassen?

Davon abgesehen war es nicht ihre Schuld, dass Samantha nicht das Leben führte, von dem sie träumte. Wobei … Ein wenig hatte sie schon dazu beigetragen. Sofort stiegen Schuldgefühle in ihr hoch.

Als hätte sie damit die Tür zu den schlechten Erinnerungen geöffnet, schlichen zwei volle Teetassen vor ihr inneres Auge, begleitet von dem hässlichen Geräusch der Kofferrollen, die über den Fußboden gezogen wurden.

Amy presste die Augenlider so fest zu, bis bunte Sterne vor ihr auftauchten.

»Da bist du ja endlich.«

Sie öffnete die Augen. Es dauerte einen Moment, bis sie sich orientiert hatte, denn inzwischen hatte sie das Ende der Straße erreicht. Vor ihr befand sich ein

Gittertor, das von zwei Überwachungskameras flankiert wurde. Dahinter erstreckte sich eine breite Auffahrt. Einige Menschen standen davor und schielten regelmäßig zu dem Tor hin, als könnte sich dort jeden Moment etwas abspielen, das sie auf keinen Fall verpassen wollten.

»Wir haben schon auf dich gewartet.« Carol kam auf sie zu. Sie wickelte sich eine Haarsträhne um den Finger, um sie gleich darauf wieder loszulassen. Trotz der kühlen Temperaturen hatte sie den Reißverschluss ihrer Jacke geöffnet. Darunter trug sie ein bauchfreies Top. Allein bei dem Anblick überlief Amy eine Gänsehaut.

Energisch steckte sie ihr Handy zurück in die Tasche. »Ich bin mit der U-Bahn hergefahren.« Sie würde sich nämlich nicht erneut von einem übereifrigen Reporter durch die Straßen jagen lassen und einen weiteren Unfall riskieren. Im Gegensatz zu den Behauptungen ihrer Mutter lernte Amy durchaus aus ihren Fehlern.

Hinter Carol tauchten Jacob und Damian auf, die sich bisher mit einer anderen Gruppe unterhalten hatten, die ebenfalls warteten. Vermutlich weitere Studierende der RADA.

Die Gesichter von Carol und ihren Begleitern wurden plötzlich erhellt. Amy drehte sich um. Ein Kleinbus fuhr im Schritttempo die Auffahrt hinunter.

»Wird auch Zeit.« Carol hakte sich bei Jacob unter. »Natasha hätte einen zweiten Fahrer einstellen sollen.«

Das Gittertor öffnete sich automatisch. Wenige Sekunden später schoben sich die Bustüren mit einem leisen Zischen auf. Amy stieg ein und ließ sich zusammen mit den anderen zu einer hell erleuchteten Villa fahren.

Ein aufgeregtes Kribbeln breitete sich in Amys Bauch aus. Der Moment, kurz bevor eine Party begann, war immer am spannendsten. Man wusste nicht, wie sich der Abend entwickeln würde, welche Überraschungen auf einen warteten und schon gar nicht, wie er endete.

Sie folgte den restlichen Partygästen in das prachtvolle Ambiente hinein. Die Türen standen weit offen. Davor warteten zwei Männer in dunklen Anzügen, die alle Gäste genau musterten. Amy nickte den beiden zu, konnte ihnen aber kein Lächeln abringen.

Drinnen verschlug es ihr für einen Augenblick den Atem. Im Eingangsbereich wechselten sich deckenhohe Gemälde mit ebenso großen Spiegeln ab. Anscheinend wollten die Besitzer mit dem Spiegelsaal in Versailles konkurrieren. Tatsächlich könnte die goldverzierte Standuhr aus dem Schloss stammen.

»Du hast hoffentlich an deine Badesachen gedacht, oder?«

Amy riss ihren Blick von einer Marmorstatue los, die eine Nymphe darstellte, die sich halb in einen Baum verwandelt hatte. Sie schüttelte den Kopf. Carol hatte zwar erwähnt, sie solle einen Bikini einpacken, aber Amy hatte das für einen Scherz gehalten. Bei diesen Temperaturen wollte doch niemand in den Pool springen.

Damian schnalzte grinsend mit der Zunge. »Großer Fehler.« Er nahm sie, ohne zu zögern am Arm und zog sie weiter, um nicht den Anschluss zu Carol und Jacob zu verlieren.

Sie erreichten einen Raum, der wohl das Wohnzimmer sein sollte. Auf einem Fernseher wurde eine Modenschau übertragen, gegenüber stand ein Sofa, auf dem locker zehn Personen Platz fanden. Einige saßen dort in Badesachen und schlürften bunte Cocktails. Weiter hinten entdeckte sie einen Billardtisch, der ebenfalls in Beschlag genommen worden war.

Amy machte einen Bogen um den schneeweißen Teppich, um mit ihren nassen Stiefeln keine Flecken zu hinterlassen. Sie war in gut situierten Verhältnissen aufgewachsen, aber angesichts dieses Luxus' kam sie sich vergleichsweise arm vor.

Sie gingen einen Flur entlang und dann eine Treppe hinab, die an den Zugang in ein Spa erinnerte. Der Geruch von Chlor, Ayurveda und Alkohol kam Amy entgegen, begleitet von der Melodie von *Surfin' USA*. Damian schnippte im Takt der Musik mit.

Schließlich gelangten sie tatsächlich in ein Spa, dessen Herzstück offenkundig der Pool war. Einige Gäste spielten Wasservolleyball, während sich andere auf einer Luftmatratze treiben ließen. Die Beleuchtung, die Palmen und die Beach-Bar, hinter der ein Barkeeper eifrig Getränke mixte, erweckten den Anschein, dass sie sich wirklich an einem Strand befanden.

Die Temperaturen taten ihr Übriges, um diesen Eindruck zu verstärken. Amy zog ihren Mantel aus und den Rollkragenpullover gleich dazu. Darunter trug sie ein schlichtes Tanktop. Nun war ihr klar, weshalb Carol sich für ihr Outfit entschieden hatte.

Der Gesang der Beachboys hallte von den Wänden wider und machte es unmöglich, sich in einer normalen Lautstärke zu unterhalten.

»Mund zu.« Damian legte ihr die Finger unter das Kinn. »Natasha weiß eben, wie man Partys feiert.«

»Ihrer Familie gehören mehrere Nachtclubs«, erwiderte Jacob. »Partys liegen ihr im Blut.«

Carol verzog den Mund. »Na ja, mal abwarten. Ihre letzte Feier war ja eher ...«

»Der absolute Hammer ... Na!« Damian hob die Hand. »Bevor du mir widersprichst: Es gab eine private Zirkusvorstellung. Feuerschlucker, Akrobaten ...«

»Und die Schlangenfrau.«

»Oh ja ... Miranda.« Damians Blick schweifte in die Ferne.

Carol hakte sich bei Amy unter. »Komm, wir lassen ihn mal in Erinnerungen schwelgen. Ich hab Durst.«

In einem zweiten Pool zogen einige Gäste – männlich wie weiblich – mit Meerjungfrauenflossen ihre Runden. Zwei Frauen standen daneben und gaben Anweisungen, wie sie sich mit den Flossen fortbewegen konnten.

Carol verharrte kurz und bewunderte die eleganten Schwimmbewegungen der Meerjungfrauen. »Okay, das ist cool.« Sie deutete auf die Flossen, die am Poolrand bereitlagen. »Wir müssen Damian später unbedingt in so ein Teil stecken.«

»Glaubst du, dass er sich darauf einlassen wird?«

»Klar, wenn er betrunken genug ist ... Apropos.«

Ausgestattet mit zwei Cocktails, die Natasha hießen und nach Limetten und Erdbeeren schmeckten, ließen sie sich am Pool nieder. Carol trug inzwischen einen Bikini im Marine-Look. Amy hatte ihre Hose hochgekrempelt. Stiefel und Tasche hatte sie hinter sich platziert. Sehnsüchtig dachte sie an ihre eigenen Badesachen, die in ihrem Schrank lagen. Sie beobachteten eine Meerjungfrau, die an ihnen vorbeizog.

»Ist Natasha auch an der RADA?« Wenn dem so war, musste sie ihre Gastgeberin unbedingt kennenlernen. Sie hatte das Gefühl, als hätten sie einiges gemeinsam. Davon abgesehen, dass Natasha offensichtlich im Luxus erstickte.

»Mhm, nein.« Carol schüttelte den Kopf, den Strohhalm zwischen den Lippen. »Schauspielerei ist nichts für sie. Da müsste sie mit anderen zusammenarbeiten. Natasha arbeitet an ihrer Gesangskarriere.«

»Mädels, das ist eine Poolparty!« Damian und Jacob liefen auf sie zu, schlenkerten dabei aber gefährlich von links und rechts. Die umstehenden Gäste wichen erschrocken zur Seite und sahen ihnen teils skeptisch, teils erheitert hinterher.

Rasch griff Amy nach ihrem Cocktail. Die beiden Jungs landeten mit einem Platschen im Wasser. Eine Meerjungfrau schrie erschrocken auf. Schon traf Amy ein Schwall Wasser mitten im Gesicht. Mit einer Hand strich sie sich die nassen Haare aus den Augen. Einige Tropfen liefen ihren Hals hinab.

»Ihr seid solche Idioten!«, rief Carol den beiden Jungs hinterher. Jacob hob entschuldigend die Hände. Damians Aufmerksamkeit galt hingegen einer der Meerjungfrauen, die über etwas lachte, das er gesagt hatte.

Amy wollte an ihrem Drink nippen, bemerkte aber, dass dieser nach Chlor roch. »Na toll.« Sie schnappte sich ihre Tasche und ihre Stiefel. Zumindest diese waren trocken geblieben.

»Bei den Duschen gibt es Handtücher und einen Föhn.« Carol nahm die Cocktails und hob sie in die Höhe. »Ich tausche die in der Zwischenzeit mal aus.«

Wenn eine Party begann, konnte man nie wissen, was in den nächsten Stunden passieren würde. Amy schnaubte. Unschlüssig, ob sie verärgert oder amüsiert sein sollte.

»Hier.«

Aus den Augenwinkeln sah Amy, wie ihr jemand ein Handtuch entgegenstreckte. Für einen Augenblick war sie unfähig zu atmen, geschweige denn, sich zu bewegen.

»So etwas kann bei einer Poolparty schon mal passieren, nicht wahr?« Der ungezwungene Tonfall sollte darüber hinwegtäuschen, wie nervös ihr Gegenüber tatsächlich war. Amy konnte er nichts vormachen. Dafür kannte sie ihn zu gut.

Weitere Wassertropfen kullerten ihre Schläfen hinab und tränkten den Saum ihres Shirts, das bereits an ihrem Körper klebte. Sie unterdrückte den Impuls, sich in der nächsten Toilettenkabine einzuschließen und erst wieder herauszukommen, wenn die Musik endete. Ohnehin wäre es eine hervorragende Idee, wenn jemand den Boxen den Stecker zog. Die Musik klang nach einer russisch singenden Britney Spears und dröhnte ihr in den Ohren.

Die alte Amy wäre in Panik geraten. Nicht so die neue Amy. Sie griff mit rasendem Herzen nach dem Handtuch und wickelte es sich um den Kopf. Beim ersten Versuch wäre es ihr fast aus den Händen gefallen. Beim zweiten Anlauf wickelte sie es so fest, dass sie vermutlich in zehn Minuten Kopfschmerzen bekommen würde.

»Danke«, murmelte sie, ohne den Blick zu heben und presste die Lippen zusammen. Das war definitiv nicht die passende Rolle für diese Situation. Sie richtete sich auf und drückte die Schultern nach hinten. »Ich hätte nicht gedacht, dass wir uns hier treffen.« Ihre Stimme klang kühl, distanziert, aber freundlich. So als hätte sie längst vergessen, dass er sie verlassen hatte.

»Na ja, du weißt ja, wie das ist.« Colin vergrub die Hände in den Taschen seiner Badeshorts und wippte mit den Füßen auf und ab. »Der Freund eines Freundes kennt jemanden, der jemanden kennt ... Und dann ist man auf bestimmten Partys.«

Unwillkürlich sah sich Amy um. War er womöglich mit der Frau hier, die der Grund für ihre Trennung war? In ihrem Magen bildete sich ein Knoten. Sie hatte keine Lust, dem glücklichen Paar gegenüberzustehen. Dafür erinnerte sie sich zu stark daran, wie es sich anfühlte, von Colin umarmt und geküsst zu werden. Die Vorstellung, dass dies nun einer anderen Frau gehörte ...

»... bei dir?« Colins Stimme drang dumpf zu ihr durch. Sie blinzelte. »Was?«

Er zog die Augenbrauen zusammen. »Ist alles in Ordnung bei dir?«

»Ja, ja, natürlich.« Amy machte eine beschwichtigende Geste. »Alles in bester Ordnung.« Mist. Ihre Stimme klang viel zu abgehackt und ihre Bewegungen waren zu fahrig. »Ich werde dann mal ...« Sie flüchtete in die Richtung, wo sie die Duschen vermutete.

Kapitel 6

Mehrere Tequila-Gläser drängten sich auf dem Stehtisch zusammen wie Menschen in der U-Bahn während der Rushhour. Der hawaiianisch anmutende Blumenschmuck, der den halben Tisch bedeckte, verbesserte das Platzproblem nicht.

Amy lachte über etwas, ohne sich daran zu erinnern, worüber. Die Musik war zu einem dumpfen Hintergrunddröhnen gewechselt, das sich mit jedem Bassschlag einen Weg durch ihr Hirn bahnte. Dazwischen war ein Gejammer auf Russisch zu hören. Wie Amy inzwischen erfahren hatte, waren die Songs ein Auszug aus Natashas Gesangsrepertoire. Immerhin verhinderte der Alkohol, dass sie so etwas wie Schmerz empfand. Und er hinderte sie auch daran, ständig nach Colin Ausschau zu halten.

Ein Mädchen sprang lauthals in den Pool, der sich wenige Schritte neben ihnen befand. Wassertropfen landeten auf Amys Rücken, was ihr inzwischen völlig egal war.

Carol sah auf ihr Handy. »Fast Mitternacht.« Sie trommelte mit den Fingern auf dem Tisch herum und warf dadurch eines der Gläser um.

»Was Natasha wohl dieses Mal geplant hat?« Damian rieb sich die Hände.

Amy legte den Kopf schief, was sie gleich darauf bereute, da sich der Raum drehte und die Palme neben ihnen Anstalten machte, jeden Augenblick auf sie zu stürzen.

Jacob lehnte sich zu ihr hinüber. »Um Mitternacht gibt es immer eine spezielle Show-Einlage.« Er schrie, um die Musik zu übertönen.

»Verstehe.« Amy nickte und wäre einen halben Schritt nach hinten gestolpert, wenn Jacob nicht seine Hand zwischen ihre Schulterblätter gelegt hätte. »So wie der Zirkus?«

»Hach Miranda.« Damian seufzte in sein leeres Glas, »warum hast du nie zurückgerufen?«

»Na ja, solange sie nicht live ihr neuestes Album präsentiert, ist mir alles recht ... Haben wir eigentlich noch Tequila?« Sie kniff die Augen zusammen, damit das Bild vor ihr vielleicht etwas schärfer wurde. Diese verdammte Musik hinderte sie am Denken.

Carol gab ein amüsiertes Grunzen von sich. »Wieso?« Sie schnappte sich den letzten Tequila und leerte ihn in einem Zug.

»Weil Natashas Songs schlimmer sind als das Gejaule der Königin der Nacht!«, schrie Amy über die Musik hinweg.

Es dauerte eine Sekunde, bis sie bemerkte, dass die anderen sie mit großen Augen anstarrten. Irgendetwas stimmte nicht. Eine weitere Sekunde später wusste Amy auch, was es war. »Ist die Musik aus? Oder bin ich taub?«

»Nein, nur offenbar selten dämlich«, sagte jemand hinter ihr.

Amy musste sich am Tisch abstützen, um sich gefahrlos umzudrehen. Vor ihr stand etwas Glitzerndes, das das Licht reflektierte. Amy blinzelte. Es war ein Kleid. Ein Kleid, das von einer Frau mit blonden Haaren und einer operierten Nase getragen wurde. Alles klar.

»Oh, hi! Du musst Natasha sein. Coole Party. Wirklich.« Amy deutete auf die leeren Gläser. »Willst du auch was?«

»Amy, vielleicht solltest du lieber ...«

Sie zuckte zusammen, als sie Colins Stimme hörte. Die letzten Stunden hatte sie die kurze Begegnung mit ihm verdrängt wie einen schlechten Traum, den man am Morgen verscheuchte, um das beklemmende Gefühl loszuwerden, das er hinterließ.

Doch da stand er wieder. Colin. Dieses Mal in Shorts und Hemd.

Natasha hob eine Augenbraue. »Ihr kennt euch?«

»Von früher«, antwortete Colin. »Wir kennen uns aus der Uni.« Beschwichtigend legte er ihr einen Arm um Natashas Taille. Warum legte er ... Oh.

Amy schielte zur Bar, die ihr in diesem Moment wie eine verlockende Insel erschien.

»Wer hat diese Spinnerin denn eingeladen?« Natasha zupfte sich eine Haarsträhne zurecht und sah erwartungsvoll in die Runde. Pflichtschuldig lachten einige verhalten.

Für den Bruchteil einer Sekunde zog Amy den Kopf ein. Der Abend verlief definitiv nicht so, wie sie es sich erhofft hatte. Vielleicht sollte sie zusehen, dass sie nach Hause kam.

In diesem Moment gab Natasha Colin einen Kuss auf die Wange und fuhr ihm durchs Haar. Womöglich ahnte sie, dass Amy und Colin mehr als einfache Studienkollegen gewesen waren.

Wo zur Hölle war der Tequila, wenn man ihn brauchte?

Amy hob herausfordernd das Kinn und ging auf Natasha zu. Colin machte einen Schritt zur Seite, als wollte er nicht in die Schusslinie geraten. Ihre Gastgeberin umhüllte ein Duft von Jasmin und Vanille, von dem Amy schwindlig wurde.

»Kritik sollte man schon vertragen können. Ich mag deine Musik nicht.« Sie breitete die Arme aus. »Keine große Sache.«

Natasha musterte sie für einen Augenblick und nahm Amy damit den Wind aus den Segeln. Sie hatte diesen Gesichtsausdruck in letzter Zeit viel zu häufig bei anderen Menschen gesehen. Die Gastgeberin blickte erneut in die Runde, wohl um sicherzugehen, dass die Aufmerksamkeit der Gäste weiterhin auf sie gerichtet war. »Geh doch zurück ins Klassenzimmer und überlass die Bühne denen, die es verdient haben.« Dann setzte sie ein Lächeln auf, das Amy nichts Gutes ahnen ließ. »Ich glaube, hier hat jemand eine Abkühlung nötig.« Ihre Stimme hallte von den Wänden wider und brachte die Menge in Bewegung.

Jemand verpasste Amy einen kräftigen Stoß, sodass sie nach vorn stolperte und fiel. Sie schlug unsanft auf der Wasseroberfläche auf. Mit einem Schlag verebbte das Lachen und es wurde still. Das Chlorwasser brannte in Amys Augen. Ihre Kleidung wurde schwer und zog sie nach unten. Sie strampelte angestrengt nach oben.

Die Musik schlug über ihrem Kopf zusammen, sobald sie die Wasseroberfläche durchbrach. Amy schnappte nach Luft und strich sich die nassen Haare aus dem Gesicht.

Natasha stand am Poolrand und streckte ein Mikrofon in die Höhe, als hätte sie einen Wettbewerb gewonnen. »Wer möchte in mein neues Album reinhören?«

Applaus und zustimmende Rufe ertönten.

Eine Sekunde lang war es äußerst verlockend, wieder abzutauchen und die Stille zu genießen. Dafür hätte sie sogar auf Sauerstoff verzichtet. Doch dann überlegte sie es sich anders und kletterte doch aus dem Pool. Außerhalb des Wassers schienen ihre Klamotten sie zu Boden drücken zu wollen. Sie wrang ihr Top aus. Ihre nackten Füße platschten über die warmen Fliesen.

Colin stand nach wie vor neben Natasha und sah sie mit demselben Blick an, der früher ihr gegolten hatte. Das war zu viel.

Amy eilte an Colin vorbei und versetzte Natasha einen Schubs. Das Mikro landete auf dem Boden. Ein schriller Pfeifton erfüllte den Raum, sodass sich einige die Ohren zuhielten. Natasha kreischte auf, stolperte über die lange Schleppe ihres Kleides und fiel rücklings in den Pool.

Mit einem breiten Grinsen sah Amy auf die Wasseroberfläche. Sie wollte auf keinen Fall verpassen, wie Natasha prustend und mit ruiniertem Make-up auftauchte.

Sie begriff nicht sofort, weshalb sich das Wasser rot färbte. Einen Herzschlag später hörte sie panische Rufe und Schreie. Amys Atem stockte. In ihren Ohren pfiff es. Allmählich drang Colins Stimme zu ihr durch. Sie verstand lediglich die Hälfte von dem, was er sagte, aber sie bekam mit, dass er einen Notarzt alarmierte.

Jemand legte ihr eine Hand auf die Schulter. Amy fuhr herum, darauf gefasst, die Polizei hinter sich zu sehen. Oder noch schlimmer: einen Journalisten.

Aber es war nur Damian. »Ach, du Scheiße.« Er starrte mit halb offenem Mund auf das Wasser. »Du hast sie umgebracht.«

Kapitel 7

Der Tee wurde allmählich kalt, ohne dass Amy einen Schluck davon getrunken hätte. Dennoch hielt sie sich an der Tasse fest, als würde ihr diese Halt geben. Ihr Kopf drohte bei der kleinsten Bewegung zu explodieren. Die ersten Sonnenstrahlen wagten sich durch einen Spalt zwischen den Vorhängen herein. Man konnte fast glauben, dass die Ereignisse der vergangenen Nacht nicht mehr als ein schlechter Traum gewesen waren.

Allerdings wirkten die Erinnerungen dafür viel zu real: Die blutende Wunde an Natashas Kopf. Colin, der ihr eine Hand auf die Schulter legte, bevor er in den Krankenwagen stieg. Das Blaulicht, das sich rasch in den Londoner Straßen verlor und außer Sichtweite geriet.

»... dass dein Vater Denys Markow kennt.« Die Stimme ihrer Mutter drängte sich in ihr Bewusstsein.

Amy blinzelte. »Hm?«

»Du kannst von Glück reden, dass dein Vater so gute Kontakte hat.« Beatrice schnaubte. »Ansonsten würdest du bereits wegen Körperverletzung im Gefängnis sitzen.« Sie schlang sich ihren Morgenmantel enger um die Taille.

»Du übertreibst«, sagte Amy müde.

Ihre Mutter ging zum Küchenfenster und schob den Vorhang ein Stück beiseite. Das Licht bohrte sich geradewegs in Amys Gehirn und löste einen schmerzhaften Stich direkt hinter ihrer Stirn aus.

»Das kannst du mir erzählen, wenn ich dich in deiner Zelle besuchen komme.«

»Dafür gibt es Besucherräume.« Amy nippte an ihrem Tee. Er schmeckte bitter.

Ihre Mutter blickte hinaus auf die Straße und wandte den Kopf nach links und rechts. »Wo bleibt er denn?«

»Wer? Papa?«

Beatrice winkte ab. »Der Zeitungsmann.«

»Aha.« Amy stellte die Tasse auf den Küchentisch. Ihre Finger waren so verkrampft, dass sie sich nur schwer davon lösten. Sie vergrub das Gesicht in den Händen und stöhnte leise. Das Licht sollte endlich aufhören, wie ein Vorschlaghammer in ihrem Kopf zu wüten.

Sie hatte bis drei Uhr nachts im Krankenhaus gewartet, um zu erfahren, wie es Natasha ging. Es war seltsam gewesen, mit Colin im Flur zu sitzen. Soweit sie sich erinnerte, hatten sie kaum ein Wort gewechselt. Der Geruch nach Desinfektionsmittel umhüllte sie und ließ alle möglichen Schreckensbilder auftauchen, die sie jemals in Arztserien gesehen hatte.

Aleister war kurz nach ihnen im Krankenhaus angekommen. Amy hatte nicht gewusst, an wen sie sich sonst wenden sollte, weshalb sie ihren Vater angerufen hatte. Er trug einen schicken Smoking. Seine Fliege saß ein wenig schief. Vermutlich kam er von einer Feier, die für gewöhnlich nach einer Premiere stattfand.

Kurz darauf trafen auch Natashas Eltern ein. Sie wechselten leise Worte mit Aleister und Colin, würdigten Amy aber keines Blickes. In diesem Moment wäre sie am liebsten im Boden versunken. Die angenehme Leichtigkeit von ihrem Rausch war verschwunden.

Stattdessen hatte sie sich in einen Bleimantel verwandelt, unter dem sie kaum atmen konnte.

Endlich erschien einer der Ärzte und teilte ihnen mit, dass Natasha eine leichte Gehirnerschütterung erlitten hätte und zur Beobachtung einige Tage im Krankenhaus bleiben sollte. Sobald sie sich erholt hätte, wäre sie wieder völlig gesund.

Daraufhin durfte Colin zu ihr. Selbst in diesem Moment zog sich Amys Herz zusammen. Er wollte bei Natasha sein, nicht bei ihr. Andererseits, was verwunderte sie daran?

Wie sich herausstellte, hatten Natashas Eltern ebenso wenig Interesse an schlechter Publicity wie Aleister und Beatrice. Vor allem, da die Markows aufgrund ihrer Nachtclubs, in denen die Londoner High Society und gelegentlich auch die Royals verkehrten, weitaus mehr in der Öffentlichkeit standen als Amys Familie. Carol hatte erwähnt, dass sie womöglich ihre eigene Reality-Serie bekommen sollten. Wenn die Presse also von Natashas Unfall erfuhr, würde das weitaus mehr Aufmerksamkeit erregen als Amy, wenn sie angetrunken eine Bar verließ.

Das war auch einer der Gründe gewesen, weshalb sie kurz darauf das Krankenhaus über den Hinterausgang verlassen hatten.

Ein Geräusch ließ Amy hochschrecken. Sie hob den Kopf von der Tischplatte und fuhr sich über die Augen. Ihre Mutter stand neben ihr und sah sie an, als hätte sie eine Frage gestellt, die Amy unmöglich beantworten konnte.

Bevor Amy reagieren konnte, hörte sie, wie eine Autotür zugeschlagen wurde und ein Wagen vorbeirauschte.

Beatrice drehte sich ruckartig zum Fenster. »Na endlich.« In einer Geschwindigkeit, die Amy ihr niemals zugetraut hätte, eilte sie in Morgenmantel und Hausschuhen hinaus. Wenige Augenblicke später fiel die Haustür mit einem lauten Knall ins Schloss. Beatrice kam mit einem Stapel Zeitschriften im Arm zurück in die Küche.

Dann setzte sich Beatrice auf den Stuhl neben Amy. »Wenn das so weitergeht mit dir, fange ich wieder zu rauchen an«, murmelte sie. Ihre Hände zitterten leicht.

Amy warf einen Blick auf die Zeitschriften. Das meiste waren Klatschzeitungen, die mit großen Bildern und bunten Überschriften die neuesten Skandale ankündigten. »Hast du die alle abonniert?«

»Irgendwie muss ich mich ja darüber informieren, was du treibst.« Ihre Mutter klang atemlos, so als würde sie die Anspannung kaum ertragen.

Ein kalter Schauer lief Amy über den Rücken. »Du könntest mich einfach fragen. So wie andere Mütter das tun«, sagte sie leise und rieb sich die Oberarme. Sie brauchte unbedingt ein heißes Bad, nicht nur, um das beklemmende Gefühl zu vertreiben, als hätte sie weiterhin nasse Klamotten an. Vor allem aber brauchte sie eine Pause von ihrer Mutter. Aleister hatte darauf bestanden, Amy nach dem Krankenhaus hierher zu bringen, damit sie nicht allein war. Im Haus ihrer Mutter hatte sie nach wie vor ihr altes Kinderzimmer, während es in Aleisters Wohnung keinen Rückzugsort für sie gab.

Das erste Rascheln der Zeitschrift erschien Amy wie der Vorbote einer schlechten Nachricht. Wenn die Geschichte mit Natasha herauskam, konnte sie ihren Platz an der RADA vergessen, sofern sie es in die letzte Runde schaffte. Es würde allerdings noch eine Weile dauern, bis sie eine Rückmeldung erhalten würde, wie sie beim Workshop abgeschnitten hatte.

Beatrice blätterte die Zeitschrift hektisch durch, wodurch sie eine Seite halb herausriss. Dann atmete sie hörbar aus. »Gut, hier steht schon mal nichts ... Wo willst du hin?«

Amy stützte sich an der Rückenlehne des Stuhls ab. Ihre Beine fühlten sich wackelig an. »Ins Bad.«

Ihre Mutter gab ein missbilligendes Geräusch von sich und griff nach der nächsten Zeitschrift. »Das kann warten.«

Anstelle einer Antwort zuckte Amy mit den Schultern und drehte ihrer Mutter den Rücken zu. Sie war zu alt, um sich von ihr vorschreiben zu lassen, wann sie einen Raum verlassen durfte.

»Du bleibst hier.«

Abrupt blieb Amy stehen. Diesen Tonfall hatte Beatrice nicht mehr angeschlagen, seit sie mit vierzehn beinahe die Küche in Brand gesteckt hatte. Sie holte tief Luft, bevor sie antwortete. »Ich werde wohl noch ...«

»Nein, darfst du nicht.« Beatrice knallte eine weitere Zeitschrift auf den Stapel der durchgesehenen Exemplare, die mittlerweile aussahen, als würden sie seit einem halben Jahr bei einem Billigfriseur herumliegen.

Unwillkürlich kam ihr das Ultimatum ihrer Eltern wieder in den Sinn. Womöglich war ihre Mutter skrupellos genug, es auch dann umzusetzen, wenn sie nicht tat, was sie verlangte. Das klamme Gefühl, das vorhin lediglich auf ihrer Haut gelegen hatte, war bis in ihr Innerstes vorgedrungen. Mit zusammengebissenen Zähnen beobachtete sie ihre Mutter, die weiterhin die Klatschblätter überflog.

Endlich griff Beatrice nach der letzten Zeitschrift. Ihre Bewegungen waren inzwischen etwas ruhiger geworden. Das Zittern in ihren Fingern längst abgeklungen. »Ha! Da haben wir den Salat.« Sie hielt die Zeitschrift weiter von sich weg und kniff die Augen zusammen. »Sieh dir das an.«

Amy schluckte schwer, sah ihrer Mutter dann aber über die Schulter. Eine Doppelseite zeigte mehrere Schnappschüsse von Prominenten, die heimlich fotografiert worden sind. Daneben befanden sich Sprechblasen und wenige Zeilen mit Infos, deren Wahrheitsgehalt Amy stark anzweifelte. Sie brauchte einen Moment, bis sie das Bild entdeckte, auf dem sie ihr und Vater zu sehen waren, wie sie mitten in der Nacht das Krankenhaus verließen. Aleister hatte ihr einen Arm um die Schultern gelegt. Ihre Haare klebten feucht auf ihrem Kopf. Das Make-up war verwischt und weckte Erinnerungen an die Fotos aus ihrem letzten Skandal. Neben dem Bild stellte die Redaktion Spekulationen darüber an, weshalb sie im Krankenhaus gewesen waren. Am wahrscheinlichsten hielten sie, dass Amy nach einer weiteren Partynacht der Magen hatte ausgepumpt werden müssen. Diese Idioten.

»Immerhin ist es nichts Ernstes.« Ihre Mutter seufzte erleichtert auf. »Die Meldung ist schnell wieder vergessen. Da! Eine Vierzigjährige heiratet einen dreiundzwanzig Jahre jungen Burschen. Das interessiert die Leute viel mehr.«

»Wirklich großartig«, erwiderte Amy tonlos.

»Du weißt, was das bedeutet?«

»Dass ich endlich gehen darf?«

»Du erinnerst dich an unsere Abmachung?« Beatrice legte die Zeitschrift auf den Stapel.

Mit einem Mal schlug Amys Herz schneller. Die Zunge klebte ihr am Gaumen und verhinderte, dass sie die Frage beantwortete. Ihre Mutter schien ohnehin nicht mit einer Antwort gerechnet zu haben.

»Du solltest dein Leben in den Griff bekommen.«

»Das tue ich doch.« Amy wich einen halben Schritt zurück, als könnte sie so dem Unvermeidbaren entkommen. »Ich bin mitten im Bewerbungsprozess für die RADA und ...«

»Und du hast jemanden mit einer Kopfverletzung ins Krankenhaus befördert.«

Amy knetete ihre Finger. Sie konnte dem Blick ihrer Mutter nicht länger standhalten. »Jaaa, aber es ist doch alles gut gegangen, oder nicht? Die Ärzte sagen, dass Natasha bald wieder gesund ist.«

»Du musst endlich Verantwortung übernehmen.« Beatrice streckte ihre Hand aus, als wollte sie Amys Wange berühren, aber sie wich ihr aus. Ihre Mutter zog die Hand zurück und legte sie auf ihr Schlüsselbein. »Nun, denn ... Für diesen Monat bekommst du dein Geld noch. Danach musst du selbst sehen, wie du zurechtkommst.«

Amy schnappte entsetzt nach Luft. »Das kannst du nicht machen. Papa ...«

»Dein Vater und ich haben darüber gesprochen.« Für den Bruchteil einer Sekunde wurde ihr Blick weich. Dann atmete sie hörbar ein. »Wir wollen verhindern, dass du dich weiter in Schwierigkeiten bringst.«

Eine Erwiderung lag Amy auf der Zunge. Sie öffnete den Mund, erwiderte letztlich jedoch nichts. Ihr fehlte die Geduld, mit ihrer Mutter zu diskutieren. Stattdessen eilte sie hinauf ins Bad, knallte die Tür hinter sich zu und schloss geräuschvoll ab. Amy war sich bewusst, dass sie sich wie ein bockiger Teenager verhielt. Und das war sicherlich nicht förderlich, um wie eine verantwortungsbewusste junge Frau zu wirken. Aber das war ihr in diesem Augenblick völlig egal.

Sie lehnte sich gegen die Tür und ließ sich langsam zu Boden sinken. In ihrem Hals hatte sich ein Kloß festgesetzt. Amy presste die Lippen fest aufeinander. Tränen liefen ihr über das Gesicht, bis sie keine Luft mehr bekam. Warum musste ihr Leben immer wieder außer Kontrolle geraten?

Kapitel 8

Seit Stunden saß Amy mit ihrem Laptop auf dem Sofa. Ein Becher Tee stand auf dem Beistelltischchen. Die Tassen von damals hatte sie in die hinterste Ecke des Küchenschranks geschoben und seither nicht mehr angerührt. Vielleicht würden sie ja eines Tages zu Staub zerfallen, wenn sie sie lange genug ignorierte.

Amy klickte sich durch das dritte Jobportal an diesem Vormittag. In den vergangenen Tagen hatte sie gefühlt im Minutentakt Bewerbungen an Bars, Clubs, Cafés, Restaurants und Boutiquen geschickt. Okay, es war nicht unbedingt ihr Traum, als Kellnerin oder Verkäuferin zu arbeiten, aber an diesen Orten verbrachte sie bevorzugt ihre Freizeit. Dann könnte sie dort genauso gut auch arbeiten. Davon abgesehen gab es vielleicht Mitarbeiterrabatt.

Allerdings hatte sie bisher ausschließlich Absagen erhalten. Amy wurde den Verdacht nicht los, dass ihr Ruf ihr vorauseilte und jeden potenziellen Arbeitgeber abschreckte.

Frustriert klappte sie den Laptop zu und ließ den Kopf nach hinten auf die Sofalehne fallen. Sie hatte versucht, mit ihren Eltern zu reden, jedoch hielten diese stur an ihrer Bedingung fest. Sogar die Androhung, dass sie verhungern und die Wohnung verlieren konnte, hatte nichts an deren Einstellung geändert.

Wie durch ein Wunder schwieg die Presse weiterhin zu Natashas Unfall. Natashas Eltern mussten tatsächlich über eine Menge Einfluss und Geld verfügen. Amy schnaubte. Natasha würde vermutlich in wenigen

Tagen ihre schreckliche Musik wieder unter die Leute bringen und dafür auch noch Applaus erhalten.

Ein Grund mehr, weshalb sie die Reaktion ihrer Eltern übertrieben fand. Okay, Natasha musste eine Weile im Krankenhaus bleiben, was Amy wirklich leidtat. Sie hatte ihr einen Strauß Tulpen mit einer Karte geschickt, in der sie sich entschuldigt und Natasha gute Besserung gewünscht hatte.

Außerdem blieb Colin weiterhin an Natashas Seite und würde ihr jeden Wunsch von den Augen ablesen. Darin war er gut. Amy hatte nicht widerstehen können und recherchiert, wie sich die beiden kennengelernt hatten. Wie es aussah, unterstützte Jelena Markow, Natashas Mutter, die Schule, in der Colin arbeitete, mit großzügigen finanziellen Mitteln. Dabei dürften sich die beiden auf einer Feier zu Ehren der Sponsorin das erste Mal über den Weg gelaufen sein. Amy erinnerte sich daran, dass Colin von der Veranstaltung erzählt hatte. Das war zwei Monate gewesen, bevor ...

Ihr Handy vibrierte und riss Amy aus ihren Gedanken. Sie wischte sich eine Träne aus dem Augenwinkel.

Eine Nachricht von Eliza. Sie fragte, ob Amy bereits die Semesteraufgabe von Hughes Kurs erledigt habe. Frustriert warf sie das Handy gegen ein Kissen. Warum sah Eliza nicht ein, dass sie keine Lehrerin ... Moment.

Hastig klappte sie den Laptop wieder auf. Sie vertippte sich mehrfach, als sie sich auf der Seite der Universität einloggte, um zu den Kursen und ihren Unterlagen zu kommen.

Ihr Pulsschlag beschleunigte sich, als sie die Folien zur Vermittlung sprachlicher Strukturen öffnete. Dann fand sie, wonach sie suchte.

»Ja!« Amy streckte die Fäuste in die Luft.

Danach ging sie die Liste mit den Partnerschulen der Universität durch und notierte sich, welche sie zuerst anschreiben würde. Einen Moment lang schwebte der Mauszeiger über der Zeile, wo die Kontaktdaten der St. Margret Highschool standen. Sie dachte an ihre kurze Begegnung mit Matthew Abercrombie. Rückblickend betrachtet, hatte er einen netten Eindruck gemacht. Vielleicht sollte sie ... Amy schüttelte den Kopf. Sie würde auf keinen Fall nach Schottland gehen. Niemals.

Meistens wurde sie mit den üblichen Floskeln abgespeist, dass momentan keine Stelle frei wäre oder Amy nicht den Anforderungen entsprach. Eine Schule hatte sehr ehrlich geantwortet und die Negativpresse über Amy als Begründung angeführt. Das machte die Sache aber nicht besser.

Mit einem Brummen strich sie die dritte und letzte Schule in Wales energisch aus. Sie hatte die Liste inzwischen ausgedruckt. Das zerknitterte Papier war übersäht mit Notizen und Markierungen. An einer Stelle hatte es einen Brandfleck abbekommen, da Amy es zu dicht an der Herdplatte hatte liegen lassen.

Sie seufzte und ging die wenigen Schulen durch, die sie noch nicht angeschrieben hatte. Neben ihr blubberte der Kochtopf mit der Pasta. Da sie nicht wusste, wann das nächste Mal Geld auf ihr Konto kommen würde, gab sie sich mit preisgünstigen Lebensmitteln zufrieden. Die Miete war vor wenigen Tagen abgebucht worden und hatte ein gewaltiges Loch in ihr Budget gerissen. Im nächsten Monat würde ihr Kontostand im Minus landen, wenn sie nicht bald einen Job bekam.

Würden ihre Eltern tatsächlich riskieren, dass sie aus ihrer Wohnung ausziehen musste? Sie sah aus dem Fenster. Der Himmel war grau, es nieselte und die Bäume des Hyde Parks verloren allmählich die letzten Blätter. Dieser Ausblick weckte in Amy das Bedürfnis, sich einen dicken Strickpullover überzustreifen und sich mit einer heißen Tasse Kakao auf das Sofa zu setzen. Für einen Moment flackerte ein Bild vor ihr auf, wie sie sich mit Colin unter eine Decke kuschelte und sie sich einen alten Film ansahen.

Amy schüttelte den Kopf. Seit sie nicht mehr ausging, kamen solche Erinnerungen viel zu häufig hoch. Colin war ihre erste große Liebe gewesen und sie war tatsächlich so naiv gewesen, zu glauben, dass sie ewig halten würde. Trotzdem. Sie musste endlich …

Das Klingeln an der Tür riss Amy aus ihren Gedanken. Sie hatte keine Lust auf Besuch. Sollte sie vielleicht so tun, als wäre sie nicht zu Hause?

Es klingelte erneut.

Mit einem Seufzen legte sie die Liste auf die Anrichte. »Ja, ja. Ich komme schon.« Amy fuhr sich mit den Fingern durch die ungekämmten Haare.

Ihr Besucher klopfte energisch. »Ich weiß, dass du da bist.«

Amy riss die Augen weit auf. Das konnte unmöglich … »Oh, bitte nicht.« Sie sah durch den Türspion, um absolut sicherzugehen. Da draußen stand tatsächlich Samantha. Ihre Halbschwester grinste, als wüsste sie genau, dass Amy sie beobachtete. In einer grüßenden Geste hob sie die Hand mit dem Motorradhelm.

Sie konnte noch immer so tun, als wäre sie nicht da. In diesem Fall würde Sam vermutlich vor ihrer Tür kampieren. Also legte sie die Hand auf die Türklinke. Sie würde die große Schwester sein, die ihr Leben völlig unter Kontrolle hatte und mit beiden Beinen fest am Boden stand. Okay, sie war lediglich um fünf Monate älter als Samantha und momentan hatte sie rein gar nichts im Griff. Aber genau darum ging es in der Schauspielerei doch, oder?

»Wie schön, dich zu sehen.« Sam grinste, als wäre es absolut selbstverständlich, dass sie zu einem spontanen Besuch vorbeikam.

»Was machst du denn hier?« Amy gab sich Mühe, freudig überrascht zu wirken. Trotzdem klang ihr Tonfall eine Spur zu hoch.

Samantha zuckte mit den Schultern. »Ich war in der Gegend und dachte mir ... mhm ... Kochst du gerade?« Sie drängte sich an Amy vorbei, legte ihren Helm auf die Kommode und streifte sich die Schuhe ab. Die Stiefel waren bemerkenswert sauber dafür, dass Sam mit dem Motorrad von Glasgow hierher gefahren war.

Amy atmete hörbar aus. Ja, klar. Sam war zufällig in der Gegend gewesen. Ihre Halbschwester tauchte niemals ohne Grund bei ihr auf. Ein aufdringlicher Reporter wäre ihr in diesem Moment um einiges lieber gewesen.

»Pasta mit Tomatensoße?«, rief Samantha aus der Küche. »Wo sind das Kalbfleisch, die Trüffel und der Kaviar geblieben?«

Bei »Kaviar« zuckte Amy zusammen. Sollte das eine Anspielung auf Natasha sein? Samantha arbeitete schließlich in einer Redaktion. Zwar in Glasgow, aber womöglich war ihr trotzdem etwas zu Ohren gekommen. Wenn das der Fall war, dann durfte sie sich erst recht nichts anmerken lassen. »Das hier ist kein 3-Sterne-Restaurant, weißt du?«

Samantha tunkte einen Löffel in den Topf, wo die Soße blubberte. »Mhm ... aufgewärmtes Fertigessen. Hervorragend.« Sie ließ den Löffel mit einem Scheppern in die Spüle fallen.

In diesem Moment bemerkte Amy die Liste mit den Schulen, die neben der Kaffeemaschine lag. Samantha musste ja nicht wissen, dass sie auf Jobsuche war. Das würde nur weitere Fragen aufwerfen, die sie garantiert nicht beantworten wollte.

Das Wasser im größeren Topf kochte und ließ den Deckel klappern. »Kein Problem, ich mach schon.« Samantha nahm die Nudelpackung und schüttete sie in den Topf.

Das war die Gelegenheit. Amy näherte sich unauffällig der Kaffeemaschine und streckte die Hand nach dem Zettel aus.

»Was ist das?« Samantha schnappte ihr das Papier vor der Nase weg.

»Nichts.«

Samantha zog die Augenbrauen konzentriert zusammen. Ihre Lippen bewegten sich langsam.

»Weiß Papa, dass du in London bist?« Amy plapperte drauflos. »Er würde sich bestimmt gern mit dir unterhalten. Du wirst doch wohl nicht den weiten Weg von Glasgow hierher machen, um dich dann nicht mit ihm zu verabreden ...« Hilfesuchend sah sie aus dem Fenster, darum bemüht, nicht mit den Armen in der Luft zu kreisen, als müsste sie sich vor dem Ertrinken retten. »Das Wetter heute ist furchtbar, findest du nicht auch? Bald ist Winter, Weihnachten und dann beginnt schon wieder ein neues Jahr. Unglaublich, wie schnell die Zeit vergeht. Findest du nicht auch?« Sie klang wie eine Tante, die Small Talk führte.

Samantha wandte ihr den Rücken zu.

Am liebsten hätte sie Sam die Liste aus der Hand gerissen und in kleine Stückchen zerfetzt. Aber damit wäre sie endgültig aus ihrer Rolle gefallen und Sam hätte erst recht Verdacht geschöpft, dass etwas nicht stimmte.

Das Wasser kochte über und landete zischend auf der Herdplatte. Im selben Moment blubberte die Soße wie ein Vulkan, der jeden Augenblick auszubrechen drohte. Erste Flecken verteilten sich. Rasch schaltete Amy den Herd aus und zog beide Töpfe von den heißen Platten.

»Du suchst einen Job?« Samantha wedelte mit dem Papier.

»Nein. Der gehört Chloe.« Ihre Antwort kam viel zu schnell, dennoch hielt sie daran fest. »Sie hat ihn hier vergessen.«

Samantha neigte den Kopf. »Hier steht«, sie deutete auf die Stelle, »›Vorstellungsgespräch am 8. Oktober‹. Das hast du wieder durchgestrichen und einen fiesen Smiley mit Hörnern daneben gezeichnet.« Sam hielt ihr das Papier hin. »Ich kenne deine Handschrift.«

Es hatte eine Zeit gegeben, in der Amy für Samantha die Hausaufgaben gemacht hatte, da diese mit ihrer Lese- und Rechtschreibschwäche nicht hinterherkam. Das war lange, bevor sie unterschiedliche Wege eingeschlagen hatten.

»Warum suchst du einen Job an einer Schule? Ich dachte ...« Sams Augen weiteten sich. Ihr Blick fiel auf die Pasta. »Dad und Beatrice haben dir das Geld gestrichen.«

»Da liegst du völlig falsch.« Viel zu schnell. Viel zu hohe Stimme.

Samantha gluckste, drückte sich aber gleich darauf die Fingerknöchel auf die Lippen. Ihr breites Grinsen konnte sie trotzdem nicht verbergen. Dann wurde ihr Gesichtsausdruck plötzlich ernst. Sie ließ die Hand sinken. »Was hast du angestellt?«

»Gar nichts.« Amy verschränkte die Arme vor der Brust. Ihr fiel nur ein Trumpf ein, den sie ausspielen konnte. »Oder hast du in letzter Zeit etwas in der Presse über mich gelesen?«

»Ich wette, es ist etwas auf der Party von dieser Natasha passiert.«

Amy schnappte nach Luft. »Woher ...« Gerade noch rechtzeitig biss sie sich auf die Zunge.

»Wusst ich's doch.« Samantha fischte mit ihrem Löffel eine Nudel aus dem Topf und pustete.

»Möchtest du zum Essen bleiben?« Amy goss das heiße Wasser in die Spüle. Wenn sie so tat, als hätte sie nichts zu verbergen, böte ihr das vielleicht eine Chance, Sam zu verunsichern.

»Danke, ich hab schon alles, weswegen ich hergekommen bin.« Sam legte die Liste zurück auf die Anrichte und winkte lässig.

Amy hatte keine Ahnung, ob Sam auf dieselbe Taktik setzte wie sie. Jedenfalls ging sie zurück in den Flur und schlüpfte in ihre Schuhe.

»Noch viel Erfolg bei der Jobsuche!«, rief sie zum Abschied.

»Ich bin nicht ...«

»Schon klar.« Damit schlug Samantha die Tür hinter sich zu.

Sobald es wieder still geworden war, ließ Amy die Schultern hängen. Es hatte ihr gerade noch gefehlt, dass sich Sam als Möchtegern-Reporterin aufspielte.

Sie warf der Liste einen Blick zu, als hätte diese Schuld daran, dass Samantha bei ihr aufgetaucht war. Sie wollte das Papier zerknüllen, hielt dann aber doch inne.

Alle Schulen waren ausgestrichen. Also alle Einrichtungen in England und Wales. Die in Schottland hatte sie bisher ignoriert. Der verfluchte Norden. Sie sah wieder hinaus auf den Park. Der Regen war inzwischen stärker geworden. Sie spürte bereits den feuchten Nebel auf ihrer Haut und die Kälte, die sich in ihren Fingern und Zehen festsetzen würde. Es war ja nicht bloß das Wetter, das sie störte. Samantha war auch dort. Und Matthew Abercrombie.

Amy seufzte. Ihrem Kontostand waren ihre Vorbehalte gegen den Norden völlig gleichgültig.

Der Vortrag über die Grammatik der englischen Sprache gehörte zu den langweiligsten Vorlesungen des gesamten Studienplans. Es machte die Sache auch nicht unbedingt besser, dass Professor Davies aus einer anderen Zeit stammte. Nämlich aus der, in der Overheadfolien zum neuesten Stand der Technik gezählt hatten.

Die Studentin, die eine Reihe vor Amy saß, suchte auf ihrem Laptop nach Ferienunterkünften in Italien. Ein anderer tippte auf seinem Handy herum, während ein dritter die Kästchen seines Notizblocks ausmalte.

Eliza schrieb eifrig mit und notierte sich alles, was man über die grammatikalischen Unterschiede zwischen Aktiv- und Passivsätzen nie wissen wollte. Chloe hatte hingegen wie Amy Schwierigkeiten, wach zu bleiben. Mehrfach kippte ihr Kopf nach vorne, um gleich darauf wieder zurückzuschnellen. Einmal hätte sie beinahe ihren Kaffeebecher vom Pult gefegt.

»Nachtschicht?«, flüsterte Amy. Um sich ihr Studium zu finanzieren, arbeitete Chloe in einem Vierundzwanzigstunden-Supermarkt.

Ihre Freundin gab lediglich ein Brummen von sich, das Amy als Zustimmung deutete. Chloe nippte an ihrem Becher, um zum zweiten Mal festzustellen, dass dieser bereits leer war.

Amy warf einen Blick auf ihr Handydisplay und fuhr im nächsten Augenblick hoch. Sie hatte eine E-Mail von der Academy erhalten. Sie benötigte drei Anläufe, um ihr Handy zu entsperren. Ihre Handflächen waren feucht.

»Herzlichen Glückwunsch ...«

Amy schlug sich eine Hand vor den Mund. Sie hatte es in die letzte Runde geschafft. Es hatte also Wirkung gezeigt, dass sie sich in keinen weiteren Skandal verwickelt hatte. Zumindest in keinen, von dem die Öffentlichkeit wusste. Als Nächstes stand ihr ein ganztägiger Workshop bevor, bei dem sie in Kleingruppen eine Szene einstudieren sollten. Der Termin war nach dem Jahreswechsel angesetzt. Es blieb ihr also genügend Zeit, um sich darauf vorzubereiten. Wenn sie dort ebenfalls gut abschnitt, durfte sie ab kommenden April an der RADA studieren. Allein bei der Vorstellung schlug ihr Herz so schnell, dass sie kaum atmen konnte.

Gerade, als sie Chloe die Nachricht zeigen wollte, kündigte sich eine neue E-Mail an. Es war die Antwort einer schottischen Schule auf ihre Bewerbung.

»Herzlichen Dank ...«

Hastig überflog Amy den Text, der für eine Absage viel zu lang war. Außerdem entdeckte sie nirgends das befreiende Wörtchen »leider«.

»Verdammt.« Ihre Stimme hallte bis nach vorne. Mehrere Gesichter drehten sich in ihre Richtung.

Professor Davies lachte amüsiert. »So könnte man es auch bezeichnen, wenn man sich dieses Phänomen durch den Kopf gehen lässt ...« Er fuhr unberührt mit seinen Erläuterungen fort.

Amy bekam jedoch nichts davon mit. Sie starrte auf die Nachricht, las sie erneut. Allerdings veränderte sich der Inhalt nicht.

»Was ist denn?« Chloe öffnete ein Auge.

Wortlos schob Amy ihr das Handy zu. Kurz darauf kicherte Chloe. Sie schien auf einmal hellwach zu sein. Dann reichte sie das Handy an Eliza weiter.

»Da steht, du sollst nächste Woche schon anfangen«, flüsterte Eliza ihr zu.

Amys Magen krampfte sich zusammen. In ihrem linken Ohr summte es.

»St. Margret Highschool«, murmelte Chloe. »In Dumfries. Wo soll das sein?«

»In Schottland«, brachte Amy zwischen zusammengebissenen Zähnen hervor.

Chloe gab ein unterdrücktes Prusten von sich. »Na ja, es ist ja bloß eine Vertretungsstelle. Das heißt, du bist bald wieder da.«

Eliza gab ihr einen Klaps auf die Schulter. »Es ist toll, dass Amy dort anfangen kann. Vielleicht ergibt sich daraus ja eine Festanstellung. Also, sobald du dein Studium abgeschlossen hast. Dir fehlen doch nur noch wenige Kurse, oder?«

Amy stopfte das Handy in ihren Rucksack. »Nie im Leben.« Die Stelle war befristet bis Ende März. Danach würde sie zurück nach London gehen und mit ihrer Schauspielausbildung beginnen. In diesem Moment kam ihr ein anderer Gedanke: Sie würde Matthew Abercrombie wieder begegnen. Allein bei der Vorstellung zog sich ihr Magen zusammen. Ob vor Aufregung oder Unbehagen konnte sie nicht sagen.

Kapitel 9

Der Nieselregen benetzte die Windschutzscheibe ihres Autos und erfüllte damit exakt das Klischee, das sie von Schottland hatte. Der Himmel war so grau, dass man glauben konnte, dass sich daran bis zum nächsten Frühjahr nichts ändern würde. Die Vorstellung allein genügte, um in Amy den Wunsch nach einer Decke zu wecken, aus der sie sich erst wieder herausschälen würde, wenn sich die Sonne zeigte.

Immerhin hatte sie einen Vorwand, eine Weile im Wagen sitzen zu bleiben. Nicht, dass die vergangenen sechs Stunden nicht lang genug gewesen wären. Ihr Körper fühlte sich unterhalb der Hüfte taub an und ihr Rücken schmerzte von der Fahrt. Trotzdem weigerte sie sich, auszusteigen. Nicht nur wegen des Regens. Sobald sie einen Fuß auf den Parkplatz der St. Margret Highschool setzte, gab es kein Zurück mehr. Es kam ihr so vor, als wäre sie selbst eine der Schülerinnen, die in dem Internat eingesperrt sein würde.

»Es sind nur ein paar Monate.« Amy trommelte auf das Lenkrad und seufzte. »Die Wintermonate. In Schottland.« Und sie war sich ziemlich sicher, dass einer ihrer Kollegen sie nicht sonderlich leiden konnte. Sie warf einen Blick auf das Backsteingebäude. Mit den unzähligen Fenstern, Türmchen und Kuppeln schien es früher ein Herrenhaus gewesen zu sein. Es sollte also ausreichend Platz bieten, um Menschen aus dem Weg zu gehen, wenn man es darauf anlegte. Mit etwas Glück würde sie Matthew Abercrombie kaum begegnen.

Sie zog eine Thermosflasche aus ihrer Tasche. Der Kamillentee war lauwarm. Plötzlich überbekam sie Heimweh. Sie strich mit dem Daumen über die Flasche, als wäre sie das letzte Bindeglied zu ihrer Wohnung. Abgesehen von den Koffern und Kartons, die sich auf der Rückbank stapelten, wodurch sie kaum durch die Heckscheibe sehen konnte.

Aus den Augenwinkeln nahm sie eine Bewegung wahr. Sofort beschleunigte sich ihr Puls. Sie war noch nicht bereit. Okay, das wäre sie wohl niemals. Durch die verschwommene Seitenscheibe erkannte sie eine Frau. Sie blieb kurz auf dem Treppenabsatz zur Schule stehen, kam dann aber zielstrebig auf Amys Wagen zu. Ihr Regenschirm hüpfte mit jedem Schritt auf und ab. Die Frau sah aus wie eine Annie ... oder eine Kathy.

Aus einem unbestimmten Impuls heraus beugte sich Amy über ihre Tasche und wühlte darin herum. Vielleicht würde die Frau sie in Ruhe lassen, wenn sie möglichst beschäftigt ...

Ein energisches Klopfen ließ Amy in ihrem Sitz hochfahren. Die Frau klebte mit ihrer Nase beinahe an der Seitenscheibe. Sie winkte mit beiden Armen, als wäre Amy Hunderte Meter entfernt und zeigte dabei makellos weiße Zähne.

»Dann wollen wir mal«, murmelte Amy. Sie drückte einen Knopf, um das Fenster herunterzulassen. Sofort kam ihr ein kalter Luftzug entgegen. Feine Regentropfen sprühten ihr ins Gesicht.

Die Frau streckte eifrig ihre Hand durch das geöffnete Fenster und verfehlte dabei nur knapp Amys Nase. »Hi, ich bin Caitlin Stewart. Biologie und Philosophie.« Caitlin trug keinerlei Make-up, dafür waren ihre Haare zu großen Wellen frisiert, wodurch sie ein bisschen wie ein Filmstar aussah. Ihr selbst gestrickter Cardigan machte diesen Eindruck jedoch schnell wieder zunichte.

Amy ergriff die ausgestreckte Hand und öffnete den Mund.

»Du bist Amy Fitzgerald. Englisch. Vertretungslehrerin für Finley.«

»Äh … ja?«

»Schön, wieder ein neues Gesicht zu sehen.« Sie drehte sich zum Schulgebäude um, wodurch ein kleiner Sturzbach von ihrem Regenschirm strömte. Ein Teil davon landete auf Amys Knien. Augenblicklich durchfuhr sie ein kalter Schauer.

»Ist etwas abgelegen hier«, plauderte Caitlin munter weiter. »Komme nicht so oft raus. Viel zu tun.«

Amy presste die Lippen fest zusammen, um Caitlin nicht daran zu erinnern, dass es in ihrer Sprache Nomen gab, die sie verwenden sollte, um einen ordentlichen Satz zu bilden.

Die Haare ihrer neuen Kollegin kräuselten sich durch die feuchte Luft bereits nach oben. Amy konnte das nicht mitansehen. Sie zog den Autoschlüssel aus dem Zündschloss, wobei der Gedanke äußerst verlockend war, mit quietschenden Reifen zurück nach London zu rasen. Die Erinnerung an ihren Kontostand ließ sie diese Idee schnell wieder verwerfen. Zumindest lebte Chloe in den kommenden Monaten in ihrer Wohnung und beteiligte sich an den Kosten. Ihre Freundin war damit näher an der Uni und dem Supermarkt, wo sie arbeitete. Sie sparte sich so knapp eine Stunde Fahrt mit der U-Bahn, um in die Stadt zu kommen, und gewann endlich etwas Abstand zu ihren Eltern, bei denen sie nach wie vor wohnte.

Anstatt also die Flucht zu ergreifen, schnappte sich Amy den Regenschirm, der im Fußraum der Beifahrerseite lag. Sie hatte sich zwei Taschenschirme besorgt, um jederzeit einen in Reichweite zu haben, egal, wo sie sich befand. Und sie war fest entschlossen, sich einen weiteren Schirm zu kaufen, falls es die Lage erforderte.

Caitlin sprang aufgeregt zur Seite, als Amy die Autotür öffnete. Der Saum ihres Rockes war dunkel vom Regen, aber das schien Caitlin nicht zu stören.

Amy sah auf das Gebäude, das für die nächste Zeit ihr Zuhause sein sollte. Rauch stieg aus den Schornsteinen auf, was vermuten ließ, dass es drinnen warm sein musste. Das war der erste Pluspunkt, den sie entdeckte, seitdem sie die schottische Grenze passiert hatte.

Der Wind blies mit einem Mal stärker, als wollte er Amy auf seine Weise willkommen heißen. Sie fröstelte trotz der dicken Jacke. Caitlin schienen die Temperaturen hingegen nichts auszumachen. Sie strahlte Amy an, wie es ansonsten ausschließlich Freundinnen taten, die man seit einer Ewigkeit nicht gesehen hatte.

Ihre Schritte hallten von den hohen Decken wider. Die Türen links und rechts des Ganges waren geschlossen. Dahinter waren gedämpfte Stimmen zu hören.

»Hier sind die Klassenräume. Jeder hat sein eigenes Klassenzimmer. Praktisch, oder?« Caitlin klang, als hätten die Schotten damit ein revolutionäres Konzept erfunden.

»Ja, sehr praktisch«, antwortete Amy abwesend. In Gedanken machte sie sich eine Notiz, in ihrem Schreibtisch einen der Taschenschirme zu bunkern.

»... ein großer Fan.«

»Entschuldige, was hast du gesagt?«

»Stiùiriche Macduff ist ein großer Fan deiner Mutter.«

Amy hatte keine Ahnung, welches Geräusch Caitlin da von sich gegeben hatte. Es klang jedenfalls so, als wäre sie kurz davor zu ersticken. »Stiu... wer?«

Caitlin kicherte wie ein Schulmädchen. »Stiùiriche. Gälisch für ›Direktor‹ ... Sein Büro ist gleich hier.« Sie blieb vor einer Tür stehen, die breiter war als jene zu den Klassenräumen. »Er hat gesagt, ich soll dich zu ihm bringen, sobald du da bist«, flüsterte Caitlin hinter vorgehaltener Hand. Die Begeisterung über diese Aufgabe war ihr deutlich anzusehen.

Amy unterdrückte ein Seufzen. Offensichtlich war in diesem Nest so wenig los, dass ihre Ankunft einem mittelgroßen Ereignis gleichkam. »Danke.« Amy rang sich ein Lächeln ab. »Dann stell ich mich mal dem Boss vor, nicht wahr?« Sie warf einen Blick auf das Schild, das neben der Tür hing. Gregor Macduff, Schuldirektor. Sie hob die Hand, um anzuklopfen, aber da hämmerte Caitlin schon gegen die Tür. Die dumpfen Schläge mussten bis ans andere Ende des Ganges zu hören sein.

Caitlin zupfte ihre Haare zurecht. »Ich begleite dich natürlich. Du musst ja schrecklich nervös sein.«

»Ehrlich gesagt ...«

»Herein.«

Aus einem merkwürdigen Grund wirkte Caitlin um einiges aufgeregter, als Amy sich fühlte. Sie knuffte

Amy in die Seite. »Viel Glück.« Dann drückte sie die Klinke hinunter und stemmte sich gegen die Tür. »Etwas schwergängig.«

Das Büro des Schuldirektors musste früher das Arbeitszimmer des Hausherrn gewesen sein. Zumindest deuteten der massive Tisch aus dunklem Holz und die Gemälde der Porträts von Personen, die hier vermutlich einmal gelebt hatten, darauf hin. Eine Seite des Raumes wurde von einem antiken Wandschrank eingenommen, der mit Ordnern und Schnellheftern vollgestellt war.

Der Direktor war hinter drei Computermonitoren kaum zu sehen. Immerhin in dieser Hinsicht schien die moderne Zivilisation auf dem Vormarsch zu sein. Das gab Amy die Hoffnung, dass auch eine Zentralheizung eingerichtet war und sie nicht Holz hacken und den Kamin anwerfen musste.

Caitlin legte Amy beide Hände auf die Schultern und schob sie nach vorne. »Hier ist sie, Gregor.« Sie sah seitlich an Amy vorbei.

»Ms. Fitzgerald.« Gregor Macduff stand auf.

Er war jünger, als Amy erwartet hätte. Mit der Brille und den dunklen Haaren erinnerte er sie an Clark Kent. Nur ohne die Schmalzlocke.

»Herzlich willkommen an der St. Margret.« Er kam hinter seinem Schreibtisch hervor und schüttelte eifrig Amys Hand. »Es ist immer schön, Studierende des University College bei uns zu haben.«

Aus einem unerfindlichen Grund kicherte Caitlin, darunter mischte sich ein kurzes Grunzen. »Hi, Gregor«, brachte sie schließlich heraus.

Amy spürte, wie sich Caitlin ein Stück weit hinter ihr duckte.

Er grinste, wodurch sich Grübchen um seine Mundwinkel bildeten. »Danke, dass du Amy hergebracht hast – ich darf doch Amy sagen, oder? Wir legen hier Wert auf flache Hierarchien.« Er beugte sich vor. »Unter uns: Sie sind unsere Rettung. Wir können den Englischunterricht nicht ausfallen lassen. Sprache ist so wichtig, nicht wahr?«

Wieder lachte Caitlin hinter ihr auf. Ihr Griff um Amys Schultern verstärkte sich.

Endlich ließ Gregor ihre Hand los. Unwillkürlich krümmte und streckte Amy ihre Finger. »Danke. Ich habe mich über die Zusage sehr gefreut.« Sie hörte selbst, wie steif ihre Stimme klang, aber sie hoffte, dass es niemand sonst bemerkte. Ihre Schauspielkünste schienen zu versagen, was nicht weiter verwunderlich war. Sie befand sich im schottischen Nirgendwo, ohne Aussicht, dieses in den nächsten Monaten verlassen zu können. Da durfte man wohl etwas aus dem Tritt geraten.

»Es ist mir eine Ehre, Beatrice Fitzgeralds Tochter in unserem Team zu haben.«

Team? Hoffentlich erwartete er nicht von ihr, dass sie im Kilt Baumstämme warf oder Felsbrocken durch die Gegend rollte – oder was auch immer bei den Highland Games veranstaltet wurde.

»Übrigens: Unser Freizeitangebot für die Internatsschüler könnte einen frischen Wind vertragen. Hättest du da vielleicht eine Idee?«

Amy hatte keine Ahnung, ob sie den Themenwechsel verpasst hatte. Jedenfalls starrte sie Gregor für einen

Moment mit halb offenem Mund an. Es widerstrebte ihr, mehr Arbeit zu übernehmen als unbedingt nötig. Aber das konnte sie ihrem neuen Arbeitgeber ja schlecht ins Gesicht sagen. »Was käme denn infrage?«

»Kreativkurse, sportliche Betätigung ...« Gregor wedelte euphorisch mit den Armen in der Luft. »Zusatzangebote zum Unterricht, Erfahrungen, die unsere Schülerinnen und Schüler auf das Leben vorbereiten.«

»Ich unternehme mit ihnen zum Beispiel Ausflüge in die Hügel, um dort Vögel zu beobachten.« Caitlin wagte sich einen Schritt hinter Amy hervor.

Gregor nickte und deutete auf Caitlin, als hätte sie genau das Richtige gesagt. Augenblicklich lief sie knallrot an.

»Ich denke darüber nach«, erwiderte Amy langsam. »Aber für den Anfang würde ich mich gern erst einmal einleben. Sobald ich einen guten Einfall habe, melde ich mich natürlich sofort.«

Gregor streckte beide Daumen in die Höhe. Er wollte noch etwas sagen, aber da läutete sein Telefon. »Gut, dann wünsche ich dir einen guten Start. Falls du Fragen hast, kannst du dich jederzeit an mich wenden ... oder an Caitlin. Sie weiß vermutlich mehr über den Schulbetrieb als ich.« Er zwinkerte Caitlin zu, was ihr ein erneutes Kichern entlockte. Dann hob er den Hörer ab. »Ja? Ah ja, hallo ... einen Augenblick bitte.« Gregor legte eine Hand auf die Sprechmuschel. »Würdest du Amy bitte ihr Zimmer zeigen und wo sie sonst alles findet? Danke.«

»Selbstverständlich, Kapitän.« Caitlin salutierte, hakte sich bei Amy unter und zog sie so abrupt mit sich, dass sie beinahe gestolpert wäre.

Eilig schloss Caitlin die Bürotür und lehnte sich dagegen. »Selbstverständlich, Kapitän? Hab ich das wirklich gesagt?« Sie versteckte das Gesicht hinter den Händen und schüttelte den Kopf.

»Ähm ...« Amy sah unschlüssig zur Seite.

»Er muss mich für eine Idiotin halten.« Caitlins Stimme drang gedämpft zwischen ihren Fingern hervor. Dennoch war sie laut genug, um sie auf mehrere Schritt Entfernung zu hören.

»Nur, wenn du weiterhin hier rumstehst und er dich hört.«

Caitlin schlug sich eine Hand vor den Mund. »Oh nein. Hoffentlich nicht. Glaubst du ...«

Amy schüttelte den Kopf. Dieses Mal fiel es ihr leicht, zu lächeln. »Führst du mich ein wenig herum?«

In diesem Moment ertönte die Pausenglocke. Es war nicht das schrille Klingeln, das sie aus ihrer eigenen Schulzeit kannte, sondern drei Töne in unterschiedlichen Höhen. Ähnlich zu der Pausenglocke im Theater. Das Geräusch hatte etwas Vertrautes. Sogleich fühlte sich Amy wohler, beinahe, als wäre sie zu Hause angekommen.

Zwei Sekunden später flogen die Türen zu den Klassenzimmern auf. Eine unüberschaubare Zahl an Jugendlichen strömte auf den Gang hinaus. Laute Stimmen, Gelächter, Rucksäcke, die geöffnet und geschlossen wurden, Bücher, die zu Boden fielen. Amys Ohren klingelten bei dem plötzlichen Lärmpegel.

Caitlin hob entschuldigend die Schultern. »Wir haben hier um die zweihundert Schüler und Schülerinnen.«

»Und die laufen alle hier rum, oder?« Amy drückte sich an die Wand, um nicht von der Masse weggetragen zu werden wie ein Stückchen Holz auf dem Wasser.

»Quatsch.« Caitlin winkte ab. »In dieser Etage sind die ersten zwei Jahrgänge. Die anderen vier sind in den oberen Etagen.«

»Unsere Gemeinschaftsküche.« Caitlin öffnete die entsprechende Tür.

Sofort empfing Amy der Geruch von altem Fett, Kaffee und gekochtem Gemüse. »Ich bin ja nicht so die Köchin.« Unwillkürlich kamen ihr die Scones in den Sinn, die sie für Colin gebacken hatte. Dieser Tag erschien ihr so fern, als hätte er in einem anderen Leben stattgefunden. »Ich gebe mich mit meiner Kochnische zufrieden.«

Caitlin blieb im Türrahmen stehen und blinzelte sie an. »Welche Kochnische?«

»Die in meinem Zimmer?«

Verwirrung stand Caitlin ins Gesicht geschrieben. »So etwas haben wir hier nicht. Wäre ja auch schade. Dann könnten wir uns doch nicht miteinander unterhalten.« Damit betrat sie die Küche.

»Genau das wollte ich vermeiden«, murmelte Amy.

»Entschuldige, hast du etwas gesagt?«

Amy hob abwehrend die Hände. »Nichts, nichts. Alles gut.« Sie war versucht zu fragen, ob sie denn ein eigenes Bad hätte oder sie sich mit einer Gemeinschaftsdusche abfinden musste. Andererseits würde es sie auch nicht wundern, wenn die Schotten draußen im strömenden Regen der Körperpflege nachgingen. Sie schüttelte den Gedanken ab und folgte Caitlin in die Küche.

»Oh, hi Matthew. Das ist Amy, die Vertretung für Finley«, sagte Caitlin in fröhlichem Plauderton. Sie zog Amy energisch in die Küche und hakte sich erneut bei ihr unter, als wären sie die besten Freundinnen. Matthew sah einen Augenblick von seiner Lektüre auf und nickte ihnen knapp zu. Soweit Amy es erkennen konnte, befand sich allein auf der Doppelseite mehr Text als in einer gesamten Zeitschrift, die ihre Mutter abonniert hatte. Ihr klopfte das Herz bis zum Hals, aber er beachtete sie nicht weiter. Erkannte er sie womöglich nicht? Sollte sie darüber enttäuscht oder erleichtert sein? Sie nutzte die Gelegenheit, um ihn heimlich zu mustern. Er wirkte anders als bei ihrer ersten Begegnung, sie konnte allerdings nicht sagen, woran es lag.

»Matthew, sei freundlich und sag Hallo.« Caitlin legte die freie Hand auf die Taille.

Es dauerte ein, zwei Sekunden, bevor er erneut aufsah. »Hi.« Matthew schob seine Brille nach oben und sah Caitlin fragend an.

In einer übertriebenen Geste schüttelte Caitlin den Kopf. Sie wandte sich an Amy. »Er ist nicht immer so schweigsam, stimmt's?«

Anstelle einer Antwort blätterte Matthew auf die nächste Seite. Neben seiner Zeitschrift stand ein halb leerer Teller, bei dessen Reste sich Amy nicht sicher war, ob es sich dabei um ein Frühstück oder ein Mittagessen handelte. Wenn man nach seinen Haaren ging, die ihm auf einer Seite abstanden, war er eben erst aufgestanden.

Caitlin seufzte. »Matthew Abercrombie. Physik. Teilzeit-Stinkstiefel. Komm, ich zeig dir dein Zimmer. Es ist direkt neben meinem.« Damit ging sie hinaus und streckte gleich darauf noch einmal den Kopf herein. »Hilfst du uns nachher mit Amys Gepäck?«

»Nicht nötig. Ich schaff das allein.« Amy lachte unbeholfen.

Ruckartig sah Matthew auf. Er taxierte Amy, als würde er sie zum ersten Mal richtig wahrnehmen. Ihre Blicke trafen sich. Da wusste sie, dass er sich an ihre Begegnung an der Uni erinnerte. Er biss von etwas ab, das wie Kuchen aussah, aber nach Fleisch roch. Amy unterdrückte den Drang, angeekelt die Nase zu kräuseln.

»Klar. Ich bin gleich unten.« Matthew nahm den Teller und stand auf.

Erst jetzt bemerkte Amy, dass auf seinem T-Shirt Mr. Spock zu sehen war, der sein Vulkanier-Zeichen machte. Womöglich hatte sie sein Outfit irritiert, das so völlig anders war als das Hemd und der Pullunder, den er an der Uni getragen hatte.

Sie rieb sich über die Stirn und hoffte, dass niemand die Resignation bemerkte, die sich dahinter verbarg. Wo war sie hier bloß gelandet?

Kapitel 10

Amy hatte den Eindruck, als füllten die Kartons und die zwei Reisekoffer das kleine Zimmer aus, das in den nächsten Monaten ihr gehören sollte. Immerhin wirkte der Raum nicht so schlimm wie befürchtet. Caitlin hatte sie ausführlich darüber informiert, dass die Unterkünfte für die Lehrer im vergangenen Jahr vollständig renoviert worden waren. Matthews Beitrag zu diesem Thema bestand darin, dass sie als Angestellte kostenfrei im Internat wohnen konnten und dies einer Wohnung im Ort eindeutig zu bevorzugen war. Davon abgesehen hatte er sich kaum an Caitlins Geplapper beteiligt, sondern stillschweigend Amys Sachen nach oben getragen.

Das Zimmer bestand aus schlichten Möbeln, wirkte jedoch durch den Ohrensessel und die hellen Farben gemütlich. Lediglich das naturalistische Gemälde der schottischen Küste würde sie unter dem Bett verstauen, sobald sie allein war.

Amy schielte in das angrenzende Bad. Ihre Haare und Klamotten waren feucht vom anhaltenden Regen und ihre Beine schmerzten von dem nicht enden wollenden Treppensteigen. Sie war völlig erschöpft und brauchte dringend Ruhe. Ein heißes Bad könnte in diesem Fall Wunder bewirken.

Caitlin stellte einen Karton mit Büchern auf dem Schreibtisch ab. »Puh!« Sie klopfte sich nicht vorhandenen Staub von den Händen und sah sich zufrieden im Zimmer um. »Brauchst du Hilfe beim Auspacken?«

»Danke. Aber das schaffe ich allein.« Amy hob abwehrend ihre Hände. In diesem Moment knurrte ihr Magen. Sie strich sich verlegen darüber.

»Ich koch uns etwas, ja?« Caitlin war ähnlich durchnässt wie Amy, störte sich aber offensichtlich nicht daran. Sie wandte sich an Matthew. »Leistest du uns Gesellschaft?«

Er stapelte soeben zwei Kartons übereinander, um den Weg zur Tür freizuräumen. »Also eigentlich ...«

»Wunderbar.« Damit eilte Caitlin hinaus in den Flur, nur um eine Sekunde später zurückzukommen. »In dreißig Minuten in der Küche.«

Amy wollte widersprechen, Caitlin hatte jedoch bereits die Tür hinter sich zugeschlagen. Unschlüssig ließ sie ihren Blick über die Kartons schweifen. Wohin sollte ihr gesamter Kram? Abgesehen von einem Kleiderschrank und einem leeren Bücherregal bot das Zimmer keinen Stauraum.

Matthew räusperte sich. »Du hast anscheinend vor, länger hierzubleiben.«

»Nur, bis der eigentliche Lehrer wieder da ist.« Amy wollte erst gar nicht, dass irgendwelche Missverständnisse aufkamen.

»Trotzdem könnte dir der Geheimschrank gefallen.«

Amy legte verwundert den Kopf schief. Was meinte er damit?

Er ging zu dem Bücherregal und schob es ein Stück beiseite. Dahinter kamen die Umrisse einer Tür zum Vorschein. Sie hatte dieselbe Farbe wie die Wand, weshalb sie kaum zu erkennen war. Matthew öffnete sie und zeigte ihr eine kleine Kammer mit Hängeregalen und einer nackten Glühbirne. »Frag mich nicht, wozu dieser Raum früher gedient hat. Jedenfalls ist er äußerst praktisch, um Sachen zu verstauen, die man nicht so oft braucht.«

»Danke«, erwiderte sie nach mehreren Sekunden Verzögerung. Sie überraschte weniger der geheime Stauraum als vielmehr die nette Geste, die Matthew ihr damit erwies. Womöglich war er gar nicht so ein Stinkstiefel, wie Caitlin behauptet hatte.

»Keine Ursache.« Matthew sah zur Seite und rieb sich den Nacken. »Wann beginnst du mit dem Unterricht?«

»Montag.« Amy hatte keine Lust auf Small Talk. Dennoch konnte es nicht schaden, wenn sie gut mit ihrem neuen Kollegen auskam. Der Aufenthalt hier würde auch so schon unerträglich genug werden.

»Das heißt, du hast morgen frei?«

Er wollte sie doch hoffentlich nicht zu einem Date einladen? Sie wollte lediglich die kommenden Monate gut überstehen und sich in kein Liebesabenteuer stürzen. Amy wich einen Schritt zurück und stieß gegen einen Karton mit Schuhen. Ein Paar High Heels lugten heraus. »Ja, aber ich muss ... Du siehst es ja selbst.« Sie machte eine Bewegung, die das gesamte Zimmer umfasste.

Matthew riss die Augen auf. »Nein, so meine ich das gar nicht.« Er wedelte abwehrend mit den Händen. »Es ist ... Für morgen ist ein Ausflug ins Scottish Dark Sky Observatory geplant. Und ich bräuchte eine weibliche Begleitung. Also als Aufsichtsperson.«

»Okay?« Nervös spielte Amy mit ihren Fingern. »Was ist mit Caitlin?«

»Die beaufsichtigt in der Zeit die Nachhilfegruppen.«
»Und mit ... mit ...«

»Haben ebenfalls keine Zeit. Kein Problem. Ich kann auch ...« Er ließ die Schultern sinken.

In diesem Moment klopfte es an der Tür und Gregor streckte den Kopf herein. »Ich störe hoffentlich nicht?«

»Nein, nein. Alles gut.« Amy war jede Ablenkung recht, um bloß nicht die Unterhaltung mit Matthew fortsetzen zu müssen.

»Wie ich sehe, ist mein bester Mann wieder voll im Einsatz.« Gregor klopfte Matthew anerkennend auf die Schulter. »Für den Ausflug morgen ist alles vorbereitet?«

»Ja, alles in bester Ordnung.« Matthews Lachen klang unbeholfen, was niemand außer Amy zu bemerken schien.

Der Direktor war offensichtlich zu sehr von dem Chaos im Zimmer abgelenkt, als dass er solche Feinheiten wie Tonlage hätte wahrnehmen können. »Schön, wenn hier wieder ein bisschen mehr Leben reinkommt.« Er rieb sich erwartungsvoll die Hände.

»Wir haben knapp zweihundert Teenager, die schwieriger zu bändigen sind als ein Haufen Klingonen. Mehr Leben geht nicht.«

»Ich spreche von unserer Etage. Was die Schüler betrifft, gebe ich dir absolut recht. Dabei ist es so praktisch, direkt dort zu wohnen, wo man auch arbeitet. Aber die meisten Lehrer scheinen diesen Vorteil nicht zu sehen. Stattdessen fahren sie ständig hin und her.« Gregor sah aus dem Fenster, wo grüne Hügel den Horizont berührten. »Dabei ist es hier wirklich schön.«

»Und kostengünstig«, fügte Matthew hinzu.

Gregor nickte langsam.

Bisher hatte Amy sich zurückgehalten und so getan, als würde sie die ersten Kartons auspacken. Nun wurde sie allerdings hellhörig. »Das heißt ... Hier wohnen ich, Matthew, Caitlin und ...«

»Gregor. Sonst niemand.«

Na prima. Amy lehnte sich an das Regal. Es gelang ihr knapp, ein Seufzen zu unterdrücken.

»Ah! Da darf ich dich korrigieren.« Gregor hob einen Zeigefinger. Sein Gesicht strahlte, als hätte er ein frühzeitiges Weihnachtsgeschenk parat. »Deswegen bin ich eigentlich gekommen. Ich habe einen Anruf von einer äußerst charmanten Dame aus Glasgow erhalten. Sie arbeitet bei der *Glasgow Times*, möchte sich aber eine kleine Auszeit nehmen und bei uns einen Kurs für Fotografie anbieten.«

Amy hielt überrascht die Luft an. Ein ungutes Gefühl breitete sich in ihr aus. »Hieß sie Samantha Carter?« Angespannt klammerte sie sich an einer Kante des Bücherregals fest.

»Ja. Kennst du sie?« Gregor sah sie mit großen Augen an.

Nun war es an Amy, unbeholfen zu lachen. »Sie ist meine Halbschwester.«

»Das ist ja großartig. Dann bekommt sie das Zimmer direkt gegenüber von dir.«

»Wie bitte?« Sie rutschte mit den schweißnassen Händen von der Kante des Regals ab. Es gelang ihr nur mit Mühe nicht hinzufallen.

»Sie kommt morgen Nachmittag zu einem Vorstellungsgespräch.« Gregor deutete mit Mittel- und Zeigefinger Gänsefüßchen an. »Also, sie weiß nichts von ihrem Glück, aber ich würde sie gleich anstellen. Nicht, dass sie uns jemand anders wegschnappt.«

»Sie kennen ... Du kennst sie doch nicht. Was, wenn sie eine Irre ist?« Amy hörte selbst, dass ihre Stimme viel zu hoch war.

»Da sie deine Schwester ist, habe ich überhaupt keine Bedenken. Außerdem hat sie mir schon einige ihrer Fotos geschickt. Ich bin mir sicher, dass sie unseren Schülerinnen und Schülern viel beibringen kann.«

»Davon abgesehen sind Fotografie und Bildbearbeitung zurzeit sehr beliebt. Soziale Netzwerke und so«, fügte Matthew hinzu.

»Genau das war auch mein Gedanke. Ich sag ja, du bist mein bester Mann.«

Matthew grinste breit. »Ich bin ja auch dein einziger Mann.«

Die beiden lachten, als handle es sich um einen Insider-Witz.

Zum ersten Mal sah Amy Matthew gut gelaunt, wodurch er wie ein völlig anderer Mensch wirkte. Der schweigsame Griesgram war verschwunden und hatte einem Mann Platz gemacht, den man sich wahrlich als besten Kumpel vorstellen konnte.

Amy schüttelte kaum merklich den Kopf. Es gab im Moment wirklich andere Dinge, auf die sie sich konzentrieren sollte. Zum Beispiel, wie sie verhindern konnte, dass Samantha ihr tagtäglich über den Weg lief.

»Oh, hi Gregor.« Caitlin streckte den Kopf durch den Türspalt herein. Man konnte zusehen, wie ihr Gesicht rot anlief. Sie sah hilfesuchend zu Amy. »Ich ... äh ... Das Essen ist fertig.«

Als wäre dies ein Startsignal gewesen, setzte sich Amy in Bewegung. Was auch immer Samantha vorhatte, Amy musste zusehen, dass bis dahin ihre Position in der Schule gefestigt war. Sie glaubte keine Sekunde daran, dass sich Sam eine Auszeit von der Redaktion nehmen wollte. Es gab nur einen Grund, weshalb sie sich ausgerechnet an der St. Margret beworben hatte: Sam kam ihretwegen. Aber wozu? Sollte Sam ihr schaden wollen, durfte ihr niemand glauben. Amy wandte sich entschieden an Gregor. »Möchtest du vielleicht mit uns essen?« Sie konnte beinahe spüren, wie der Boden unter Caitlins Herzschlag vibrierte.

»Wundervoll. Wie in alten Zeiten.« Gregor schien sich vor lauter Begeisterung nicht mehr einzukriegen.

Daraufhin winkte Amy ihn hinaus, damit Caitlin ein, zwei Minuten allein mit ihm verbringen konnte. Matthew wollte ihnen folgen, aber Amy hielt ihn am Unterarm zurück. »Ähm ...« Sie sah in Matthews Augen. Sein Lachen hatte sich dahinter festgesetzt und strahlte sie auf eine Weise an, die sie ihm niemals zugetraut hätte. Sie erwiderte zögerlich sein Lächeln. »Sorry. Ich wollte nur klären, wann wir morgen losfahren.«

Er legte den Kopf schief. »Was meinst du?«

»Die Exkursion morgen ins ...« Sie rieb die Fingerspitzen aneinander, als ob ihr dadurch der Name des Observatoriums schneller einfallen würde.

»Scottish Dark Sky Observatory?«

»Ja genau.« Sie verschränkte die Arme hinter dem Rücken und wippte mit den Zehen auf und ab. »Es ist doch eine tolle Gelegenheit, um ... äh, die Klingonen gleich mal kennenzulernen, nicht?«

Bei ihren letzten Worten zog er die Augenbrauen zusammen, als überlege er, ob sie noch alle Tassen im Schrank habe. »Klar.« Er zuckte mit den Schultern. »Abfahrt ist um halb sieben nach dem Abendessen.« Damit steckte er die Hände in die Hosentaschen und schlurfte in Richtung Küche.

Da war er wieder. Der Stinkstiefel, der kaum eine Silbe über die Lippen brachte.

Seufzend schloss Amy die Tür hinter sich. Im Flur duftete es deftig nach Zwiebeln und gebratenem Fleisch. Ihr Magen knurrte und fühlte sich gleichzeitig flau an. Die schottische Kost hatte nicht unbedingt den besten Ruf.

»Danke.« Mit einem Mal stand Matthew unmittelbar neben ihr.

Gerade so konnte Amy einen Aufschrei unterdrücken.

Er wich einen halben Schritt zurück. »Entschuldige. Ich wollte nicht ...« Er rieb sich verlegen den Hinterkopf. »Danke, dass du mich morgen begleitest. Du wirst es nicht bereuen.« Amys Mund war trocken. Sie wollte etwas erwidern, wurde aber von Caitlin unterbrochen, die quer über den Flur rief, dass sie sich beeilen sollten, bevor der Haggis kalt wurde.

Kapitel 11

Amy bereute ihre Entscheidung, an der Exkursion teil-zunehmen, noch bevor der Bus losgefahren war. Die Schüler um sie herum redeten wild durcheinander, so-dass ihr bereits nach wenigen Minuten der Kopf schwirrte. Ein paar Mal glaubte sie, die vertrauten Klänge des Londoner Akzents zu hören, konnte die Stimmen aber keiner Person zuordnen. Ihr fiel ein, dass Matthew bei der Vorstellung der Schule erwähnt hatte, dass sie auch einige Jugendliche aus London be-herbergten. Sie konnte nur hoffen, dass niemand sie er-kannte.

Sie steckte ihre Nase tiefer in den dicken Wollschal. Ihr Atem setzte sich warm darin ab. Trotz drei Klei-dungsschichten und einer Winterjacke zitterte sie. Die Sonne war beinahe hinter den Hügeln verschwunden und mit ihr auch die letzten Temperaturen über zehn Grad. Abgesehen von ihr schien sich niemand sonst da-ran zu stören. Matthew trug lediglich eine ärmellose Ja-cke und darunter ein Sweatshirt.

Auf Matthews Aufforderung hin bewegten sich die Schüler allmählich in den Bus. Er hakte ihre Namen auf einer Liste ab, sobald sie einstiegen. Amy sah ihm dabei verstohlen über die Schulter. Sie konnte es nicht leiden, wenn sie nicht wusste, wie jemand hieß. Zur Not dachte sie sich einen passenden Namen aus.

»Gorden MacPherson«, murmelte Matthew. »Hey, Gordon, lass den Football hier. Den brauchst du im Ob-servatorium nicht ... Angus Peterson ... Kirstie Mac-Crain.« Er blickte auf. »Kirstie, wo bleibt Hailey?«

Das Mädchen mit den braunen Locken drehte sich zu ihm um. »Sie kommt gleich.«

Amy hielt die Luft an. Kirsties Sprechweise klang eindeutig nach dem Londoner Akzent. Das Mädchen achtete aber nicht weiter auf sie, sondern stieg in den Bus ein. Amy sah zu, wie sie sich in eine der hinteren Reihen neben Gorden setzte.

Matthew tippte ungeduldig mit dem Stift auf das Klemmbrett. »Hailey ist manchmal etwas träge. Du darfst nicht nachlässig mit ihr sein.«

In diesem Moment kam ein Mädchen quer über den Parkplatz gelaufen. Mit einer Hand hielt sie ihre Pudelmütze auf dem Kopf, mit der anderen umklammerte sie den Träger eines Rucksackes, der ihr über eine Schulter hing.

»Da ist sie ja.« Matthew hob seine Tasche auf, die zwischen seinen Füßen gestanden hatte. »Hailey, beeil dich. Ansonsten bleibst du hier!«, rief er ihr entgegen.

Leises Gelächter drang aus dem Bus. Einige sahen aus den Fenstern und tuschelten hinter vorgehaltener Hand.

Amy runzelte die Stirn und warf einen weiteren Blick auf die Liste. »Es fehlen noch drei andere.«

»Trotzdem sollte sie nicht trödeln.«

Schwer atmend blieb Hailey vor ihnen stehen. Die Haube saß schief auf ihrem Kopf und ihre Haare waren zerzaust.

»Hi.« Amy lächelte sie an. »Such dir drinnen schon mal einen Platz.« Sie schielte hinüber zu Matthew, der konzentriert auf weitere Papiere sah, die sich hinter der Namensliste verbargen.

Hailey nickte ihr knapp zu und eilte dann in den Bus. Sie setzte sich in die zweite Reihe und steckte sich Kopfhörer in die Ohren. Wenn sich seit ihrer eigenen Schulzeit die Regeln nicht verändert hatten, bedeutete dies, dass Hailey zu den weniger beliebten Mädchen der Schule gehörte. Die coolen Kids saßen immer in den hintersten Reihen – und verursachten den meisten Ärger.

Sobald der Bus losfuhr, zog Amy ihre Thermoskanne mit Schwarztee aus der Tasche. Sie setzte die Kanne an die Lippen.

»Ich sage ein paar einleitende Worte. Dann kannst du dich vorstellen, okay?« Matthew griff nach einem Mikrofon, das in einer Halterung am Reiseleiterplatz steckte.

Amy verschluckte sich an ihrem Tee. Sie hustete mehrmals. Eigentlich hatte sie ablehnen wollen, aber da stand er bereits vorne, eine Hand lässig über eine Lehne gelegt und begrüßte die Schüler. Da das Mikro ausgeschaltet war, verstand man ihn nur in den vordersten Reihen. Leises Gekicher machte sich breit. Matthew ließ sich davon nicht irritieren, sondern betätigte einen Schalter am Mikro. In derselben Sekunde gab das Teil einen schrillen Pfeifton von sich.

Einige Schüler quiekten auf. Amy fuhr erschrocken hoch und kleckerte etwas von dem Tee auf ihre Jeans. Sie wischte mit dem Ärmel über die nasse Stelle.

Matthew grinste in die Runde. Wie schon am Vortag wirkte er von einer Sekunde auf die nächste völlig verändert. Er lächelte auf eine Art, die ihn äußerst sympathisch machte. Wie schon an der Uni hatte er etwas an sich, wodurch man ihm gern zuhörte. Seinen Schülern schien es ähnlich zu ergehen wie ihren Kommilitonen vor wenigen Wochen. Sobald er den Mund aufmachte, hörten sie ihm aufmerksam zu und lachten an den richtigen Stellen. Allmählich glaubte sie, dass er eine gespaltene Persönlichkeit mit einer griesgrämigen und einer bezaubernden Seite besaß. Es war entweder das oder er verfügte über ein unglaubliches schauspielerisches Talent. Was auch immer es war, sie konnte vermutlich einiges von ihm lernen.

Die Fahrt sollte etwa eineinhalb Stunden dauern. Und Matthew ermahnte die Klasse, dass sie sich im Observatorium gefälligst benehmen sollten, da sie ansonsten den Rückweg zu Fuß antreten würden. Die Gruppe lachte daraufhin auf eine Art, die erahnen ließ, dass er diese Drohung öfter aussprach.

»Wie manche von euch sicherlich bemerkt haben, ist jemand Neues mit von der Partie.« Er deutete auf Amy, die automatisch tiefer in ihren Sitz sank. »Ms. ... Äh.« Matthew beugte sich zu ihr vor und legte eine Hand halb auf das Mikro. »Stell dich am besten gleich selbst vor.«

Im Bus war es absolut still geworden, sodass seine Worte bis in die letzten Reihen zu hören waren. Zumindest ließ das leise Gekicher, das von dort kam, darauf schließen.

In einem ersten Impuls wollte Amy ihm das Mikro aus der Hand schlagen. Allerdings hätte das vermutlich nicht den besten Eindruck hinterlassen. Also griff sie danach.

Zögerlich stand sie von ihrem Platz auf. Ausgerechnet in diesem Moment fuhr der Bus eine lang gezogene Kurve. Amy stolperte nach vorne und fiel direkt in

Matthews Arme. Ihr Gesicht fühlte sich mit einem Mal heiß an. Jemand pfiff.

»Alles klar?« Matthew half ihr, sich wieder aufzurichten.

Amy stammelte eine Entschuldigung in der Hoffnung, dass irgendeines ihrer Worte einen Sinn ergab. Allmählich machte sie sich ernsthafte Sorgen um ihre Schlagfertigkeit. Sie zupfte ihren Pullover zurecht und hielt sich dann krampfhaft an der Armlehne eines Sitzes fest. Der Boden unter ihren Füßen neigte sich von links nach rechts und wieder zurück. Befanden sie sich auf einer Landstraße oder auf einem Schiff in Seenot?

Schließlich setzte sie das Mikro an die Lippen. »Hi … Schönen Abend.« Jeder ihrer Atemzüge hallte durch den Bus. Das hier erschien ihr um so viel schwieriger als die Aufnahmeprüfung an der RADA.

Manche Schüler sahen sie interessiert an, andere starrten gelangweilt aus dem Fenster. Immerhin Hailey lächelte ihr freundlich zu. Amy atmete tief durch. Das waren Schüler. Nervenraubend, aber man konnte sie unter Kontrolle halten. Vor allem, wenn man war wie … Laura Hughes, ihre Dozentin an der Uni.

Sie ließ die Armlehne los und richtete sich auf. »Ich bin Amy Fitzgerald und übernehme bis Ende des Wintersemesters die Englischklasse.«

Auf diese Bemerkung hin fiel drei, vier Schülern die Kinnlade herunter. Eines der Mädchen, das sie mit großen Augen ansah, war Kirstie. Amy fiel erst jetzt auf, dass sie eine Strickmütze mit der Aufschrift des Royal Ballets trug. Man konnte diese Mützen ausschließlich im Royal Opera House kaufen. Amy hatte selbst einige Modelle davon zu Hause.

Kirstie tuschelte aufgeregt mit ihrer Sitznachbarin. Keine Sekunde später tippten die beiden wild auf ihren Handys herum.

»Ich darf euch daran erinnern, dass dies ein Schulausflug ist und keine Freizeitveranstaltung.« Hughes' kühlen Tonfall hatte sie drauf. »Deshalb würde ich euch bitten, die Handys wegzustecken. Wer sich nicht daran hält, darf sich morgen über einen Test zur klassischen englischen Literatur freuen.« Tatsächlich verschwanden die Handys. Dennoch wollte Amy kein Risiko eingehen. »Sollte im Laufe des Ausflugs ein Handy auftauchen, wird dieses eingezogen«, fügte sie mit Nachdruck hinzu. Damit gab sie Matthew das Mikro zurück. Er nickte ihr kaum merklich zu. Die Anerkennung in seinem Blick ließ ihr Herz höherschlagen.

Ihr war klar, dass es trotz allem nur eine Frage der Zeit war, bis sie das Gespräch der Schule sein würde. Schließlich konnte sie nicht ewig verhindern, dass man nach ihr googelte. Bis es so weit war, musste sie sich als Lehrerin bewährt haben.

Kapitel 12

Die Straße zog sich scheinbar endlos die grasbewachsenen Hügel hinauf. Sie kamen an einem See vorbei, über dem bereits der Nebel hing. Im Halbdunkel konnte sie kaum erkennen, wo sich das Ufer befand. Kein Wunder, dass die Menschen hier an Ungeheuer glaubten.

»Das ist der Loch Doon. Im Sommer kann man dort prima picknicken.« Matthew saß auf einmal neben ihr.

Allein bei dem Gedanken, sich in der Nähe des Sees aufzuhalten, ließ Amy einen kalten Schauer über den Rücken jagen.

Matthew räusperte sich und lenkte sie von den Seeungeheuern ab, die womöglich im See lauerten. »Entschuldige übrigens, falls ich dich an der Uni seltsam angesprochen habe.« Er rieb sich den Hinterkopf. »Gregor hat darauf bestanden ... auf den Vortrag und den Pullunder. Er meinte, das würde seriöser wirken als ... mein übliches Outfit.«

Amy schielte auf sein Shirt, das unter der geöffneten Jacke hervorlugte. Darauf war die Enterprise zu sehen, wie sie durch die Galaxie schwebte.

»Na ja, so gesehen hatte mein unfreiwilliger Vortrag ja auch einen Vorteil«, fuhr Matthew fort. »Vielleicht hättest du dich ansonsten nicht an der St. Margret beworben.« Er lachte peinlich berührt auf. »Also, was ich eigentlich sagen will ... Gregor hätte mich bestimmt zu weiteren Vorstellungsrunden durch das Land geschickt. Dabei kratzt der Pullunder so furchtbar.« Er hob die Hand, als wollte er ihr kumpelhaft auf die Schulter klopfen, ließ es dann aber bleiben.

Amy grunzte amüsiert auf. Sie suchte nach einer passenden Erwiderung, als ihr der kräftige Duft von Schinken und Käse entgegenkam.

»Gorden! Musst du dein Abendessen unbedingt im Bus essen?«, rief ein Mädchen.

»Das ist nur ein kleiner Snack. Als Sportler braucht man Kalorien.« Gordens letzte Worte gingen in lautem Schmatzen unter.

Lachen mischte sich mit Murren. Begleitet vom Geruch ungewaschener Socken. Amy rümpfte die Nase. Eher zufällig wechselte sie einen Blick mit Matthew. Er hob die Schultern und lächelte schief. Amy kicherte verhalten. Aus den Augenwinkeln bemerkte sie, dass Matthews Schultern vor unterdrücktem Lachen zitterten.

»Willkommen an der St. Margret«, raunte er ihr zu.

Amy gab ihm einen freundschaftlichen Klaps auf den Oberarm. Beinahe fühlte sie sich, als wäre sie selbst eine der Schülerinnen. Ein aufgeregtes Kribbeln breitete sich in ihrem Bauch aus. Der Besuch im Observatorium erschien ihr mit einem Mal wie ein aufregendes Abenteuer und nicht wie eine lästige Pflicht.

Kurz darauf passierten sie ein Waldstück, das die Schotten vermutlich für romantisch hielten. Amy konnte sich hingehend lebhaft vorstellen, dass sich diese Kulisse hervorragend für einen Zombie-Film eignen würde.

Mit einem Mal machte sich lautes Rascheln breit, gefolgt von überraschten Rufen. Zwei Mädchen klebten an der Scheibe, die von ihrem Atem beschlug.

Matthew nahm wieder das Mikrofon. »So Leute, wir sind gleich da. Packt euch zusammen. Benehmt euch anständig. Und bleibt bitte sitzen, bis der Bus steht.«

Eine Gruppe Jungs lachte und wedelte mit den Armen, als wären sie Flugbegleiter, die den Passagieren erklärten, wo sich die Ausgänge befanden.

Dann erblickte auch Amy das Gebäude. Es bestand ausschließlich aus Holz. Auf dem Dach stand eine Solaranlage. Aber wirklich beeindruckend war die Kuppel, unter der sich vermutlich das Teleskop befand. Neben dem Observatorium entdeckte sie einen Anbau, der an ein einfaches Holzhaus erinnerte und so unscheinbar wirkte, dass er den meisten Besuchern wohl verborgen blieb.

Kaum öffneten sich die Bustüren, stürmte die Klasse auch schon hinaus, als gäbe es draußen das neueste Smartphone geschenkt.

Amy wollte sie schon zurückrufen, aber Matthew deutete ihr mit einer Geste, dass dies unnötig sei.

»Die kommen ohnehin nicht weit.« Er zog den Reißverschluss seiner Jacke zu und wechselte wenige Worte mit dem Fahrer, dann stieg er ebenfalls aus.

Amy folgte ihm, froh darüber, der stickigen Luft zu entkommen. Das Observatorium war die einzige Lichtquelle in der Umgebung. Offenbar lebten hier ansonsten keine anderen Menschen. Diese Vorstellung erschien ihr seltsam. Schließlich war Amy die Londoner Großstadt und ihre Vororte gewohnt.

Die Luft war kühl und feucht vom Nebel. Augenblicklich hatte sie das Gefühl, dass ihr die Haare am Gesicht festklebten. Sie setzte sich ihre Mütze auf und zog sie fest über die Ohren.

»Seht euch das mal an!«, kam es von einer Gruppe Schülerinnen. Die Mädchen deuteten in den Himmel. Atemwölkchen bildeten sich vor ihren geöffneten Mündern.

Amy folgte ihrem Blick. Überrascht hielt sie die Luft an. Über ihnen glitzerten unzählige Sterne wie Eiskristalle, in denen sich das Licht brach. Sie schienen so nah, dass sie glaubte, danach greifen und eine Handvoll davon schöpfen zu können.

Es dauerte eine Weile, bis Amy ihre Aufmerksamkeit auf das Gewusel um sie herum richtete.

Die Klasse hatten sich inzwischen um Matthew versammelt. Er sagte etwas zu ihnen, dass sie akustisch nicht verstand. Sie kam näher und neigte den Kopf. Amy bemerkte, wie es in Matthews Augen vor Begeisterung leuchtete.

Er deutete soeben auf das Gebäude hinter ihm. »Das Observatorium wurde 2012 eröffnet und gehört zu den wichtigsten astronomischen Beobachtungsstätten Schottlands. Und nebenbei ist es ein sehr beliebtes Ausflugsziel für Touristen.«

Gorden hob eine Hand. »Also mein Cousin Gavin sagt, dass das Observatorium der University of Glasgow viel bedeutender ist.«

Für den Bruchteil einer Sekunde verzog Matthew den Mund, als hätte er den Käsegeruch wieder in der Nase. »Gavin hat keine Ahnung, wovon er spricht.«

»Er hat dort eine Forschungsstelle. Und er schreibt einen Artikel über so ein astronomisches Phänomen für irgendeine Zeitschrift …«

»Vorher muss er erst einmal die Zusage für den Artikel bekommen.« Daraufhin klatschte Matthew einmal in die Hände. »So, dann wollen wir mal reingehen.«

Als wäre dies ein Zeichen gewesen, öffnete sich die Tür zum Observatorium. Die Umrisse eines Mannes waren zu sehen, der sich gegen den Türrahmen lehnte. Das Innere des Gebäudes war hell erleuchtet, sodass Amy sein Gesicht nicht erkennen konnte. Ohnehin erinnerte sie der Anblick an jene Szene in Alienfilmen, in denen die Außerirdischen aus dem Raumschiff stiegen. Sie schnaubte über diesen Gedanken und warf einen Blick auf Matthew, der die Schüler ins Observatorium navigierte wie ein Schäfer seine Schafe.

Hailey bildete mit Amy das Schlusslicht, was Amys Theorie bestätigte, dass das Mädchen nicht besonders beliebt sein konnte. Welche Schülerin würde schon freiwillig die Gesellschaft ihrer Lehrerin suchen?

»Das ist mein Onkel Mason. Er leitet das Observatorium«, flüsterte Hailey ihr zu. Der Stolz in ihrer Stimme war deutlich herauszuhören.

Amy nickte, als wäre ihr diese Info längst bekannt. Sie hätte sich gern weiter mit Hailey unterhalten, wusste aber, dass sie ihr damit keinen Gefallen tun würde. Deswegen deutete sie ihr lediglich, dass sie vorangehen sollte. Hailey kam der Aufforderung nach und legte die wenigen Meter im Laufschritt zurück. Sofort bekam Amy ein schlechtes Gewissen. Nun scheuchte sie das Mädchen auch schon herum. Hailey schob sich an Mason vorbei, der sich gerade mit Matthew unterhielt. Die beiden lachten über etwas. Dann gingen sie ebenfalls hinein.

Amy blieb auf der Türschwelle stehen, um einen letzten Blick in den Himmel zu werfen. Da entdeckte sie drei Schüler, die keine Anstalten machten, sich vom Fleck zu bewegen. Ihre Gesichter wurden vom Licht eines Smartphones beleuchtet, über das sie sich gebeugt hatten.

»Okay«, flüsterte Amy zu sich selbst. »Sei wie Hughes.« Dann ging sie mit weit ausholenden Schritten auf die Gruppe zu. Sie war hier die Autoritätsperson, die sagte, wo es langging. In diesem Fall ins Observatorium, wo hoffentlich die Heizung auf Hochtouren lief. »Kommt endlich.« Sie blieb vor ihnen stehen. Aber die drei schienen sie nicht einmal zu bemerken. Sie erkannte Gorden, Kirstie und Angus. »Bewegt euch endlich rein«, wiederholte Amy lauter. Immerhin erreichte sie damit, dass Angus zusammenzuckte. Mit der Brille und den nach vorn gezogenen Schultern wirkte er wie der typische Streber. Und somit auch das schwächste Glied in der Kette. »Angus, was macht ihr noch hier? Ma... Mr. Abercrombie hat gesagt, dass wir reingehen.«

»Sie kommen mir bekannt vor. Da war etwas mit einem geklauten Auto«, erwiderte Kirstie, als wäre dies eine Antwort auf ihre Frage. Sie streckte ihr Handy in die Höhe und betrachtete mit gerunzelter Stirn das Display. »Aber ich bekomme hier keinen Empfang.«

»Du hast gesagt, sie hat jemanden überfahren«, behauptete Gorden. Er kaute erneut an einem Sandwich. Wie viele von den Dingern hatte er in seinem Rucksack verstaut?

»Das eine schließt das andere ...«

»Was haben wir über Handys während des Ausflugs gesagt?« Amy deutete Kirstie mit einer Geste an, dass sie ihr das Handy geben sollte. Sie musste die Situation rasch unter Kontrolle bekommen. Ansonsten würde es auf der Rückfahrt nur so vor Gerüchten brodeln und sie musste vermutlich ihre Sachen packen, bevor sie bewiesen hatte, dass sie … einen guten Job machte? Der Gedanke irritierte sie selbst. Schließlich bedeutete diese Anstellung nicht mehr als eine Zwischenlösung, um an Geld zu kommen, bis ihre Eltern wieder Vernunft angenommen hatten.

Kirstie nutzte Amys Zögern und steckte ihr Handy zurück in ihre Tasche.

In diesem Moment setzte Nieselregen ein, der Amy wie Wasser aus einer Sprinkleranlage ins Gesicht sprühte. Sie zog sich die Kapuze ihrer Jacke über den Kopf. »Kommt jetzt. Sofort.«

Es war schwer zu sagen, ob es an ihrem Tonfall oder dem Regen lag, aber immerhin setzten sich die drei endlich in Bewegung.

Im Observatorium streifte Amy die Kapuze ab. Es war hell und warm im Inneren. Mit ein bisschen mehr Deko und Sitzgelegenheiten hätte es sogar richtig gemütlich sein können. Unwillkürlich kam ihr der Gedanke, dass sich das Gebäude ebenso gut für eine kleine Bar eignen würde. Okay, sie wäre etwas abgeschieden gewesen, dafür könnte man die Musik aufdrehen, bis einem die Ohren abfielen.

Die Fotos von Sternbildern, schematischen Zeichnungen des Sonnensystems und Modellen einzelner Planeten störten allerdings in ihrer Vorstellung. Ebenso wie Hailey, die mit Kopfhörern im Aufenthaltsraum saß. Sie hatte die Augen geschlossen.

Amy räusperte sich, ohne Hailey eine Reaktion zu entlocken. Was war nur los mit dieser Klasse?

Eine Sekunde später kamen Kirstie, Gorden und Angus herein. Anscheinend hatte der Regen zugenommen, denn ihre Blazer glänzten vor Nässe.

Als wäre dies ein Zeichen gewesen, öffnete Hailey die Augen und steckte die Kopfhörer weg. »Da seid ihr endlich. Ich sollte hier auf euch«, ihr Blick fiel auf Amy, »Sie warten.«

Amy hob eine Augenbraue. »Tatsächlich?« Zu spät bemerkte sie, dass sie immer noch Hughes' Tonfall nachahmte, was ihr Hailey gegenüber unangemessen erschien.

Das Mädchen fuhr von dem Stuhl hoch, als hätte es etwas gestochen. Ihr Blick huschte kurz hinter Amy, um sie gleich darauf trotzig anzusehen. »Wissen Sie denn, wo der Vortragssaal ist?«

Amy hielt die Luft an, unschlüssig, wie sie reagieren sollte. Schließlich versuchte sie es mit einem versöhnlichen Lächeln.

Anscheinend genügte Hailey dies als Antwort. »Hier entlang.« Damit ging sie voran und eine Treppe hinauf. Kirstie folgte ihr kichernd, während Gorden ein weiteres Sandwich verputzte.

Amy wollte ihnen schon hinterher, um sicherzugehen, dass sie keinen Unsinn anstellten, aber Angus hielt sie zurück.

»Ms. Fitzgerald?« Er wippte mit den Füßen auf und ab und vermied es, ihr direkt in die Augen zu sehen.

»Ja?«

»Hailey … also normalerweise …«, er legte eine Hand in den Nacken, »sie will bloß Gorden beeindrucken.«

»Ach ja?« Amy biss sich auf die Innenseite ihrer Wange, um nicht zu grinsen.

»Wollte nur, dass Sie das wissen.«

»Verstehe. Dann wollen wir mal zu den anderen.« Sie deutete Angus an, mitzukommen.

Hailey führte sie in einen runden Saal, der an ein Kino erinnerte, was vor allem an den Stühlen lag, die mit blauen Stoffbezügen überzogen waren, und an den Lichtverhältnissen. Im Saal war es weitestgehend dunkel. Lediglich eine Projektion an der Decke, die das Sonnensystem darstellte, erhellte den Raum.

»Wir haben fast Neumond. Also sehr gute Bedingungen, um die Sterne zu beobachten. Bei klarer Sicht kann ein Mensch etwa dreitausend bis fünftausend Sterne erkennen, vorausgesetzt die Lichtverhältnisse stimmen.« Matthew stand in der Mitte des Saales und deutete auf die Darstellung über ihren Köpfen. »Am deutlichsten werden wir Venus sehen. Sie ist in etwa so groß wie die Erde und reflektiert das meiste Sonnenlicht. Welchen Planeten werden wir im Gegensatz dazu kaum erkennen können?«

»Merkur«, antwortete Angus, bevor er richtig im Saal angekommen war. Einige Gesichter drehten sich zu ihm um. Trotz des schummrigen Lichts glaubte Amy zu sehen, wie seine Ohren rot anliefen. Angus lehnte sich an die Wand und sah konzentriert zur Projektion.

Matthew nickte in seine Richtung. »Korrekt. Merkur ist zwar sehr nah am Mond, aber sehr klein, weshalb er höchstens in den frühen Morgenstunden zu sehen ist.« Während seiner Ausführung ging er langsam auf und ab, unterstrich seine Worte mit Gesten und machte zwischendurch Witze. Er sprach mit einer

Begeisterung, die Amy bisher nicht an ihm bemerkt hatte. Bislang hatte sie sich vor allem für die Sterne am Walk of Fame interessiert. Aber Matthews Faszination an den Sternbildern und der griechischen Mythologie, die sich dahinter verbarg, sprang auf sie über wie ein sanfter Funke.

»Am 21. Dezember können wir die Große Konjunktion zwischen Jupiter und Saturn beobachten«, erklärte Matthew weiter.

Bei dem Begriff »Konjunktion« neigte Amy den Kopf. Sie kannte diesen Ausdruck lediglich aus der Grammatik.

»Bei diesem astronomischen Phänomen stehen Jupiter und Saturn mit einem Winkelabstand von 0,1 Grad zueinander.« Er veranschaulichte dies, indem er die Arme eng aneinanderlegte. »Das Besondere daran ist, dass diese Konstellation erst wieder in sechzig Jahren zu sehen sein wird.«

In diesem Moment schnappte Gorden nach Luft. Er hob eine Hand. »Mein Cousin schreibt genau darüber einen Artikel für diese Zeitschrift.«

Matthew geriet ins Stocken und kniff die Augen zusammen. »Gavin ist nicht der Einzige, der einen Artikel über die Konjunktion einreichen wird. Viel relevanter ist, welcher Artikel am Ende angenommen wird.« In seiner Stimme lag ein Ehrgeiz, den Amy ihm noch vor einer Stunde niemals zugetraut hätte.

Womöglich wollte Matthew mehr zu dem Thema sagen, aber er kam nicht dazu, denn Mason streckte die Hand in die Höhe. Der Leiter des Observatoriums hatte bisher in der ersten Reihe gesessen und bei Matthews

Vortrag regelmäßig genickt. »Ich denke, es wird Zeit, dass wir von der Theorie zur Praxis weitergehen.«

Matthew sah ihn an, als hätte er vergessen, dass er da war. »Klar.«

»Na dann.« Mason erhob sich von seinem Stuhl und rieb sich erwartungsvoll die Hände. »Wer möchte einen Blick durch das Fernrohr werfen?«

Der Beobachtungsraum wurde großteils von einem Teleskop in Anspruch genommen. Obwohl sich die Schüler darum drängten, war es ungewöhnlich still. Womöglich lag es schlichtweit am Blick in den Himmel. Er erinnerte an dunkle Seide, über die Eiskristalle verstreut worden sind.

Mason erklärte den Schülern, wie das Teleskop funktionierte und welche Einstellungen man darauf vornehmen konnte. Seine tiefe Stimme hätte sich hervorragend zum Geschichtenvorlesen geeignet.

Amy blieb mit Matthew in der Nähe der Tür stehen. Sie hatte ebenfalls den Kopf in den Nacken gelegt. »In London leuchten sie nicht so«, murmelte sie eher zu sich selbst.

»Das liegt daran, dass es hier oben kaum Lichtverschmutzung gibt. In der Großstadt haben wir an jeder Ecke eine Lichtquelle. Dadurch sehen wir sie nicht.«

Ein Schüler – Amy glaubte, dass er Fergus MacEllen hieß – drängte sich an ihr vorbei und murmelte etwas von einer Toilette. Sie machte einen Schritt zur Seite und stieß dabei gegen Matthews Oberarm.

»Oh, entschuldige«, flüsterte sie.

Matthew setzte zu einer Erwiderung an, wurde aber von einem erschrockenen Ruf abgelenkt.

Gemurmel machte sich breit. Einige Schüler sahen mit weit aufgerissenen Augen zu Amy und Matthew hinüber. Sie verstand nicht sofort, was passiert war. Dann entdeckte sie Kirstie, die auf dem Boden lag. Das Mädchen war blass, auf ihrer Oberlippe glänzte Schweiß.

Im nächsten Augenblick kniete Matthew neben ihr und tätschelte ihre Wange. »Hey, Kirstie. Kannst du mich hören?« Als sie nicht reagierte, sah er zu Hailey auf. Sie hatte eine Hand vor den Mund geschlagen und war genauso blass wie Kirstie. »Hol einen Stuhl, damit wir ihre Beine hochlagern können.«

Daraufhin lief Hailey hinaus.

Endlich setzten Amys Gedankengänge wieder ein. Sie griff nach ihrem Handy, um einen Rettungswagen zu holen. »Mist«, zischte sie. Sie hatte keinen Empfang. Amy wählte die Nummer des Notrufs, hörte jedoch kein Freizeichen.

»Wir haben im Büro ein Festnetztelefon.« Masons Stimme war so ruhig wie zuvor. Er ging, bevor Amy etwas erwidern konnte.

Mehrere Schüler sahen in ihre Richtung, als erwarteten sie Anweisungen von ihr. Was sollte sie tun? In ihrem linken Ohr ertönte ein hoher Pfeifton. Ihr war übel.

»Mann, da ist man mal zwei Minuten weg ...« Fergus MacEllen war zurück. Er sah mit großen Augen zu Kirstie, die immer noch nicht auf Matthews Worte reagierte.

Amy riss sich zusammen und atmete tief durch. Der Pfeifen in ihrem Ohr wurde leiser. Sie ließ den Blick über die Schüler schweifen, die nach wie vor ratlos miteinander flüsterten oder von Matthew zu ihr und wieder zurücksahen. Immerhin hatte niemand von ihnen ein Handy in der Hand. In London wäre die Szene längst live gestreamt worden.

»Geht raus. Na los«, sagte Amy mit lauter Stimme. »Wartet im Aufenthaltsraum.«

Angus war der Erste, der ihrer Aufforderungen nachkam. Weitere folgten ihm.

Rasch leerte sich der Beobachtungsraum.

Amy tippte Gorden auf die Schulter. »Das gilt auch für dich. Raus hier.«

Der Junge setzte zu einer Erwiderung an, schien es sich dann aber anders zu überlegen und ging wortlos hinaus.

»Hey, die Fitzgerald meint, wir sollen draußen bleiben«, hörte sie Gorden zu jemandem sagen.

Eine Sekunde später kam Hailey mit Angus zurück. Die beiden schleppten einen Sitzsack herein.

Matthew blickte hoch. Er zog die Augenbrauen zusammen. »Ich sagte doch ...«

»Darauf liegt sie weicher.« Haileys Stimme zitterte.

»Ist ja auch egal.« Matthew atmete hörbar aus. Er hob Kirsties Beine an, damit Hailey und Angus den Sitzsack darunter schieben konnten.

Unruhig knetete Amy ihre Hände. Wie lange würde es dauern, bis der Rettungswagen kam?

Kirsties Augenlider flatterten für einen Moment auf. Sie schien allmählich wieder zu Bewusstsein zu kommen.

»Ist es womöglich der Kreislauf?« Amy wagte nicht aufzuatmen. Irgendwie kam ihr diese Situation bekannt vor, konnte sie aber nirgends zuordnen.

Hailey schüttelte leicht den Kopf. »Ich glaube, es hat etwas mit ihrem Diabetes zu tun.«

»Diabetes?« Matthews Blick zuckte zu Hailey. »Hat sie Insulin dabei?«

»Ich weiß nicht.« Tränen standen in Haileys Augen.

Eine Erinnerung schoss durch Amys Kopf. So schnell, dass ihr kurz schwindlig wurde. »Es hilft nichts, wenn wir die Beine hochlagern.« Mit sicheren Bewegungen verlagerte sie Kirstie in die stabile Seitenlage. »Hey, Kirstie. Hörst du mich?«, fragte sie sanft.

Zu ihrer Erleichterung öffnete Kirstie die Augen, allerdings fielen sie ihr gleich wieder zu. Ihr Atem ging schneller.

»Habt ihr Traubenzucker? Oder süße Getränke?«, wandte sich Amy an Matthew.

»Im Kühlschrank müsste noch eine Cola stehen«, antwortete er. Daraufhin lief Hailey los, gefolgt von Angus.

Eine Sekunde lang wunderte sich Amy, woher Matthew so genau wusste, was sich im Kühlschrank des Observatoriums befand, konzentrierte sich dann aber wieder auf Kirstie.

Amy bemerkte Matthews fragenden Blick, ging jedoch nicht darauf ein. Sie überfielen gerade zu viele Erinnerungen, die sie verdrängen wollte.

Wenige Minuten später lehnte sich Kirstie an den Sitzsack und trank ihre Cola in zögerlichen Schlucken. Sie war blass und sprach kaum ein Wort, aber immerhin war sie bei Bewusstsein.

Endlich trafen die Rettungsleute ein. Der Notarzt untersuchte Kirstie und entschied, dass sie sicherheitshalber ins Krankenhaus gebracht werden sollte.

»Ich will nicht ...«, flüsterte Kirstie.
Amy drückte ihre Hand. »Ich begleite dich.«

Kapitel 13

Im Sekundentakt löste das Licht einer Laterne die nächste ab. Zum ersten Mal bemerkte Amy, dass diese Helligkeit im Gegensatz zu den Sternen kalt und grell war.

Kirstie ging es inzwischen besser. Sie würde voraussichtlich am folgenden Tag aus dem Krankenhaus entlassen werden. Ihre Eltern waren informiert und auf dem Weg zu ihr.

Die vergangenen Stunden hatten Amy jegliche Energie entzogen und eine Müdigkeit hinterlassen, die ihre Glieder schwerwerden ließ. Die Sitzheizung des Wagens und das regelmäßige Prasseln des Regens auf das Autodach taten ihr Übriges, damit ihr gelegentlich die Augen zufielen.

»Danke«, sagte Matthew unvermittelt, ohne den Blick von der Straße zu wenden.

»Wofür?« Wenn, dann müsste sie sich bei ihm bedanken, da er sie vom Krankenhaus abgeholt hatte.

Er sah für einen Augenblick zu ihr hinüber. »Dass du richtig reagiert hast ... vorhin.«

Amy rutschte tiefer in ihren wohlig warmen Sitz. »Das mit dem Zucker hätte jeder gewusst.«

»Ich meine, dass du Kirstie begleitet hast. Ich hasse Krankenhäuser.« Er fuhr unruhig mit den Fingern auf dem Lenkrad herum. Anscheinend lag ihm etwas auf der Zunge.

Seine Anspannung übertrug sich auf Amy. Nervös setzte sie sich aufrecht hin. »Nun frag schon.«

»Wovon sprichst du?«

Anstelle einer Antwort hob Amy eine Augenbraue.

Matthew schien einen Moment lang mit sich zu ringen, dann räusperte er sich. »Kennst du jemanden, der … Na ja … Gibt es Diabetiker in deiner Familie? Ich meine, es geht mich überhaupt nichts an …«

»Mein Ex-Freund hat Diabetes.« Sie verschränkte die Arme vor der Brust, als könnte sie sich so vor der Erinnerung schützen. Es tat dennoch weh, an Colin zu denken. An ihn und Natasha. »Er ist einmal umgekippt. Ich wusste nicht, was ich tun sollte. Danach habe ich einen Erste-Hilfe-Kurs besucht, bei dem einem das richtige Verhalten in so einer Situation beigebracht wird.« Sie sprach tonlos, so als würde es nicht sie, sondern jemand völlig anders betreffen. Jemanden, mit dem sie kaum etwas zu tun hatte. Ein wenig entsprach das auch der Wahrheit. Sie hatte die alte Amy mittlerweile hinter sich gelassen.

Matthew runzelte die Stirn. Er schien sich ihre Worte durch den Kopf gehen zu lassen. Sie hatte hingegen keine Lust, sich mit ihm über ihre Vergangenheit zu unterhalten. »Woher wusste Hailey, wo sie den Sitzsack und die Cola findet? Die Dinge liegen ja vermutlich nicht in jedem Observatorium rum.«

Matthew lachte wie jemand, den man bei etwas ertappt hatte und die Sache überspielen wollte. »Na ja, wir haben früher gemeinsam viel Zeit dort verbracht. Inzwischen haben sich Haileys Interessen geändert. Teenager eben.«

Das hatte er nicht wirklich gesagt? Amy klappte der Mund auf. Es schossen mehrere Gedanken gleichzeitig durch ihren Kopf, weshalb sie sich nicht entscheiden konnte, welchen sie zuerst laut aussprechen sollte.

Matthew schien ihr Schweigen zu irritieren, denn er wandte seinen Blick erneut von der Straße ab. Was auch immer er in ihrem Gesicht lesen mochte, es ließ seine Ohrenspitzen rot anlaufen. Zumindest glaubte Amy, das in dem schwachen Licht zu erkennen. »Nein, so war das nicht gemeint. Sie ist meine Schwester. Also Hailey.« Er fuhr sich über den Kopf und sprach dann so schnell weiter, dass Amy ihm kaum folgen konnte. »Das Observatorium wird von Onkel Mason geleitet. Du hast ihn heute kennengelernt. Der große Kerl mit dem Vollbart. Na ja, und wenn er nicht da ist, schaue ich am Wochenende nach dem Rechten. Also eigentlich verbringe ich fast jedes Wochenende dort. Aber darauf wollte ich nicht hinaus. Der Punkt ist ...«

»Ich hab's verstanden.« Amy bemühte sich um ein verständnisvolles Lächeln, während sie am liebsten vor Scham aus dem Wagen gesprungen wäre. Dennoch konnte sie nicht umhin, sein Profil zu mustern. Seine Nase wies tatsächlich Ähnlichkeit mit der von Hailey auf.

Er schien ihren Blick zu bemerken, denn er sah mit zusammengezogenen Augenbrauen zu ihr hinüber. »Ist was?«

»Nein, alles bestens«, gab Amy beiläufig zurück und sah rasch aus dem Fenster. Soeben kamen sie an dem Straßenschild vorbei, das Dumfries ankündigte.

»Wir sind in wenigen Minuten da.« Matthew drosselte die Geschwindigkeit, als sie durch den Ort fuhren. Dumfries schien hauptsächlich aus roten Backsteinhäusern, der Kirche und dem kreisförmigen Marktplatz zu bestehen. Die Rollläden der Geschäfte waren heruntergezogen worden. Abgesehen von einer

Hundebesitzerin und einem Pfeife rauchenden Mann mit Hut und Regenmantel entdeckte sie niemanden auf der Straße.

Obwohl er es nicht mehr ansprach, war Amy die Sache mit Hailey unangenehm. Unruhig rutschte sie auf der Lederpolsterung ihres Sitzes hin und her. Die Wärme, die von dort ausging, fühlte sich auf einmal viel zu heiß an.

»Soll ich ausschalten?« Matthew betätigte eine Taste am Armaturenbrett. Er schielte zu ihr hinüber. »Wie auch immer. Danke.«

»Keine Ursache.« Daraufhin schloss sie die Augen, um nicht länger mit ihm reden zu müssen. Sie war viel zu erschöpft, um ein sinnvolles Gespräch zu führen. Matthew schwieg ebenfalls, wofür sie ihm dankbar war. Die Erinnerung an Colin pochte noch immer wie ein spitzer Schmerz in ihr. Sie brauchte einige Minuten, um dieses Gefühl wieder zurück in eine Ecke zu drängen, wo es nicht so weh tat.

Als sie bei der Schule ankamen, waren die dicken Regentropfen in ein feines Nieseln übergegangen.

»Steig schon mal aus. Ich stelle den Wagen in die Garage.«

»Hier gibt es eine Garage?«, fragte Amy verwundert. Sie schielte über den Seitenspiegel zu ihrem eigenen Auto, das sich seit ihrer Ankunft nicht von der Stelle bewegt hatte und vermutlich mit jedem Tag mehr Rost ansetzte.

»Wenn du der Stiùiriche bist, dann schon.«

»Das ist gar nicht dein ...«

Zu ihrer Überraschung prustete Matthew los. »Ja klar, als ob ich mir so ein sauteures Teil anschaffen würde.«

Amy machte den Fehler, ihn direkt anzusehen. Augenblicklich schlug ihr Herz schneller, sodass sie kaum Luft bekam. Sie musste dringend aussteigen. Hastig löste sie den Gurt, ließ ihn aber langsam zurück in seine Halterung gleiten. Es hätte ihr gerade noch gefehlt, dass sie einen Kratzer im Auto des Direktors hinterließ. Dabei fiel ihr Blick wieder auf ihren Wagen. Sie stutzte.

»Ach nein.« Amy beugte sich näher zum Seitenspiegel, um die Umrisse, die sich vor ihrem Auto im Halbdunkel abzeichneten, besser erkennen zu können.

»Ist was?« Matthew folgte ihrem Blick.

»Da steht ein Motorrad.«

Matthew drehte sich um. »Na und?«

Anstelle einer Antwort stieg Amy aus. Ja, da stand ein Motorrad. Dicht neben ihrem eigenen Wagen, als wollte ihr die Besitzerin etwas damit sagen. Sie biss die Zähne fest zusammen. Mist.

Gleich darauf erschien ein Lichtkegel auf den Stufen, die in das Gebäude führten. Amy sah zur Tür, obwohl sie ahnte, wer dort auf sie wartete.

»Hallo Schwesterherz.« Samantha winkte ihr mit beiden Händen zu.

Die Pizza schmeckte hauptsächlich nach kaltem Fett und der würzigen Salami, die Caitlin großzügig auf dem Teig verteilt hatte.

»Du bist die Heldin des Tages, hab ich gehört.« Samantha lehnte sich zurück und zog ein Knie an. Dann griff sie nach einem Stück Pizza.

Amy erwiderte nichts, sondern kaute langsam weiter und starrte auf den Kaffeerand einer Tasse, die dort vor einer Weile gestanden haben musste. Sie hatte keine

Lust, sich mit ihrer Halbschwester zu unterhalten. Es war kurz vor Mitternacht, sie war von den vergangenen Ereignissen völlig erschöpft und kaum in der Lage, einen vernünftigen Satz zu formulieren. Also nicht die besten Voraussetzungen, um mit Sam ein Gespräch zu führen.

Davon abgesehen war sie damit beschäftigt, Matthew aus ihren Gedanken zu vertreiben und das warme Kribbeln, das er in ihr hervorrief, logisch zu begründen. Vermutlich hatte ihr Hirn eine seltsame Verknüpfung zwischen ihm und der Sitzheizung hergestellt, die sie unbedingt kappen musste.

»Das muss ja ein völlig neues Gefühl für dich sein. Nach dem, was alles in London passiert ist.«

Amys Kopf zuckte hoch. Also lag sie mit ihrer Vermutung richtig.

»Da war doch etwas mit Natasha Markow, nicht wahr?« Sam biss genüsslich von der Pizza ab. Offenbar hatte sie erkannt, dass sie einen wunden Punkt getroffen hatte.

Es kostete Amy Überwindung, ihren Bissen hinunterzuschlucken. Ihr Mund fühlte sich ohnehin schon trocken an, seitdem sich ihr Blick mit dem ihrer Halbschwester gekreuzt hatte. Zumindest kannte sie nun den Grund, weshalb es Sam an die St. Margret verschlagen hatte: Sie recherchierte zu dem Unfall, wie auch immer sie davon erfahren haben mochte. Sam hatte Kontakte in der Pressewelt und Gerüchte verbreiteten sich wie ein Lauffeuer.

Samantha rutschte auf ihrem Stuhl herum, der daraufhin geräuschvoll quietschte. »Was haben die hier eigentlich für Möbel? Furchtbar.« Sie sah links und rechts an dem Stuhl herab, als könnte sie so die Ursache für das Quietschen herausfinden.

»Keiner sagt, dass du bleiben musst«, antwortete Amy kühl.

»Das würde dir so passen.« Samantha lehnte sich vor und tippte energisch mit einem Finger auf die Tischplatte. »Also, um auf Natasha zurückzukommen ...«

»Ich hab keine Ahnung, wovon du sprichst.«

Samantha setzte zu einer Erwiderung an, aber in diesem Moment öffnete sich die Küchentür und Gregor streckte den Kopf herein. Er hatte seinen Anzug gegen Jogginghosen und einen Sweater in Karomuster und dazu passenden Hausschuhen getauscht. »Wunderbar. Ihr habt euch also schon gefunden.«

»Ich konnte es kaum erwarten, Amy zu sehen, und habe deswegen die ganze Zeit am Fenster gestanden.«

Amy lächelte sie schief an. Zumindest einen Teil von Sams Aussage glaubte sie ohne Weiteres.

»Kann ich verstehen. Ich wollte auch nicht ins Bett, bevor mein Wagen wieder da ist.« Gregor schaltete den Wasserkocher ein und holte eine Tasse aus dem Küchenschrank. Dann drehte er sich zu Samantha um, als wäre ihm soeben etwas eingefallen. »Ach ja, das mit deinem Motorrad geht übrigens klar. Stell es einfach neben den Tesla in die Garage.«

Samantha legte in einer dankbaren Geste die Hand auf die Brust. »Danke. Dann kann ich gleich viel besser schlafen.«

Amy sah zwischen den beiden hin und her. Offensichtlich war Samantha die talentierte Schauspielerin von ihnen.

Als wäre es absolut selbstverständlich, setzte sich Gregor zu ihnen. Der Plastikstuhl quietschte unter seinem Gewicht. Daraufhin verzog er entschuldigend das Gesicht. »Demnächst werde ich neue Möbel für die Küche bestellen. Die Einrichtung stammt von einem meiner Vorgänger – sehr sparsame Person.« Während er sprach, ließ er den Teebeutel in seiner Tasse auf und ab hüpfen.

»Ich bin dir bei der Auswahl gern behilflich«, sagte Sam begeistert.

Okay, Amy hatte genug für heute. Sie legte den Pizzarand zurück auf den Teller und rückte mit dem Stuhl nach hinten, woraufhin dieser knarzte, als würde er jeden Augenblick unter ihr zusammenbrechen. Sam und Gregor tauschten einen vielsagenden Blick aus. Prima, mit jeder Sekunde, die sie hierblieb, verstärkte sich die Verbindung zwischen den beiden. »Ich geh ins Bett. Langer Tag.«

Samantha machte ein enttäuschtes Gesicht. »Wie schade. Dabei wolltest du gerade erzählen, weshalb du ausgerechnet nach Dumfries gekommen bist.« Sie wandte sich an Gregor. »Amy ist eigentlich kein Schottland-Fan. Deshalb bin ich so neugierig.«

Für einen Moment ballte Amy ihre Hände zu Fäusten. Sie bemerkte die Geste schnell genug, um sie wieder zu lösen, bevor jemand darauf aufmerksam wurde. Stattdessen setzte sie ein freundliches Lächeln auf. Sie konnte nach denselben Regeln spielen wie ihre Halbschwester. »Hast du Gregor schon von deinen besonderen Fähigkeiten erzählt? Ich bin mir sicher, dass ihn das brennend interessiert.« Sie wandte sich an Gregor. »Sam ist nämlich ein Genie, wenn es darum geht ...«

Das Klicken des Kamera-Auslösers und das darauffolgende Blitzlicht irritierten Amy. Samantha schoss mehrere Fotos von ihr. »Ich wollte ja nicht angeben, aber ich bin echt gut darin, die richtige Perspektive zu treffen, um so mit den Bildern eine Geschichte zu erzählen.« Sie zeigte Gregor die Fotos auf dem Display. »Schau. Das Licht ist nicht unbedingt das beste – über Beleuchtung können wir auch reden, wenn du nach neuen Möbeln suchst – trotzdem sieht Amy toll aus. Im richtigen Winkel erkennt man nicht mal die dunklen Ringe unter ihren Augen.«

Gregor nickte anerkennend und sah abwechselnd zwischen ihnen hin und her. »Unsere Foto-Klasse kann bestimmt viel von dir lernen.« Dann nahm er einen Schluck von seinem Tee, obwohl es weiterhin aus seiner Tasse dampfte. »Ihr beide seid eine großartige Bereicherung für unsere Schule. Vielleicht möchtet ihr ja länger bei uns bleiben.«

Damit hatte die Unterhaltung einen Punkt erreicht, zu dem sich Amy auf keinen Fall äußern wollte. Deswegen wünschte sie den beiden rasch eine gute Nacht.

»Ach, und Amy!«, rief Gregor sie zurück.

Sie schloss kurz die Augen, bevor sie sich zu ihm umwandte. »Ja?«

»Gut gemacht heute. Das war kein einfacher Start für dich.«

Amy atmete erleichtert aus. Sie hatte nicht bemerkt, wie sie die Luft angehalten hatte. Ihr war selbst nicht klar, was sie erwartet hatte. Womöglich die Frage, ob sie tatsächlich betrunken autogefahren sei oder ob sie ihre wilde Vergangenheit hinter sich gelassen habe.

»Kein Problem.« Sie machte eine wegwerfende Handbewegung.

Für einen Moment musterte Gregor sie. Er rieb sich den Bart am Kinn, als würde er eine Idee abwägen. »Ich bräuchte dringend eine Vertrauenslehrerin.«

»Okay?«

»Hervorragend.« Gregor grinste sie mit einem breiten Lächeln an. »Ich schreibe gleich morgen früh eine Rundmail aus, damit alle Bescheid wissen. Die Sprechzeiten hängst du am besten an deine Klassentür.«

Gregor hatte für Amys Geschmack zu viele freie Stellen. Aber zumindest konnte sie so weitere Pluspunkte bei ihm sammeln. Und die würde sie bitternötig haben, sobald Samantha erst einmal anfing, ihre Geschichten zu erzählen.

Sie wollte soeben die Tür hinter sich ins Schloss ziehen, da hörte sie Samanthas Stimme: »Weißt du, weshalb sich Amy bei euch beworben hat? Wie gesagt, sie schwärmt normalerweise nicht von Schottland. Sie ist eher so ein Sommer-in-Cornwall-Typ.«

»Na ja, das ist doch offensichtlich«, antwortete Gregor mit einer Selbstverständlichkeit in der Stimme, dass es Amy die Kehle zuschnürte. »Matthew war an ihrer Uni und hat unsere Schule vorgestellt. Das wird sie auf uns aufmerksam gemacht haben. Gute Werbung ist eben alles.«

Daraufhin gab Samantha ein Brummen von sich.

Amy atmete erleichtert aus. So schnell würde die Sache mit Natasha nicht ans Licht kommen. Aber sie musste dennoch vorsichtig sein mit dem, was sie anderen gegenüber sagte.

Kapitel 14

Gerädert schlurfte Amy am nächsten Morgen durch den Flur. Die Begegnung mit Samantha und der Zwischenfall mit Kristie steckten ihr in den Knochen. Sie hatte bereits das Gefühl, Urlaub beantragen zu müssen, dabei stand ihr die erste Unterrichtseinheit an diesem Tag erst bevor. Sie war viel zu früh aufgewacht und ihr Herz hatte so heftig gegen ihre Brust gehämmert, dass nicht mehr an Schlaf zu denken war. Zumindest blieb ihr genügend Zeit, in Ruhe einen Kaffee zu trinken und sich auf ihren Unterricht vorzubereiten.

An der Tür zur Gemeinschaftsküche blieb sie kurz stehen und lauschte. Sam gehörte nicht zu den Frühaufstehern, dennoch würde sie von nun an jedes Mal befürchten müssen, ihrer Halbschwester über den Weg zu laufen, sobald sie aus ihrem Zimmer trat. Als ob Schottland nicht schon schrecklich genug wäre.

Immerhin deutete kein Geräusch darauf hin, dass sich jemand in der Küche befand. Sie ging hinein und hätte am liebsten gleich wieder kehrtgemacht. Schmutziges Geschirr stapelte sich in der Spüle, was sie am Vorabend nicht mehr bemerkt hatte. Samanthas Anwesenheit hatte sie zu sehr abgelenkt. Auf dem Tisch lag der leere Pizzakarton, von dem ein unangenehmer Geruch nach kaltem Fett ausging. Amy rümpfte die Nase.

Rasch öffnete sie eines der Fenster. Die Luft war feucht vom Nebel, der sich allmählich zurückzog. Amy lehnte sich auf das Fensterbrett und atmete tief durch. Für einen Moment schloss sie die Augen. Die

Morgensonne strich ihr sanft über das Gesicht. Die Wärme beruhigte sie und verlangsamte ihren Atem. Womöglich würde dieser Tag nicht so furchtbar, wie sie gedacht hatte.

»Oh! Guten Morgen.«

Erschrocken fuhr Amy herum. Ihr Puls schoss augenblicklich wieder in die Höhe.

Matthew stand in der Tür. Er säuberte seine Brillengläser mit dem Saum seines T-Shirts, auf dem eine schematische Darstellung der Enterprise abgebildet war. Dann setzte er seine Brille wieder auf und rieb sich den Hinterkopf. »Mann«, er sah sich in der Küche um. »Das kommt davon, wenn ich den Küchendienst ignoriere.«

Amy fasste sich allmählich wieder. Sie stieß sich von dem Fensterbrett ab und steuerte zielsicher die Kaffeemaschine an. »Es gibt einen Küchendienst?«, fragte sie beiläufig.

»Natürlich. Ansonsten würde es hier doch aussehen, wie ... Na ja.«

»Wie es hier eben aussieht.« Amy musterte die Kaffeemaschine. Das Licht für die Kaffeebohnen leuchtete in einem alarmierenden Rot. Wahllos öffnete sie die Küchenschränke über der Maschine, konnte aber nirgends Bohnen entdecken.

Sie spürte, wie sich Matthew ihr näherte. Er räusperte sich verlegen. »Wer Küchendienst hat, besorgt für gewöhnlich auch den Kaffee.«

Amy ließ die Hände sinken und sah ihn über die Schulter hinweg an. Sein Gesichtsausdruck ließ sie nichts Gutes ahnen. »Das bedeutet ...«

»Sorry.« Matthew hob entschuldigend die Schultern. Er lächelte sie an wie ein Junge, der versehentlich die Porzellanvase in mehrere Einzelteile zerschlagen hatte. »Ich gehe heute aber einkaufen, versprochen.« Er griff nach dem Wasserkocher. »Aber ich kann dir hervorragenden ... Äh ...« Matthew streckte den Arm aus, um einen der Küchenschränke zu öffnen. Dabei streifte er Amys Schulter. Die Berührung fühlte sich vertraut an, als wäre es nicht das erste Mal, dass sie so nahe nebeneinanderstanden. »Hmm, also«, unterbrach Matthew ihre Gedanken, »wir hätten noch Kamillentee.«

Amy seufzte und fuhr sich über die Augen. »Besser als gar nichts.« Sie öffnete den Schrank, wo sich die Tassen befanden, und stutzte. »Das ist nicht dein Ernst, oder?«

»Was?« Matthew schaltete den Wasserkocher ein und sah sie verwundert an.

Anstelle einer Antwort deutete Amy auf die leeren Regale. Ihr Blick fiel auf die benutzten Tassen, die sich in und neben der Spüle stapelten.

Matthews Lippen formten sich zu einem stummen »Oh«. Er atmete hörbar aus. »Das haben wir doch schnell erledigt.« Schon öffnete er den Schrank unterhalb der Spüle und holte einen Schwamm und Geschirrspülmittel hervor.

Aus einem ersten Reflex heraus verschränkte die Amy die Arme. »Auf gar keinen Fall. Das machst du schön allein.«

Matthew streifte sich Gummihandschuhe über. »Wenn du mir hilfst, geb ich dir ein paar Tipps, wie du deine Klasse am besten handhabst, damit sie dir nicht auf der Nase rumtanzen.«

Bei der bloßen Erwähnung ihres ersten Unterrichts brach Amy sofort der kalte Schweiß aus. Das Intermezzo mit dem nicht vorhandenen Kaffee hatte sie kurzzeitig davon abgelenkt. Aber nun war die Aufregung wieder da, als wäre sie niemals weg gewesen. Sie schnappte sich ein Tuch und trocknete eifrig den ersten Teller ab, den Matthew soeben gespült hatte.

»Regel Nummer eins«, setzte Matthew an.

Bevor Amy erfuhr, was Regel eins besagte, kam Caitlin herein. »Einen wunderschönen guten Morgen.« Sie hatte ihre Haare zu einem perfekten Fischgrätenzopf geflochten, der Amy neidisch werden ließ. Obwohl sie so früh aufgestanden war, hatte sie es noch nicht einmal geschafft, sich die Haare zu kämmen.

Feine Regentropfen hingen an Caitlins Wollmantel. Sie nahm ihre Umhängetasche von den Schultern und legte sie auf dem Tisch ab. »Möchte jemand Kaffee?«

Amy gab ein missmutiges Geräusch von sich. »Sehr gerne.« Sie deutete mit dem Kinn zu Matthew, der sich mit einer fettverkrusteten Pfanne abmühte. »Aber Captain Ich-ignoriere-den-Küchendienst hier hat keine Kaffeebohnen besorgt.«

Zur Erwiderung schnitt Matthew eine Grimasse.

»Dem kann ich Abhilfe verschaffen.« Caitlin öffnete ihre Handtasche und holte eine Packung Kaffeebohnen heraus. Sie schwenkte sie, als handle es sich um einen Pokal, den sie gewonnen hatte. »Du denkst doch wohl kaum, dass sich Matthew zum ersten Mal nicht an den Küchenplan hält?«

»Sag doch nicht so etwas über mich. Amy bekommt ansonsten einen schlechten Eindruck von mir.« Er zwinkerte Amy zu und reichte ihr die Pfanne.

Es war schwer zu sagen, ob er mit ihr flirtete oder lediglich scherzte. Für einen Moment stellte sie sich vor, wie es wäre, mehr als nur Freundschaft für Matthew zu empfinden. Wie es wohl wäre, von ihm umarmt zu werden? Sie verwarf den Gedanken schnell wieder. Sie würde nicht länger als nötig in Schottland bleiben, weshalb jegliche Art von Liebesbeziehung für sie nicht infrage kam.

»... da unten hin.« Matthews Stimme sickerte langsam zu ihr durch.

Amy blinzelte. »Was?«

»Du hast den Kaffee wirklich nötig.« Mit einem schiefen Grinsen deutete er auf einen Schrank neben Amy. »Die Pfanne kommt ins untere Fach.«

»Habe ich etwas von Kaffee gehört?« Gregor streckte den Kopf herein. Er trug bereits seinen Anzug und sah aus, als wäre er jederzeit bereit für ein Meeting. Er deutete auf die Kaffeebohnen, die Caitlin mit weiteren Einkäufen auf den Tisch gelegt hatte. »Ich darf doch?«

»Ja ... Ja, natürlich.« Sie streckte ihm die Tüte hin, wich seinem Blick jedoch aus. »Das sind die Bohnen vom Bäcker. Ansonsten hat so früh noch nichts auf.« Caitlin lachte unbeholfen auf.

»Du bist die Beste.« Gregor zwinkerte ihr zu.

Amy stellte die Pfanne an ihren vorgesehenen Platz und beobachtete, wie sich Caitlins Wangen rot färbten. War sie selbst auch so errötet, als Matthew ihr zugezwinkert hat? Es wäre ihr nicht aufgefallen, aber bei der Erinnerung an seinen Blick vorhin machte ihr Herz nun einen kleinen Hüpfer. Entschieden schloss sie den Küchenschrank wieder. Sie musste unbedingt aufhören, an solche Dinge zu denken.

Mit routinierten Handgriffen schüttete Gregor die Bohnen in den Behälter und wechselte das Wasser aus. »Hat Matthew wieder vergessen ...«

»Nicht du auch noch.« Matthew schielte zu Amy hinüber und grinste sie an.

Amy lachte verhalten. Zum ersten Mal seit einer Ewigkeit dachte sie, an einem Platz zu sein, wo sie hingehörte. Zumindest vorübergehend.

Kapitel 15

Amy schielte zur Uhr, während sie schwungvoll den Stift über das Whiteboard gleiten ließ. In fünf Minuten endete der Unterricht. Sie konnte es kaum erwarten, endlich den erlösenden Glockenschlag zu hören. Diese eine Einheit fühlte sich an, als wären es drei. Dabei hieß es in den Seminaren zur Methodik und Didaktik immer, dass eine Stunde wie im Flug verginge und man selten den geplanten Stoff durchbrachte. Von der Euphorie, die sie angeblich nach einem gelungenen Unterricht verspüren sollte, bemerkte Amy nichts. Stattdessen war ihr Mund trocken vom vielen Sprechen und hinter ihrer Stirn pochte ein dumpfer Schmerz. Davon abgesehen musste sie dringend auf die Toilette. Der Nachteil als Lehrerin bestand eindeutig darin, dass man sich nicht für ein paar Minuten aus der Klasse stehlen konnte. Solche Dinge verschwiegen sie einem an der Uni.

»Wie gesagt: These, Begründung und Beispiel ergeben zusammen ein Argument. Die Argumente wiederum sind wichtig, um den Leser von eurem Standpunkt zu überzeugen.« Sie kreiste die Begriffe auf der Tafel ein. Dann wandte sie sich der Klasse zu. Die meisten schienen eifrig mitzuschreiben, während eine Handvoll sie seltsam angrinste. Angus sah aus dem Fenster, was sie verwunderte. Drei, vier Kleingruppen liefen mit gezückten Handys im Park herum, aber davon abgesehen entdeckte sie nichts Interessantes.

Also legte sie den Stift auf die dafür vorgesehene Ablagefläche und deutete auf das Whiteboard. »Nehmen wir die These ›zu viel Fernsehen ist schlecht für die Gesundheit‹. Welche Begründungen und Beispiele fallen euch ein, um diese These untermauern?« Hoffnungsvoll sah sie zu Angus, aber der schien weiterhin von etwas abgelenkt zu sein, das sich draußen abspielte. »Niemand?«, fragte sie mit zu hoher Stimme.

In der hintersten Reihe kicherten einige Schüler, darunter befanden sich Gorden und Kirstie.

Amy hob das Kinn. Sie würde sich garantiert nicht von den beiden unterkriegen lassen. »Gibt es da hinten vielleicht eine Idee?«

Für einen Moment sah die Gruppe betreten auf, so als hätte Amy sie bei etwas Verbotenem ertappt. Dann hob tatsächlich einer von ihnen die Hand.

»Ja, Gorden. Bitte.«

»Film und Fernsehen können gar nicht schlecht für die Gesundheit sein.« Daraufhin brach die Klasse in Gelächter aus.

»Okay, das ist eine neue These. Welche Begründung hast du dafür?« Sie ging zwischen den Tischreihen auf ihn zu, wobei sie das Gefühl hatte, eine unsichtbare Grenze zu überschreiten, die sich zwischen Lehrern und Schülern befand. Dennoch war das hier ihr Klassenzimmer. Sie hatte das Sagen. Hughes würde es nicht anders machen.

»Na ja, Sie wollen doch Schauspielerin werden, für das Fernsehen«, erwiderte Gorden. Er machte eine Pause wie ein Komiker auf der Bühne, um Spannung aufzubauen. Und er hatte Erfolg damit. In der Klasse wurde es so still, wie es die gesamte Stunde nicht der Fall gewesen war. »Und Sie werden kaum bewusst Ihrer Gesundheit schaden.«

Verhaltenes Glucksen schwappte wie eine Welle über sie hinweg. Jemand sagte »Sauna« und das unterdrückte Kichern explodierte mit einem Mal zu lautem Gelächter. Dabei ging das Geräusch der Pausenglocke beinahe unter. Aber Schüler schienen einen erweiterten Sinn dafür zu haben. Kaum ertönte das dreifache Klingeln, packten sie ihre Sachen in einem Tempo zusammen, die sie ihnen Minuten davor nicht zugetraut hätte.

Sie eilten in einer Geschwindigkeit an Amy vorbei, sodass sie befürchtete, jeden Augenblick von ihnen überrannt zu werden. Amy kam nicht einmal dazu, ihnen zu sagen, dass sie Hausaufgaben zu erledigen hatten.

Schließlich stand sie allein in ihrem Klassenzimmer. Überrumpelt von der plötzlichen Stille und der Frage, ob diese Einheit gutgelaufen oder eine Katastrophe gewesen war.

Bevor sie allerdings eine Antwort darauf finden konnte, hörte sie ein dumpfes Geräusch am Fenster. Samantha stand dicht vor der Scheibe und hatte wohl mit dem Objektiv ihrer Kamera das Glas gestreift. Leider schien das verdammte Ding keinen Schaden davon genommen zu haben, da Samantha mehrere Male auf den Auslöser drückte. Wie lange stand sie schon da? Hatte sie mitbekommen, wie sich die Klasse über sie lustig gemacht hatte?

»Verschwinde Sam«, murmelte sie. »Lass mich in Ruhe.« Sie war kurz davor, ihren Schuh auszuziehen und gegen das Fenster zu knallen. Aber davon würde Sam lediglich weitere Fotos schießen, was wiederum in Negativpresse umschlagen konnte. Also zwang sie sich zu einem freundlichen Lächeln und winkte ihrer Halbschwester zu.

Sam ließ die Kamera sinken und schnitt eine Grimasse. In diesem Moment rief ein Schüler ihrer Foto-Klasse etwas in ihre Richtung. Sam wandte sich zu ihm um, warf Amy einen letzten Blick zu und ging dann zu der Gruppe, die ein Stück weit entfernt unter einer Eberesche stand.

Amy seufzte erleichtert auf. Da bemerkte sie ein Blatt Papier, das auf dem Boden lag. Sie bückte sich danach. Darauf war eine Karikatur hingekritzelt worden, die eindeutig Amy darstellte. Sie hatten ihr einen viel zu großen Kopf verpasst mit dem Make-up eines Zirkusclowns und einem knappen Partyoutfit. Im Hintergrund steckte ein Auto in einem Holzhäuschen fest.

Ihre Hände zitterten. Verärgert zerknüllte sie das Papier und warf es mit aller Kraft in Richtung des Mülleimers, der in der Ecke stand. Sie verfehlte ihr Ziel. Stattdessen traf sie Matthew mitten ins Gesicht.

Er fing das Papier auf. »Hey, ich komme in Frieden. Ich wollte nur nachsehen, wie deine erste Stunde gelaufen ist.« Er betrachtete den Zettel und faltete ihn auseinander.

Ihr wurde plötzlich heiß. »Nein, nicht ...«

Matthew musterte das Bild. Sein Mundwinkel zuckte für eine Sekunde nach oben. »Jodie wird immer besser.« Er wedelte mit dem Papier in der Luft. »Ich an deiner Stelle würde das aufbewahren. Womöglich ist es später ein Vermögen wert, wenn Jodie erst einmal eine berühmte Künstlerin ist.«

Amy verzog das Gesicht. »Ich würde es eigentlich lieber verbrennen.«

»Nachvollziehbar. Ich hatte damals einen ähnlichen Gedanken.«

»Du meinst?«

Er zuckte gleichmütig mit den Schultern. »Klar. Oder denkst du, du bist die Erste, die sich gegen diese nùisean durchsetzen muss?«

Bei dem seltsamen Begriff gluckste Amy auf.

»Bedeutet frei übersetzt so viel wie ›Nervensägen‹.«

»So etwas in die Richtung habe ich vermutet.« Allmählich fühlte sie sich wieder wie sie selbst und nicht wie eine schlechte Kopie von Hughes. »An der Uni sagt uns niemand, dass es so schwer ist«, gab sie zerknirscht zu.

Anstelle einer Antwort zerknüllte nun Matthew das Papier und warf es in den Mülleimer. Ein wohliges Gefühl stieg in Amy auf. Für den Bruchteil einer Sekunde überkam sie das Bedürfnis, ihn zu umarmen und sich fest an ihn zu drücken. Aber das wäre völlig unpassend gewesen. Sie fiel ja auch nicht Eliza oder Chloe spontan um den Hals.

Unwillkürlich sah sie aus dem Fenster, aber Samantha war verschwunden. Amy wusste nicht, ob sie diese Erkenntnis beruhigen oder alarmieren sollte.

Es dauerte einen Augenblick, bis sie bemerkte, dass Matthew sie aufmerksam musterte. Verlegen verschränkte sie die Hände hinter dem Rücken und wippte mit den Füßen auf und ab. »Entschuldige, was hast du gesagt?« Trotz seiner Worte war es ihr peinlich, dass er die Zeichnung gesehen hatte. Um die Situation zu überspielen, ging sie zu ihrem Pult, schlug das Schulbuch zu und verstaute es umständlich in der Schublade.

»Freitagabend soll der Himmel klar sein.«

Amy wollte die Schublade schließen. Allerdings steckte das verdammte Ding auf halbem Weg fest. Sie zog und rüttelte daran, drückte wieder dagegen, aber die Lade bewegte sich kein Stück. »Okay, das heißt, der Grillparty ... Mist ... steht nichts im Weg?« Eigentlich hätte es ein Scherz werden sollen, jedoch vergriff sie sich im Tonfall, wodurch es eher sarkastisch klang.

»Nein, ich meine ... warte.« Matthew schob sie sanft beiseite.

Für einen Augenblick stand er so nah, dass sie seinen Duft von Fichtennadeln und Büchern wahrnehmen konnte. Rasch brachte sie zwei Schritte Abstand zwischen sich und ihn.

»Das Ding spießt schon seit einer Weile. Du musst vorsichtig daran rütteln und mit ein bisschen Druck ... dèanta.« Ohne Widerstand schob er die Schublade zu. Dann lehnte er sich gegen die Tischkante und trommelte an der Unterseite herum. »Ich wollte dich eigentlich fragen, ob du mich noch einmal zum Observatorium begleiten möchtest.«

»Eine weitere Exkursion?« Unruhig knetete Amy die Finger hinter ihrem Rücken.

Matthew atmete hörbar aus. »Nein. Es wird niemand sonst dabei sein.« Er hob beide Hände. »Versprochen.«

»Nun ja ...«

Das Klicken eines Kameraauslösers lenkte sie ab.

Samantha stand in der Tür, die Kamera lässig in einer Hand. Sie lächelte unschuldig. »Ich störe doch nicht?«

Vage erinnerte sich Amy daran, dass Gregor vor nicht allzu langer Zeit etwas Ähnliches zu ihnen gesagt hatte.

Augenblicklich löste sich das warme Gefühl auf, das sich in ihrer Brust ausgebreitet hatte.

Anscheinend deutete Samantha ihr Schweigen als Aufforderung, denn sie kam näher. »Wie lief dein Unterricht?« Sie sah sich in dem Raum um, als könnte sie selbst eine Antwort auf ihre Frage finden. Hoffentlich entdeckte sie nicht die Karikatur im Mülleimer.

»Hervorragend«, antwortete Amy mit fester Stimme.

Sam schnalzte mit der Zunge. »Natürlich.« Sie machte ein Foto von einem Stuhl, der umgekippt war. »Na dann, ich muss zurück zu meiner Klasse«, sagte sie, als wäre es das Selbstverständlichste auf der Welt. »Wir sehen uns nachher in der Küche. Caitlin kocht heute Abend. Das willst du dir nicht entgehen lassen, oder?«

Bevor Amy etwas darauf erwidern konnte, war Sam auch schon wieder weg. Es war ihr allerdings zuzutrauen, dass sie hinter der Ecke lauschte. Als sie nachsah, entdeckte sie ihre Halbschwester nirgends. Dennoch schloss sie sicherheitshalber die Tür.

Dann kam sie Matthew so nahe, wie es zwischen Kollegen angemessen war. »Ich bin dabei«, flüsterte sie. Die Vorstellung, zumindest für wenige Stunden Samanthas ewigen Beobachtungen zu entkommen, war mehr als reizvoll.

Ein Grinsen breitete sich über seinem Gesicht aus. »Wunderbar.« Mit einem Mal veränderte sich sein Blick, als wäre ihm ein unangenehmer Gedanke gekommen. »Macht es dir etwas aus, wenn wir dein Auto nehmen? Normalerweise fahre ich mit dem Rad. Aber ich schätze, es ist bequemer, wenn wir ...« Er fasste sich an den Hinterkopf und sah zur Seite.

Diese Geste hatte etwas äußerst Liebenswürdiges an sich. Obwohl Mr. Spock und Captain Kirk sie von Matthews T-Shirt aus finster ansahen.

»Was hältst du von einem kleinen Spaziergang?«

Skeptisch spähte Amy nach draußen. Es hatte zu nieseln begonnen und die dunklen Wolken am Himmel erweckten nicht den Eindruck, als würde sich daran demnächst etwas ändern.

Matthew schien ihre Gedanken zu erraten, denn er machte eine wegwerfende Handbewegung. »Der Regen von heute ist der Whiskey von morgen.«

»Was soll das denn bedeuten?« Amy hob eine Augenbraue.

»Dass das bisschen Regen völlig egal ist.« Er steckte die Hände in die Hosentaschen und deutete mit dem Kopf Richtung Tür. »Komm schon, du solltest den Kopf wieder freibekommen.«

Tatsächlich lief die Foto-Klasse weiterhin durch den Park und schoss Fotos. Nicht weit entfernt entdeckte sie Samantha, die mit Hailey sprach. Sie hatte sich über die Kamera gebeugt, die Hailey ihr hinstreckte. Mit einer Hand schirmte sie das Display von den Regentropfen ab. Amy konnte ihren Gesichtsausdruck nicht eindeutig erkennen, aber sie schien beeindruckt von dem zu sein, was sie auf dem Bildschirm des Handys sah. Sie nickte einige Male anerkennend, woraufhin sich Hailey verlegen über die Haare strich. Anscheinend lief Sams Unterricht besser als ihr eigener.

Und dabei war das die erste Unterrichtseinheit gewesen. Ihr wurde schwindlig bei dem Gedanken, wie viele noch folgen würden.

Mit einem Mal schnürte es ihr die Luft ab. »Lass uns gehen«, sagte sie kurz entschlossen.

»Wunderbar«, wiederholte Matthew. Er war schon halb an der Tür, drehte sich dann aber zu ihr um. »Worauf wartest du?«

Amy zog die Schublade wieder auf. »Geduld ist nicht unbedingt deine Stärke, oder?« Sie nahm den Schirm heraus, den sie darin verstaut hatte, und kämpfte einen Augenblick erneut darum, die Lade zu schließen.

»Soll ich …«

»Nein, ich schaff das allein«, gab Amy mit einem Keuchen zurück.

»Zuerst rütteln und dann … perfekt.«

Die Lade glitt mühelos zurück. Amy streckte triumphierend den Schirm in die Höhe. »Ha! Ich hab es ja doch drauf.«

»Daran habe ich nie gezweifelt.«

Erneut wusste Amy nicht, ob Matthew versuchte, mit ihr zu flirten, oder ob er lediglich einen Scherz machte. Sie beschloss, nicht weiter darüber nachzudenken, sondern eilte an ihm vorbei und hinaus in den Flur. »Worauf wartest du? Bei dem herrlichen Wetter sollte man nicht den ganzen Tag drin sein.« In einem Anflug von Euphorie streckte sie ihm die Zunge raus und lief voran.

»Also, Regel eins besagt, dass du keine Unsicherheit zeigen darfst. Im Klassenzimmer bist du der Boss und gibst den Ton an. Das ist schon mal die halbe Miete.« Matthew schien der feine Nieselregen nichts auszumachen oder dass seine Haare und seine Schultern feucht wurden. Er schlenderte durch den angrenzenden Park, als würden sie im Frühling über den Strand spazieren.

»Und die andere Hälfte?« Amy umklammerte den Griff ihres Regenschirms wie ein Rettungsseil. Der Wind nahm allmählich zu und blies ihr kalt ins Gesicht. Dennoch musste sie zugeben, dass es guttat, dem Klassenzimmer für eine Weile zu entkommen. Außer ihnen entdeckte sie niemanden in der Allee und hatte das Gefühl, endlich wieder durchatmen zu können.

»Halte die Gruppenführer in Schach. In deiner vorherigen Klasse sind das vor allem Kirstie und Gorden.«

Amy nickte langsam. Seine Worte machten absolut Sinn und deckten sich mit ihren eigenen Erfahrungen, als sie selbst Schülerin gewesen war.

»Wie kommst du damit klar, dass deine Schwester auch hier ist?« Seine Stimme nahm einen unerwartet fürsorglichen Tonfall an.

Amy zuckte mit den Schultern. »Wir sind ... Es ist nicht immer einfach mit ihr. Wie es eben bei Geschwistern so ist.« Sie fühlte sich von seiner Frage derart überrumpelt, dass sie spontan die Wahrheit sagte. »Unsere Beziehung ist in letzter Zeit etwas angespannt.« Sie erklärte ihm in wenigen Worten, wie Samantha zu ihnen gekommen war. »Aber zwischen dir und Hailey wird es auch gelegentlich Konflikte geben«, fügte sie beiläufig hinzu.

Matthews Miene verfinsterte sich für den Bruchteil einer Sekunde. Er blickte stur auf seine Schuhspitzen und mahlte mit dem Kiefer.

Nervös hielt Amy den Atem an. Hatte sie etwas Falsches gesagt? Sie öffnete den Mund, um sich zu entschuldigen. Da ertönte aus der Ferne ein Donnern. Amy zuckte zusammen und sah nach oben.

Matthew lauschte. Sein angespannter Gesichtsausdruck war verschwunden. »Das Gewitter ist noch ein Stück entfernt. Aber wir sollten dennoch zusehen, dass wir zurück ins Internat kommen.«

Als wäre das sein Stichwort gewesen, rauschte der Regen mit einem Mal in dichten Tropfen auf sie herab. Matthew nahm die Brille ab und steckte sie an den Kragen seines Shirts. Mit hochgezogenen Schultern eilte er den Weg zurück, auf dem sie gekommen waren, sodass Amy in den Laufschritt wechseln musste, um mit ihm mithalten zu können.

Eine Minute später war er völlig durchnässt. Amy konnte das nicht länger mit ansehen. »Ach, komm schon.« Sie streckte den Schirm in die Höhe. Der Regen prasselte an dem Stoff ab und lief in kleinen Bächen daran herunter. Ein Windstoß blies ihr einige Tropfen ins Gesicht, sodass sie für einen Moment die Augen zukneifen musste.

Schottisches Wetter. Einfach traumhaft.

»Danke.« Matthew nahm ihr den Schirm ab und hielt ihr auffordernd den Arm hin.

Sie hakte sich bei ihm unter. Es war eine völlig selbstverständliche Geste zwischen zwei Freunden, die nichts weiter zu bedeuten hatte. Trotzdem war sich Amy seiner Nähe und der Wärme, die von ihm ausging, deutlich bewusst.

Ein irritierendes Kribbeln breitete sich in ihrem Brustraum aus. Das Gefühl lenkte sie so sehr ab, dass sie nicht einmal bemerkte, wie das Regenwasser vom Schirm auf ihre Schulter tropfte.

Kapitel 16

Rot und gelb gefärbte Blätter flogen knapp an ihren Schuhspitzen vorbei. Sie hatte die dritte Einheit hinter sich gebracht, die bereits besser verlaufen war als ihre erste Stunde, was nicht zuletzt an Matthews Tipps lag. Inzwischen hatte sie es sich zur Routine gemacht, nach jeder Unterrichtsstunde einen kleinen Spaziergang einzulegen. Es half tatsächlich, ihre Gedanken zu ordnen.

Amy schlang ihren Cardigan enger um sich und verschränkte die Arme vor der Brust. Einigen Schülern schienen die Temperaturen dennoch zu genügen, um es sich im Park auf Picknickdecken bequem zu machen. Sie beugten sich über Schulbücher oder ihre Handys und unterhielten sich gut gelaunt.

Amy knurrte der Magen, aber sie würde garantiert nicht in die Gemeinschaftsküche gehen. Vermutlich lauerte Samantha dort auf sie. Wie sollte sie die nächsten Wochen überstehen, wenn ihre Halbschwester nur darauf wartete, Informationen aus ihr herauszupressen, als wäre sie Al Capone persönlich? Und selbst wenn sie nichts entdeckte, konnte sich das zu einem Problem entwickeln. In diesem Fall würde Sam sich eine Geschichte ausdenken und mit den wenigen Fakten schmücken, die sie kannte.

Und dann war da noch Matthews Einladung ins Observatorium. Steckte dahinter lediglich ein Dankeschön oder hatte sie mehr zu bedeuten? Seitdem sie zusammen unter dem Regenschirm zurück zum Internat gegangen waren, hatte sich etwas verändert. Auch wenn Amy nicht genau sagen konnte, woran es lag. Jedenfalls löste sich etwas Schweres in ihrer Brust auf, sobald sie Matthew begegnete. Ja, sie fühlte sich in seiner Nähe wohl, aber das hatte nichts zu bedeuten. Und sie würde es garantiert nicht darauf ankommen lassen und dieses Gefühl weiter fördern. Gedankenverloren ging sie den Kiesweg entlang und kickte jedes Blatt, das ihr in die Quere kam, zur Seite. Sie war garantiert nicht nach Schottland gezogen, um ihr Leben komplizierter zu machen.

»Hi, Ms. Fitzgerald.«

Abrupt blieb Amy stehen. Hailey saß auf einer Parkbank, die Knie zum Kinn hochgezogen. Ihre Augen waren rot und auf den Wangen zeigten sich Spuren von trocknenden Tränen.

Amy erwiderte die Begrüßung mit einem Nicken. Eigentlich wollte sie weitergehen, allerdings hinderte sie Haileys Anblick daran. Außerdem war sie zur Vertrauenslehrerin befördert worden. Heulende Teenager gehörten zu ihrem Aufgabengebiet. Also machte sie einen Schritt auf das Mädchen zu. »Alles in Ordnung bei dir?«

Hailey fuhr sich mit dem Handballen über ein Auge. Ihre Wimperntusche verschmierte und hinterließ einen dunklen Fleck, der sich bis zur Schläfe zog.

Okay, das hier würde länger als zwei Minuten dauern. Amy kramte in ihrer Handtasche herum, bis sie die Abschminkpads fand. Es schadete nie, welche dabei zu haben.

»Erste Regel: wasserfeste Wimperntusche.« Amy streckte ihr die Packung hin.

Hailey nahm sie mit einem verdutzten Gesichtsausdruck an. Sie hielt sie mit beiden Händen umschlossen, als hätte Amy ihr soeben einen Schatz übergeben.

»Dein Make-up ist verwischt. Genau da.« Amy deutete auf ihre eigene Schläfe. »Warte.« Sie zog einen Taschenspiegel hervor. »Damit sollte es besser klappen.« Es gelang ihr, Hailey ein Lächeln zu entlocken. Sie setzte sich zu ihr auf die Bank.

»Kirstie ist bei Gorden«, sagte Hailey mit belegter Stimme, während sie den Fleck aus ihrem Gesicht wischte.

»Okay?«

»Nein, das ist nicht okay.« Hailey klappte den Spiegel energisch zu und gab Amy die Sachen zurück. »Seit ihrem Zusammenbruch im Observatorium findet Gorden sie interessant. Gibt ihr Ernährungstipps. Wegen ihres Diabetes.«

Amy biss sich auf die Innenseite ihrer Wange, um bei dieser Vorstellung nicht loszulachen. »Ich wusste nicht, dass er Ahnung von Ernährung hat.«

»Gorden ist klüger, als es vielleicht ...Na ja, als es vielleicht den Anschein hat.«

Allmählich verstand Amy, worum es ging. »Und er sieht auch gut aus, oder?«

»Finden Sie?«

»Ich war auch mal jung.« Bevor sie den Satz beendet hatte, wurde ihr bewusst, dass sie und Hailey lediglich sechs Jahre trennten. Trotzdem fühlte sie sich ihr gegenüber so viel älter. Für einen Moment beäugte Amy eine dicke Wolke, die sich energisch Richtung Sonne schob. Dann flüsterte sie Hailey zu: »Es gibt bessere Jungs als Gorden MacPherson.«

»Aber er ist groß, sportlich ... hat vermutlich eine tolle Karriere vor sich.«

Amy blinzelte. »Ernsthaft? Darüber machst du dir Gedanken?«

Hailey riss die Augen auf, als hätte sie etwas Falsches gesagt. »Ist das nicht normal?« Sie zog die Knie fester an sich und legte ihre Stirn darauf ab. »Ich sage immer so unnormale Sachen, deswegen ...« Ihre Stimme klang gedämpft, dennoch konnte Amy den Schmerz hören, der sich hinter Haileys Worten verbarg.

Sie widerstand dem Drang, dem Mädchen über den Hinterkopf zu streichen. »Es ist nicht unnormal, sondern eher ... fortschrittlich für dein Alter.« Amy hatte noch mehr sagen wollen, aber da fiel ihr auf, dass sie bereits von einigen Schülern beobachtet wurden. Sie glaubte, das Blitzlicht einer Handykamera zu sehen. Womöglich wurde sie aber lediglich paranoid.

Es würde Hailey jedenfalls nicht helfen, wenn sie länger bei ihr blieb. Dadurch verlieh sie ihr einen weiteren Stempel, der sie als Außenseiterin kennzeichnete. Sie musste schleunigst weg, bevor sie die Sache für Hailey noch schwieriger machte. Eine Frage brannte ihr trotzdem auf der Zunge: »Hast du mit Ma... Ich meine mit deinem Bruder darüber gesprochen?«

Hailey riss den Kopf in die Höhe. »Was? Das mit Gorden?« Ihre Ohren liefen rot an, ähnlich wie sie es auch bei Matthew beobachtet hatte. »Das wäre doch peinlich.«

»Ich meine eher die ... allgemeine Situation.«

Das Mädchen ließ die Schultern sinken und starrte auf ihre Schuhe. »Er hört mir nicht zu.«

Amy runzelte die Stirn. Sie war davon ausgegangen, dass Matthew mit seiner Schwester ähnlich aufmerksam umging wie mit ihr. Für einen Augenblick huschten ihre Gedanken zurück zu der Schublade. Bei der Erinnerung daran, wie Matthew Amy berührt hatte, rauschte ihr Blut schneller durch ihre Adern. Und die Vorstellung, dass sie Freitagabend zusammen verbringen würden, machte sie nervöser, als es bei einem einfachen Abend zwischen zwei Freunden hätte sein dürfen.

»Ich kann es nicht leiden, wenn sie mich anstarren.«

Haileys Stimme brachte sie zurück in die Gegenwart. Sie war schon viel zu lange hier. Es gab Regeln unter den Schülern, die sich nie veränderten und an denen sie auch nichts ändern konnte. Also klopfte sie sich auf die Schenkel und stand auf. »Du solltest auch langsam reingehen. Es gibt bald Abendessen.« Damit wollte sie gehen, da fiel ihr noch etwas ein. »Wenn du jemanden zum Reden brauchst ... Du weißt ja, wo du mich findest.«

Hailey rutschte auf die äußerste Kante der Bank vor. »Danke«, erwiderte sie leise. »Ach, und Ms. Fitzgerald!«, rief ihr Hailey hinterher, als wäre ihr soeben etwas eingefallen. Sie sog die Unterlippe zwischen den Zähnen ein, offensichtlich unschlüssig, ob sie Amy sagen sollte, was ihr auf der Zunge lag. »Ms. Carter hat mich nach Ihnen gefragt.«

Amy schnappte nach Luft. »Was wollte sie wissen?« Ihr fiel wieder ein, wie sie Samantha und Hailey zusammen im Park gesehen hatte.

Hailey zuckte mit den Schultern. »Ob ich wüsste, dass Ihre Eltern in London bekannt sind. Irgendwas mit

Theater, richtig? Und über eine Natasha Markow.« Sie rutschte auf der Bank zurück und schlang die Arme wieder um die Knie. »Und ob ich aufgeschnappt haben könnte, weshalb Sie hier sind.«

»Was hast du ihr geantwortet?« Amy bemühte sich um einen ruhigen Tonfall, obwohl sie Hailey am liebsten geschüttelt hätte.

»Dass ich keine Ahnung habe, wovon sie spricht.« Sie richtete sich mit einem besorgten Gesichtsausdruck auf. »War das falsch?«

Amys Kiefer krampfte sich zusammen, dennoch rang sie sich ein Lächeln ab. »Nein, es ist alles in Ordnung. Mach dir keine Sorgen.« Damit verabschiedete sie sich und ging mit weit ausholenden Schritten zurück zur Schule. Wenn Samantha nun auch schon die Schüler in die Mangel nahm, bedeutete das nichts Gutes.

Die Wanne nahm zwar das halbe Badezimmer ein, aber immerhin war es frisch saniert. Diesen Luxus hatte Amy zugegebenermaßen nicht erwartet. Offensichtlich legte Gregor viel Wert darauf, dass sein Lehrpersonal möglichst lange blieb.

Das Gespräch mit Hailey hatte sie wiederum daran erinnert, dass sie seit einer Ewigkeit nicht mit ihren Freundinnen gesprochen hatte. Deswegen hatte sie aus einem rührseligen Moment heraus Eliza angerufen.

»Davon abgesehen waren das viel zu viele Fragen. Unmöglich, alle innerhalb der Zeit zu beantworten.« Seit geschlagenen fünf Minuten analysierte ihre Freundin die letzte Prüfung zur englischen Grammatik.

Amy hatte ihr Handy auf laut gestellt und es auf ein Tischchen neben der Badewanne gelegt. Sie strich mit den Handflächen über den Schaum und begnügte sich damit, gelegentlich zustimmende Geräusche von sich zu geben. Sie brauchte dringend das Gefühl der Londoner Großstadt. Sie vermisste die Nachtclubs, die Zufallsbekanntschaften und ihre Wohnung. »Gibt es schon Pläne für die Weihnachtsparty? Wisst ihr, welche Band spielt?«, fragte Amy unvermittelt und nahm eine Handvoll Schaum. Er duftete nach Fichtennadeln und prickelte auf ihrer Haut.

Eliza schwieg einen Moment, vermutlich überrumpelt von dem plötzlichen Themenwechsel. »Keine Ahnung. Das ist bisher an mir vorbeigegangen. Ich muss noch vor Weihnachten eine Abschlussarbeit abgeben. Ehrlich gesagt, ich hab keinen Schimmer, wie ich das neben den Kursen anstellen soll ... Chloe weiß wahrscheinlich mehr über die anstehenden Feiern. Warum fragst du nicht sie?« Die letzten Worte klangen gereizt. Ein Zeichen dafür, wie sehr ihre Freundin unter Druck stand. Was Amy nicht weiter verwunderte. Immerhin wollte Eliza die Kurse von zwei Semestern in der Hälfte der Zeit abschließen. So ehrgeizig war Amy früher auch gewesen. Jeden Tag Kurse, Prüfungen und Hausarbeiten. Trotz dieses Pensums hatte sie zu den besten ihres Jahrgangs gehört. Ein Semester mehr und sie hätte ihren Abschluss in der Tasche gehabt. Aber dann kam die Sache mit Colin und ...

Amy pustete energisch den Schaum von ihrer Handfläche. Sie würde nicht länger über die Vergangenheit nachgrübeln. Insbesondere nicht über Colin. Nur um sich davon abzulenken, stellte sie Eliza die erstbeste Frage, die ihr in den Sinn kam. »Warum willst du eigentlich Lehrerin werden?«

In diesem Moment hörte Amy ein Geräusch. Es klang, als hätte sich soeben die Tür zu ihrem Zimmer geöffnet und wieder geschlossen. Amy fuhr hoch. Das Wasser kam ihr auf einmal viel zu heiß vor.

Eliza sagte etwas, aber sie achtete nicht darauf. Näherten sich tatsächlich Schritte? Sie lauschte mit angehaltenem Atem, konnte jedoch über Elizas Gerede kaum etwas hören. Ohne ein Wort zu sagen, stellte sie Eliza auf stumm.

Da bewegte sich die Klinke der Badezimmertür nach unten. Hektisch tastete Amy nach dem Handtuch. Vor lauter Aufregung rutschte es ihr zwischen den nassen Fingern hindurch und fiel zu Boden. Vergeblich streckte sie die Hand danach aus.

Dann öffnete sich die Tür.

Es war Samantha in Pyjamahosen und einem Kapuzenpullover. »Du solltest deine Tür echt abschließen ... Außer du erhoffst dir Besuch.« Sam lehnte sich mit verschränkten Armen gegen den Türrahmen. »Ich sehe dich ständig bei Matthew. Gibt es da etwas, das ich wissen sollte?«

Amy ließ sich zurück ins Wasser sinken, und zwar so tief, dass der Badeschaum an ihrer Nasenspitze kitzelte und ihre Knie aus dem Wasser ragten. Verstohlen musterte sie Samantha.

Sam kam näher und setzte sich an den Badewannenrand. Sie schien Amys Blick richtig zu deuten, denn sie hob beide Hände. »Keine Kameras.«

»Was willst du?«

»Ich werde mich wohl mit meiner Schwester unterhalten dürfen.« Sie hielt die Fingerspitzen ins Wasser und schob den Schaum hin und her.

Amy schnaubte. »Wer's glaubt.«

Langsam zog Samantha die Hand aus dem Wasser. Ihr Blick verhärtete sich. »Gut, dann machen wir mit unserem Interview weiter.«

»Welches Interview?«

Anstelle einer Antwort zog Sam ihr Handy aus der Tasche ihrer Pyjamahose und tippte kurz darauf herum. »Amy Fitzgerald liebt wilde Partys, Luxus und die Aufmerksamkeit der Presse«, begann sie im Tonfall einer Sprecherin, die für gewöhnlich in Society-Sendungen aus dem Off zu hören war. »Aber sie scheint sich auch für die einfachen Dinge im Leben erwärmen zu können. Wie zum Beispiel ein Spaziergang mit einem Kollegen im Regen oder ein Schaumbad nach getaner Arbeit. Ich weiß, was Sie denken: Das Partygirl und Anstrengung? Ist das nicht ein Widerspruch? Was verbirgt Amy? Neuerdings unterrichtet sie an einer schottischen Schule. Warum? Genau das wollen wir herausfinden.« Sam tippte erneut auf das Display. »Okay, der Teaser ist ausbaufähig, aber es geht erst mal darum, das Thema zu erfassen.«

In Amy drängte sich das dringende Bedürfnis auf, Samantha das verdammte Handy aus der Hand zu reißen und in der Wanne zu ertränken. Stattdessen erinnerte sie sich an ihre Rolle der abgeklärten Schauspielerin, die sich von den Fragen der Reporter nicht verunsichern ließ. Sie richtete sich gelassen auf und drehte den Heißwasserhahn an. Das Rauschen übertönte beinahe ihre Worte. »Und du denkst im Ernst, dass ich mich auf dieses Spiel einlasse?«

Samantha schaltete die Diktierfunktion wieder ein. »Was ist auf Natashas Party passiert?«

»Keine Ahnung, wovon du sprichst«, erwiderte Amy in nüchternem Tonfall und stellte den Wasserhahn ab.

»Verlass dich nicht darauf, dass die Geschichte auf ewig ein Geheimnis bleibt. Die Presse hat Mittel und Wege, um an Informationen zu kommen.«

»Ich hoffe wirklich, dass du Besseres zu tun hast, als mir hinterherzuschnüffeln. Da ist nichts, worüber es sich lohnen würde, zu berichten.« Amy runzelte die Stirn. »Seit wann bist du eigentlich Reporterin? Ich dachte, du machst lediglich die Fotos?« Aufgrund ihrer Lese- und Rechtschreibschwäche wollte sich niemand in der Redaktion die Arbeit antun und Samanthas Texte korrigieren.

Sam verzog das Gesicht zu einem schiefen Grinsen. »Das wird bald Vergangenheit sein. Wenn ich einen vernünftigen Artikel abliefere, gibt mir die Redaktion eine Stelle als Journalistin.«

Allmählich verstand Amy, weshalb Sam an die St. Margret gekommen war. »Tut mir leid, aber ich muss dich enttäuschen: Über mich gibt es nichts Interessantes zu berichten.« Mit einer gelassenen Bewegung drehte sie den Wasserhahn zu.

»Ich weiß, dass du nach Natashas Party im Krankenhaus gewesen bist.«

Amy zuckte mit den Schultern. »Ich kann mich nicht daran erinnern.« Ihretwegen konnte Samantha Artikel schreiben, so viel sie wollte, solange sie kein Wort über sie, Amy, verlor. Es ging schließlich um ihre eigene zukünftige Karriere als Schauspielerin.

»Schön, wie du willst.« Samantha steckte ihr Handy weg. »Dann komme ich eben anders zu meiner Story.«

»Wie du meinst. Erwarte aber keine Hilfe von mir.«
Nach außen hin gab sie sich weiterhin unbeeindruckt,
dabei spürte sie, wie ihr ein Schweißtropfen über die
Schläfe lief. Zwar ließ sich Sam nichts anmerken, dennoch war Amy sicher, dass ihrer Halbschwester dies
nicht verborgen blieb. Sie hatten einige Jahre zusam-
mengelebt, bevor Sam nach Glasgow gegangen war. Sie
kannten sich gut genug, um jedes noch so kleine Anzei-
chen von Besorgnis zu erkennen. Amy musste höllisch
aufpassen, um sich nicht zu verraten.

Unvermittelt beugte sich Sam über den Badewannenrand, sodass Amy befürchtete, dass ihre Schwester
gleich im Wasser landen würde. »Es ist doch deine
Schuld, dass ich hier bin.«

Amy neigte sich nach hinten, um mehr Abstand zwischen sie beide zu bringen. »Mach mich nicht verantwortlich für ...«

»Erinnerst du dich an den Artikel, den du für mich
korrigieren wolltest?«

»Welcher ... Oh.« Erneut fielen ihr die vollen Teetassen
ein. Dieses Mal glaubte sie auch, den Song von Elton
John zu hören, der Samanthas Anruf ankündigte.

»Genau dieser Artikel. Aber da du zu beschäftigt gewesen bist, dich im Selbstmitleid zu suhlen, musste ich
ihn so abgeben ... Mit dem Ergebnis, dass ich für Fotos
und Recherche abgeschoben wurde.« Ruckartig stand
Samantha auf und machte Anstalten zu gehen. Ohne
sich umzudrehen, sagte sie: »Du hast gewusst, wie
wichtig der Job für mich ist. Also glaub bloß nicht, dass
ich mir diese Chance ein zweites Mal entgehen lasse.
Du bist nicht die Einzige, die sich in den letzten Monaten verändert hat.«

Amy erinnerte sich an das Versprechen, das sie Samantha vor einer Ewigkeit gegeben hatte: Sie würde ihr helfen, Journalistin zu werden und wenn sie dafür jeden ihrer Artikel selbst korrigieren müsste. Aber dann hatte Colin ihre Beziehung beendet und die Welt war für sie in den Hintergrund getreten. Schuldgefühle schwappten über sie hinweg wie eine eisige Welle. »Es tut mir leid. Wirklich. Ich wollte dich nicht …«

»Es war mein Fehler. Ich hätte mich nie auf dich verlassen dürfen … und so was wird Vertrauenslehrerin«, setzte Sam murmelnd hinterher.

Sie verschwand, bevor Amy etwas sagen konnte. Trotz des heißen Wassers bekam sie eine Gänsehaut. Da fiel ihr Blick auf ihr Handy. Eliza hatte den Anruf nicht beendet, nachdem Amy sie stummgeschaltet hatte. In der Hoffnung, ein paar tröstende Worte zu hören, schaltete sie den Ton wieder ein. »Eliza? Entschuldige, ich …«

»Du scheinst dir ja ordentlich Ärger eingehandelt zu haben.« Das Mitleid in ihrer Stimme war deutlich erkennbar. »Von welcher Natasha hat Samantha gesprochen? Wann warst du im Krankenhaus? Du hast gar nichts …«

Amy brummte frustriert und beendete das Gespräch. Dann hielt sie die Luft an und tauchte unter. Sie würde es Samantha und ihren Eltern beweisen. Sie war verantwortungsbewusst … und eine gute Lehrerin. Genau genommen, sogar Vertrauenslehrerin. Wenige Sekunden später tauchte sie wieder auf und strich sich die nassen Haare aus dem Gesicht.

Sie hatte eine Idee, wo sie anfangen musste.

Kapitel 17

Amy schlug die Autotür zu und zog sich ihre Mütze tiefer ins Gesicht. Der Geruch von Schnee hing in der Luft. Skeptisch musterte sie den wolkenverhangenen Himmel über dem Observatorium. Nach einer klaren Sternennacht sah das nicht unbedingt aus.

»Das Wetter kann sich hier schnell ändern. Wir haben noch Zeit. Keine Sorge.« Matthew schien ihre Gedanken erraten zu haben.

Amy rieb die Hände aneinander. Kaum eine Minute hier draußen und ihre Fingerspitzen wurden schon kalt. Aber immerhin konnte sie so für eine Weile aus Samanthas Blickfeld verschwinden. Sie sah zu dem Gebäude. »Ist Mason heute auch da?« Sie hatte keine Ahnung, weshalb sie ihm ausgerechnet diese Frage stellte. Genauso wenig wusste sie, welche Antwort ihr lieber gewesen wäre.

Matthew nahm eine Jacke mit dem Logo der NASA vom Rücksitz. Er machte dies auffällig umständlich, so als wollte er seine Antwort hinauszögern. Schließlich schlug er die Tür zu und warf sich die Tasche über eine Schulter. »Mason ist in Edinburgh. Astronomen-Treffen.« Als wäre dies Erklärung genug, ging er mit großen Schritten zu einem Seiteneingang, der Amy bei ihrem ersten Besuch nicht aufgefallen war.

»Weshalb bist du nicht dort?« Ihr Atem wurde mit jeder Silbe in kleinen Wölkchen vor ihrem Mund sichtbar.

»Ich bin die ganze Woche unter Menschen.« Matthew zog einen Schlüsselbund aus seiner Hosentasche. »Am

Wochenende möchte ich meine Ruhe haben.« Er schloss die Tür auf und ging hinein.

Warme Luft strömte Amy entgegen. Dennoch blieb sie irritiert draußen stehen. »Aber ich bin doch da«, murmelte sie.

»Hast du etwas gesagt?« Matthew streifte sich im Flur die Schuhe ab.

Amy schüttelte den Kopf.

»Gut, dann komm rein. Ich mach uns einen Hot Toddy.«

Der Sitzsack lag in einer Ecke des Wohnbereichs. Amy erkannte ihn gleich wieder, als sie hereinkam. Allerdings war dies auch keine große Kunst. Die Räumlichkeiten reichten für eine Person vollkommen aus. Für zwei wurde es hingegen schon eng, vor allem wenn man sich den Platz mit einer lebensgroßen Figur von Mr. Spock und Raumschiff-Modellen teilen musste, die von der Decke hingen.

Matthew hantierte in der angrenzenden Küchenzeile herum, was seine gesamte Aufmerksamkeit in Anspruch zu nehmen schien. Womöglich war ihm aber auch bewusst geworden, dass sich eine Frau in seinem allerheiligsten Bereich befand, die nicht seine Schwester war.

Amy saß samt Jacke auf dem Sofa und rieb sich die Hände zwischen den Knien. Matthew hatte die Heizung eben erst eingeschaltet, die seither ein leises Rauschen von sich gab.

Unwillkürlich musste sie an die monströse Villa denken, in der Natasha lebte. Die Erinnerung daran kam ihr unendlich weit weg vor, beinahe so, als wäre die leidliche Geschichte nicht ihr passiert, sondern jemand anders. Dennoch war ihr bewusst, dass sie nur aufgrund ihres Streits und den daraus resultierenden Folgen hier gelandet war. In Schottland. In einem Observatorium fernab jeder Zivilisation und jedes Handyempfangs. Bei Matthew.

»Reiß dich zusammen«, murmelte sie zu sich selbst. Der Wasserkocher war inzwischen so laut, dass Matthew sie nicht hören konnte. Amy gefiel nicht, in welche Richtung ihre Gedanken wanderten. Um sich davon abzulenken, stand sie vom Sofa auf. Aufmerksam betrachtete sie die Fotos und Abbildungen von Sternenkonstellationen, die über jede freie Fläche an der Wand verteilt hingen. Ein Plakat fiel ihr dabei besonders auf. Der Überschrift zufolge zeigte es die Planetenlaufbahn von Jupiter und Saturn zwischen Oktober und Dezember. Die Laufbahn war schematisch dargestellt und erinnerte Amy an ein V, auf dessen Linien sich die Planeten über Wochen hinweg annäherten, bis sie sich an der untersten Spitze knapp berührten.

»Faszinierend, nicht wahr?«

Vor Schreck sprang Amy einen halben Schritt zur Seite. Sie sah rasch wieder auf die Abbildung in der Hoffnung, dass Matthew nicht bemerkte, wie sehr ihr Herz raste. »Mir ist nicht ganz klar, wie das funktionieren soll.« Sie deutete auf die Laufbahn der beiden Planeten.

»Du meinst die Annäherung von Jupiter und Saturn?« Er kam dichter an sie heran, wodurch Amy glaubte, ein Prickeln auf ihrer Haut zu spüren. Ihr Mund fühlte sich trocken an. »Von der Erde aus gesehen ist Jupiter näher als Saturn und er bewegt sich auch schneller.

Deswegen überholt Jupiter Saturn. In wenigen Wochen ist es wieder so weit.« Während er sprach, fuhr er mit einem Finger über die Darstellung. »Das Besondere an der Großen Konjunktion ist, dass die beiden Planeten beinahe zu einem gemeinsamen Lichtpunkt verschmelzen, wenn Jupiter an Saturn vorbeizieht.« Er tippte auf den untersten Punkt, wo sich die beiden Planeten überschnitten. »So knapp beisammen standen sie zuletzt vor etwa vierhundert Jahren.«

»Also eine einmalige Gelegenheit für eine Beobachtung.«

Das Brodeln des Wasserkochers wurde lauter, bis der Deckel schließlich klapperte.

»Verdammt.« Matthew eilte in die Küche. »Das nächste Mal, dass Jupiter und Saturn so dicht beieinanderstehen, ist in sechzig Jahren.« Er goss das heiße Wasser in zwei Campingbecher, die ebenfalls mit einem NASA-Logo bedruckt waren, fügte einen Teelöffel Honig und jeweils eine Zitronenscheibe hinzu. Dann reichte er Amy einen Becher. »Erst den Duft einatmen, dann in kleinen Schlucken trinken.« Er sagte es in einem so ernsten Tonfall, dass Amy kichern musste.

Der Wasserdampf trug den Duft von Zitrone und Honig in sich. Und etwas anderem, das sie nicht gleich zuordnen konnte. Sie pustete und nahm einen vorsichtigen Schluck. Die Flüssigkeit brannte ihr auf der Zunge und im Hals, was allerdings nicht an der Temperatur lag. Sie hustete. »Ist da Alkohol drin?«

Matthew nippte ebenfalls an seiner Tasse und schmatzte leise, als würde er den Geschmack überprüfen. »Guter schottischer Whiskey. Stärkt das Immunsystem.«

Beim nächsten Schluck war Amy auf die Schärfe des Whiskeys vorbereitet. Der Hot Toddy kribbelte angenehm in ihrem Hals. Ein wohliges Gefühl breitete sich in ihrem Bauch aus und verbreitete von dort eine Wärme, die allmählich durch ihren gesamten Körper strömte.

»Er ist nicht zu stark, oder? Ich hab weniger Whiskey genommen als üblich.«

Amy hob beide Augenbrauen und musterte die Tasse. »Da ist normalerweise mehr drin?«

»Klar.« Matthew zuckte mit den Schultern. »Aber wir haben heute noch etwas vor ... Und dafür sollten wir nicht zu betrunken sein.«

Augenblicklich spürte Amy, wie ihre Ohren rot anliefen. Rasch setzte sie den Becher erneut an die Lippen. Sollte sie ihn fragen, was er damit meinte? Zum Glück zögerte sie, denn er kam ihr zuvor und rettete sie so vor einer peinlichen Situation.

»Komm, dann richten wir mal das Teleskop aus. Draußen wird es schon dunkel.«

Die Wärme des Alkohols hatte sich in ihrem Körper festgesetzt, weshalb ihr die Kälte kaum etwas ausmachte. Dennoch hielt sie den Becher weiterhin mit beiden Händen umschlossen.

Das Dach des Beobachtungsraumes stand offen. Matthew führte die letzten Einstellungen beim Teleskop durch. Er wirkte dabei so konzentriert, dass er alles andere um sich herum zu vergessen schien. Diese Hingabe fand sie äußerst attraktiv.

Amy schüttelte leicht den Kopf. Nein. Sie musste endlich aufhören, solche Dinge über Matthew zu denken.

Sie schielte in den Becher hinein, als könnte sie dem Getränk die Schuld an ihren Gedanken geben.

»Hmmm ...«, machte Matthew. »Das mit den Wolken haben sie im Wetterbericht nicht erwähnt.«

Amy folgte seinem Blick in den Himmel. Es war kein einziger Stern zu erkennen. »Später klart es bestimmt auf.« In diesem Moment landete eine Schneeflocke auf ihrer Nase. Ihre Nasenspitze war so kalt, dass sie die Flocke kaum spürte. Unwillkürlich stellte sie sich vor, wie es wäre, wenn Matthew sie genau an dieser Stelle ... Hastig wischte sie den Wassertropfen weg.

Sie bemerkte, wie Matthew sie beobachtete. Die Art, wie er sie ansah, machte sie nervös. Amy leerte ihren Becher in einem Zug und hob ihn dann hoch. »Bis dahin könnten wir noch einen Schluck trinken.«

»Du hast vermutlich recht.« Er zog sein Handy aus der hinteren Hosentasche und tippte darauf herum. »Sie müssten echt mal etwas wegen des Empfangs unternehmen. Ich hab Mason schon darauf angesprochen, aber ...« Es landeten weitere dicke Schneeflocken im Beobachtungsraum. Sie blieben für einen Moment liegen, bis sie schmolzen und Wassertröpfchen hinterließen.

Matthew betätigte eine Taste neben der Tür, woraufhin sich das Dach unter leisem Surren schloss. »Warten wir einfach ein bisschen ab.«

Zurück im Wohnbereich saßen sie auf dem Sofa, peinlich darauf bedacht, sich nicht zu berühren. Als wären sie Teenager bei der ersten Verabredung zu Hause. Das gedimmte Licht und die Kerzen auf dem Sofatisch verstärkten diesen Eindruck. Anstelle eines weiteren Hot Toddys hatte Matthew ihnen Kakao mit

Marshmallows gemacht. Womöglich befürchtete er, sie könnte zu betrunken sein, um später den Sternenhimmel gebührend bewundern zu können. Bislang sah es ohnehin nicht danach aus, als würden sie an diesem Abend irgendetwas davon zu bewundern bekommen. Der Schneefall hatte zugenommen. Dicke Flocken drängten sich dicht zusammen und fielen zu Boden, sodass sie draußen in der Dunkelheit kaum etwas erkennen konnten. Es entstand der Eindruck, als wären sie die einzigen Menschen im Umkreis von mehreren Kilometern, was vermutlich tatsächlich der Fall war.

Immerhin war es inzwischen so warm, dass Amy die Jacke ausgezogen hatte. Ihr weicher Kaschmirpullover und die Tasse Kakao vermittelten ihr ein heimeliges Gefühl, das sie seit einer Ewigkeit nicht mehr empfunden hatte. Sie sah aus dem Fenster, allerdings hatte sich das Bild in den letzten Minuten nicht verändert. »Was auch immer der Wetterbericht vorhergesagt hat – es war falsch.« Zu spät bemerkte sie den kritischen Tonfall in ihrer Stimme. Sie biss sich auf die Lippe und schielte zu Matthew.

»Als Astronom brauchst du manchmal eben Geduld.« Er machte nicht den Eindruck, dass er ihr ihre Aussage übel nahm.

Erleichtert kicherte sie in ihre Tasse. »Oder einen anderen Standort.«

Matthew grinste schief. »Solange wir bei der Großen Konjunktion gutes Wetter haben, bin ich zufrieden ... Außerdem ist es so ja auch nicht schlecht.«

Augenblicklich schoss Amy das Blut in die Wangen. Sie nahm einen weiteren Schluck aus ihrer Tasse und verschluckte sich an einem Marshmallow. Sie hustete mehrmals.

»Alles in Ordnung?« Matthew hob eine Hand, um ihr auf den Rücken zu klopfen, stockte dann jedoch mitten in der Bewegung. Stattdessen legte er den Arm auf die Sofalehne. Er sah sie weiterhin besorgt an.

Amy schnappte nach Luft und wischte sich eine Träne aus dem Augenwinkel. »Warum ist dir das eigentlich so wichtig?«, fragte sie, sobald sie sich wieder gefasst hatte.

Matthew legte den Kopf schief. »Was?«

Amy deutete auf das Plakat, auf dem die Laufbahn von Jupiter und Saturn abgebildet war. »Ich verstehe, dass es ein seltenes Ereignis ist, aber du redest fast von nichts anderem.« Sie hatte keine Ahnung, wie sie die Sprache auf Hailey und ihre Probleme in der Schule bringen sollte, aber irgendwo musste sie beginnen. Immerhin war das keine romantische Verabredung. Sie hatte einen selbstauferlegten Auftrag: Matthew auf Haileys Probleme in der Schule ansprechen und mit ihm eine Lösung finden.

Er ließ sich mit der Antwort Zeit. Er stützte sich mit den Ellbogen auf den Knien ab und drehte seine halb leere Tasse auf dem Tisch im Kreis. »Die Astronomical Society of Glasgow will ein neues Fachbuch herausbringen.«

Der Name sagte Amy nichts. »Okay?«

»Die Society wurde von Amateurastronomen gegründet, hat jedoch in der Szene einen hervorragenden Ruf. Selbst renommierte Wissenschaftler reißen sich darum, von ihnen veröffentlicht zu werden.« Auf einmal wirkte er verlegen. Er konzentrierte sich auf seine

Tasse, in der die Marshmallows eifrig auf und ab schaukelten. »Na ja, und ich habe die Möglichkeit, dort einen Aufsatz über die Konjunktion zu veröffentlichen. Dokumentation der Beobachtung, Fotos, wissenschaftliche Beurteilung und so weiter.«

»Also eine große Sache. So als würde man eine Rolle am Broadway bekommen.«

Er prustete kurz auf und lehnte sich dann zurück. »Auf diesen Vergleich wäre ich nicht gekommen, aber ja. So könnte man es ausdrücken.«

Amy hörte ihm kaum zu. Sie war zu sehr damit beschäftigt, seine Hände zu mustern, die sich unablässig bewegten. Sie hatte ihn vorhin beobachtet, als er das Teleskop mit viel Feingefühl eingestellt hat. Unwillkürlich stellte sie sich vor, wie es sich anfühlen würde, wenn seine kräftigen Finger nach den ihren greifen würden. Gänsehaut kribbelte über ihre Wirbelsäule bis hinauf in ihren Nacken.

»Alles klar? Hab ich da irgendwas?« Matthew runzelte die Stirn und drehte die Handflächen.

»Nein, nein. Alles in … Es ist alles bestens.« Rasch wandte Amy den Blick ab und beobachtete stattdessen die drei Kerzen, die sanft vor sich hin flackerten. Kein Hot Toddy mehr, solange sie in Schottland war. So viel stand fest.

»Montgomery will ebenfalls einen Aufsatz darüber schreiben«, fuhr Matthew fort.

Amy zog die Augenbrauen zusammen. Der Name kam ihr bekannt vor, was vermutlich daran lag, dass mindestens drei ihrer Schüler so hießen. Dann fiel ihr Gorden ein, der einen Cousin erwähnt hatte, der in einem Observatorium in Glasgow arbeitete.

»Wir waren gemeinsam an der Uni, haben uns am Campus ein Zimmer geteilt.« Er lachte leise auf. »Und einigen Unfug angestellt – das Schaf in der Cafeteria … Ein Wunder, dass sie uns nicht rausgeworfen haben.« Für einen Moment hing er einer Erinnerung nach, gleich darauf verschwand das Lächeln aus seinem Gesicht. Sein Blick wurde ernst. »Mit der Zeit haben wir uns verändert.« Sein bedauernder Tonfall machte klar, dass die Freundschaft zwischen den beiden nicht länger bestand.

Amy zog die Ärmel ihres Pullover nach unten, sodass lediglich ihre Fingerspitzen hervorschauten. Sie dachte an Samantha. Weshalb mussten sich Menschen verändern und auseinanderleben? Auf diese Weise gingen wundervolle Freundschaften verloren. Sie und Sam hatten sich auch nicht immer bekämpft. »Ich nehme an, er will in demselben Fachbuch veröffentlicht werden?«

Matthew nickte knapp. »Jap.«

Ohne es bemerkt zu haben, waren sie näher zusammengerückt. Amys Knie berührte seinen Oberschenkel, was sie nicht im Geringsten störte. Sie nahm den holzigen Duft von Muskat und Zitrone wahr, der von ihm ausging. Am liebsten hätte sie die Augen geschlossen und sich an seine Schulter gelehnt, aber sie gab diesem Wunsch nicht nach. Gleichzeitig war sie unfähig, sich von ihm wegzubewegen. Also setzte sie die Tasse an die Lippen und trank den letzten Rest ihres Kakaos aus. Die Süße hing einen Moment an ihrer Zunge. Womöglich schmeckten Matthews Lippen ebenfalls danach.

Sie hielt die Tasse weiterhin in den Händen, damit sich diese nicht selbstständig machten und Matthew berührten.

»Vielleicht sollten wir zurückfahren«, sagte er völlig unvermittelt.

Amy blinzelte, als wäre sie soeben aus seinem Traum aufgewacht. Sie schüttelte den Kopf. »Warten wir noch ein wenig ab.« Im Internat wartete Samantha mit ihren Fragen und ihrer Kamera auf sie. Davon abgesehen wollte sie etwas länger in Matthews Nähe bleiben. Nur ein Weilchen.

Er nahm ihr die leere Tasse aus der Hand. Ihre Finger berührten sich für den Bruchteil einer Sekunde, was ihre Nervenenden gefühlt zum Zittern brachte. Falls es Matthew ähnlich erging, ließ er sich nichts davon anmerken. Er stand auf und stellte die Tassen in der Küche ab.

Ihr wurde kälter, sobald er nicht mehr in ihrer Nähe war. Sie rieb sich die Oberarme und sah zum wiederholten Male aus dem Fenster. Nach wie vor rieselten die Schneeflocken sanft zu Boden.

»Hast du eigentlich Winterreifen auf deinem Auto?« Matthew sah ebenfalls hinaus. Er wirkte seltsam ernst, als würde er sich über etwas Sorgen machen.

»Äh, nein.«

»Dann kannst du die Rückfahrt ohnehin vergessen.« Es war geplant gewesen, dass sie nach der Sternenbeobachtung zur Schule zurückfuhren.

»Warum?« Sie kam zu ihm ans Fenster. Es dauerte einen Augenblick, bevor sie mehr in der Dunkelheit erkannte. »Oh.«

Der Parkplatz war unter einer dicken Schneeschicht verschwunden, gleiches galt für die Straße. Selbst wenn sie den Versuch wagen würden, zurück zur Schule zu fahren, müssten sie zuerst das Auto vom Schnee befreien, das unter der weißen Schicht verborgen war.

»Vermutlich ist die Straße in der Nähe des Sees spiegelglatt. So schnell kommt die Schneeräumung nicht hier hoch.«

Das bedeutete wohl, dass sie die Nacht hier zusammen verbringen würden. Amy betrachtete Matthews Spiegelbild im Fenster. Es war schwer zu sagen, was er bei dieser Vorstellung empfand. Ihr Herz begann schneller zu schlagen.

Womöglich war es der erhöhte Puls oder der Whiskey, der ihr zu Kopf gestiegen war. Jedenfalls streckte sie die Finger aus und streichelte zaghaft über seinen Handrücken. »Hast du mich absichtlich heute eingeladen, weil du wusstest, dass wir hier eingeschneit werden?« Während sie sprach, beobachtete sie sich selbst in ihrer Spiegelung, wagte aber nicht, zu Matthew hinüberzusehen. Sie hielt die Luft an. Wartete auf seine Antwort.

Nach einer gefühlten Ewigkeit nahm er endlich ihre Hand und drückte sie sanft. »Ich bin völlig ahnungslos gewesen«, flüsterte er.

Amy ließ ihren Kopf gegen seine Schulter sinken, so wie sie es den gesamten Abend schon hatte tun wollen. Es fühlte sich an wie nach Hause kommen. Sie hatte ihren Blick weiterhin auf ihr halbseidenes Spiegelbild gerichtet. Sogar dort erkannte sie den seligen Ausdruck in ihrem Gesicht. Für den Bruchteil einer Sekunde fielen ihr die vollen Teetassen ein. Ein kurzer Schmerz der Erinnerung durchzuckte sie, verschwand jedoch gleich darauf. Und dann geschah etwas, was an dieser Stelle noch nie passiert war: Die Teetassen verblassten und wurden durch Kakao mit Marshmallows ersetzt.

Wenig später hatten sich die Wolken verzogen. Im Beobachtungsraum war es kälter als zuvor, aber Amy störte sich nicht daran. Etwas wärmte sie von innen und das waren nicht nur der Whiskey und der Kakao. Sie legte den Kopf in den Nacken und sah hinauf in den Sternenhimmel. Manche von ihnen schienen näher als andere zu sein. Außerdem erkannte sie zum ersten Mal die Milchstraße, die wie eine Spiegelung des Schnees wirkte, der die Erde bedeckte. »Das ist unglaublich.« Allmählich verstand sie, was Matthew an den Sternen faszinierte. Und sie musste zugeben, dass diese magischer waren als jene am Walk of Fame.

»Wenn dich das schon beeindruckt, schau mal hier durch.« Matthew deutete mit einer Kopfbewegung auf das Teleskop.

Amy beugte sich über das Okular. So hieß die Linse, durch die man in den Himmel sah. Das hatte sie sich bei ihrem ersten Besuch im Observatorium gemerkt. Es dauerte eine Sekunde, bis sie etwas erkannte. Dann schnappte sie nach Luft. Durch das Teleskop sah sie eine Ansammlung von Sternen, die blau leuchteten und schimmerten wie frisch gefallener Schnee.

»Jetzt pass auf.« Sie spürte Matthews warmen Atem dicht neben ihrem Ohr, was einen wohligen Schauer über ihren Rücken laufen ließ. Er schien die Ausrichtung des Teleskops zu verändern, denn der

Bildausschnitt bewegte sich, sauste an ihr vorbei wie ein Film, der zu schnell abgespielt wurde. Dann hielt das Bild an. Sie sah erneut eine Vielzahl von Sternen. Zwei von ihnen leuchteten besonders hell, ähnlich wie Glühlampen, die zwischen Kerzen strahlten. »Dort sind Jupiter und Saturn«, erklärte Matthew. »Siehst du die blauen Lichtpunkte, die sich um Jupiter herum sammeln? Das sind seine Monde. Bisher wissen wir von achtzig Monden: Io. Europa. Ganymed. Kallisto. Amalthea.« Er klang so sanft, als würde er ein Liebesgedicht vortragen. »Die Namen orientieren sich an den Geliebten und Töchtern des Jupiter aus der griechischen Mythologie.«

Amy sah ihn an. Er war dicht neben ihr, so nah, dass sich ihre Nasenspitzen beinahe berührten. Unwillkürlich öffnete sie ihre Lippen. Sie wollte sich eben vorbeugen, um ihn endlich zu küssen, aber da räusperte er sich und sah hinauf in den Himmel.

»Weißt du was? Such dir einen Stern aus. Wenn du wieder in London bist, kannst du in den Himmel schauen und dich an diesen Abend erinnern.«

Amy hatte völlig vergessen, dass sie nicht ewig in Schottland bleiben würde. Zum ersten Mal erfüllte sie diese Vorstellung nicht mit Hoffnung, sondern lag ihr schwer im Magen. Sie schob das unbehagliche Gefühl beiseite und konzentrierte sich auf den Augenblick. »Ich brauche keinen Stern, um mich zu erinnern ... Aber wenn du darauf bestehst.« Sie stupste ihn sachte mit der Schulter an. »Dann nehme ich diesen dort.« Amy deutete nach oben.

Matthew folgte der Richtung, die sie anzeigte. »Du meinst den Kleinen da?«

Amy schnaubte amüsiert. »Ich glaube, den finde ich in London nicht. Nein, der ein Stück weiter links.«

»Ah, eine sehr gute Wahl«, sagte er. »Das ist der Abendstern, auch bekannt als Venus. Du siehst sie entweder am Abend oder am Morgen, je nachdem, in welcher Position sie zur Sonne steht.«

Er setzte zu weiteren Erläuterungen an, jedoch legte Amy die Arme um seinen Nacken, was ihn offensichtlich aus dem Konzept brachte. Von ihr aus konnte er ihr alles über die Sterne erzählen, was er wollte, wenn er nur einen kurzen Augenblick schwieg. Sie zog ihn ein Stückchen zu sich hinunter.

Endlich legte er seine Arme um ihre Taille und drückte sie an sich. Dann küsste er sie. Zuerst vorsichtig, sanft, als befürchtete er, irgendetwas zu überstürzen.

Das Kribbeln in Amys Mitte wurde stärker und schoss dann mit einem Schlag durch ihren Körper. Es war völlig egal, dass eine eisige Brise über das geöffnete Dach hereinwehte. Ihr war so warm wie seit einer Ewigkeit nicht mehr. Sie verstärkte den Druck auf seinen Nacken und stellte sich gleichzeitig auf die Zehenspitzen.

Er verstand und küsste sie inniger.

Ihre Knie zitterten. Ihr Atem ging schneller.

Sie dachte nicht daran, sich jemals wieder von ihm zu lösen.

Kapitel 18

Amy wurde von den ersten Sonnenstrahlen aufgeweckt, die vom Schnee reflektiert in den Wohnraum fielen. Falls es Rollos gab, hatten sie diese nicht heruntergezogen. Sie waren mit anderen Dingen beschäftigt gewesen.

Sie verkroch sich tiefer unter der Decke, wo es viel zu warm und zu weich war, um schon aufzustehen. Davon abgesehen lag Matthew dicht neben ihr. Sie spürte seine ruhigen Atemzüge auf ihrer Haut. Sie widerstand dem Drang, ihm über das Gesicht und die Haare zu streichen. Stattdessen schloss die Augen, um ein wenig zu dösen und seine Nähe zu spüren. Beinahe hatte sie vergessen, wie gut es sich anfühlte, nicht allein aufzuwachen. Auch wenn das Bett für zwei Personen etwas klein war und sie sich eine Decke teilen mussten.

Sie rutschte allmählich in den Dämmerzustand zwischen Schlaf und Wachsein. Sollte Samantha doch vergeblich im Internat auf sie warten ... und Hailey.

Amy riss die Augen auf und musterte Matthews Gesichtszüge. Er hatte den Mund leicht geöffnet, sodass er beim Atem leise Geräusche von sich gab. Eigentlich hatte sie mit ihm über Hailey reden wollen und nicht ... Na ja, das vielleicht auch, aber es hatte nicht an oberster Stelle gestanden.

Würde es Konsequenzen geben, wenn herauskam, was zwischen ihnen passiert war? Durfte sie weiterhin an der Schule bleiben oder war das irgendein seltsamer Kündigungsgrund? Würde Hailey ihr noch vertrauen?

Und welchen Skandal würde Samantha daraus drehen, wenn sie von ihrer Nacht mit Matthew erfuhr?

Die Wärme unter der Decke entwickelte sich zu einer unerträglichen Hitze, je länger sie über die möglichen Folgen nachdachte. Sie schälte sich behutsam aus Matthews Umarmung. Er brummte und verstärkte für einen Moment den Griff um ihren Körper. Wäre die Situation anders gewesen, hätte sie dem sanften Druck nachgegeben, ihn geküsst und sich eng an ihn gekuschelt.

Aber mit all den Gedanken im Hinterkopf erschien es ihr auf einmal so unendlich falsch zu sein, genau das zu tun. Amy löste sich von ihm und kroch unter der Decke hervor. Augenblicklich streifte kühle Luft ihre Haut und ließ sie frösteln. Die Heizung hatte sich wohl in der Nacht ausgeschaltet.

Dann fiel ihr Blick auf die lebensgroße Figur von Mr. Spock. Er schien zu ihr hinüber zu schielen, was ihr unangenehm war. Rasch griff sie nach ihrer Unterwäsche und sammelte den Rest ihrer Klamotten ein, der in der Wohnung verstreut lag.

»Hast du es eilig?«, fragte Matthew mit vom Schlaf gedämpfter Stimme.

Amy hielt mitten in der Bewegung inne. Sie stand mit einem Bein halb in ihrer Jeans und hätte beinahe das Gleichgewicht verloren, als ihr bewusst wurde, welchen Eindruck sie auf ihn machen musste. Mist. Das war so nicht beabsichtigt gewesen. »Nein, es ist nur ein wenig kalt.« Es fiel ihr schwer, ihm zu sagen, dass es ihre Gedanken waren, die sie aus dem Bett getrieben hatten. Wenn sie Matthew auf Haileys Probleme in der Schule ansprechen wollte, musste sie das mit einer gewissen Sorgfalt tun. Und dazu gehörte bestimmt nicht, ihn im Halbschlaf und auf nüchternen Magen damit zu konfrontieren.

Matthew setzte sich auf. Seine Haare standen ihm in alle Richtungen ab. Er tastete nach seiner Brille, die auf dem Nachttisch lag. Dann musterte er Amy kurz und zuckte schließlich mit den Schultern. »Es müsste noch Black Pudding im Kühlschrank sein.«

Allein bei dem Gedanken daran wurde Amy flau im Magen.

Der Wohnbereich war viel zu klein, als dass ein Esstisch darin Platz gefunden hätte. Deswegen frühstückten sie auf dem Sofa. Es roch nach frisch gebratenen Eiern und Bohnen. Eine Kanne Schwarztee stand auf dem Sofatisch.

»Willst du wirklich nicht probieren?« Matthew schnitt soeben eine dicke Scheibe Black Pudding ab. Eigentlich konnte man diesen aufgrund seiner Form und Farbe sehr leicht mit einem Schokoladenkuchen verwechseln. Allerdings verriet der Geruch, dass es sich um gebackenes Schweineblut handelte, das Matthew mit Vorliebe in sich hineinzuschaufeln schien. Er hielt ihr ein Stück hin. »Nicht mal kosten? Ist eine schottische Spezialität.«

Amy machte eine abwehrende Handbewegung und rückte ein wenig von ihm ab. »Danke. Aber ich hatte in letzter Zeit ausreichend schottische Spezialitäten.«

Daraufhin grunzte Matthew amüsiert.

»Ich meine den Hot Toddy.« Sie wedelte energisch mit der Hand und katapultierte damit fast den Löffel aus ihrem Porridge.

»Ich doch auch.« Matthew spießte einige rote Bohnen mit seiner Gabel auf. Für einen Augenblick konnte er seine ernste Miene beibehalten, dann grinste er breit.

Amy gab ihm einen Klaps auf die Schulter, wodurch sie ihm ein weiteres Lachen entlockte. Vielleicht sollten sie das gesamte Wochenende im Observatorium bleiben. Nicht nur, damit sie Samantha aus dem Weg gehen konnte, sondern auch, um mehr Zeit mit Matthew zu verbringen. Sie konnte sich nicht daran erinnern, wann sie sich zuletzt so vollständig gefühlt hatte. Als hätte sie einen Teil gefunden, den sie nie gesucht, aber dennoch vermisst hatte.

Vorsichtig probierte sie von dem heißen Porridge. Es schmeckte herrlich süß nach Bananen und Honig. Amy hob anerkennend die Augenbrauen. »Hätte ich dir nicht zugetraut«, sagte sie mit halb vollem Mund.

»Hab ich Hailey früher immer gemacht. Bevor sie auf die St. Margret gekommen ist.«

Okay, ein besseres Stichwort würde sie nicht bekommen. Ihr Mund war auf einmal trocken. Sie nahm einen Schluck vom Schwarztee. »Was ist eigentlich mit euren Eltern?«

Der plötzliche Themenwechsel schien Matthew zu irritieren, denn er sah sie verwundert an. »Die sind momentan bei einer Ausgrabungsstätte in Makedonien … Sie sind Archäologen.« Er schob eine Bohne auf seinem Teller hin und her. »Viel unterwegs. Deswegen ist es praktisch, wenn Hailey auf die St. Margret geht.«

Man brauchte keine pädagogische Ausbildung, um zu erkennen, dass sie sich auf heikles Terrain begab. Sie rückte ein Stückchen näher zu ihm, sodass sich ihre Beine berührten. »Weißt du, dass sie Probleme in der

Schule hat?«, fragte sie leise, als könnte sie ihn verscheuchen, wenn sie zu laut sprach. Obwohl sich nichts an seiner Körperhaltung änderte, spürte sie dennoch die Anspannung, die mit einem Mal von ihm ausging.

»Ihr geht es gut.« Matthew spießte die Bohne mit der Gabel auf. Die Zacken kratzten über die Keramik.

Amy wiegte den Kopf. »Hailey ist die meiste Zeit allein. Ich glaube nicht, dass sie eine richtige Freundin hat.«

»Sie hängt doch ständig mit Kristie rum.«

Die beiden Mädchen teilten sich ein Zimmer, ja. Davon abgesehen wäre Amy nicht aufgefallen, dass sie sonst irgendwelche Gemeinsamkeiten hatten. »Ich denke, sie versucht, bei Kristie zu sein, aber sie wird wohl eher geduldet als akzeptiert.« Sie presste die Lippen aufeinander. Unschlüssig, ob sie Matthew den Rest ebenfalls erzählen sollte. Schließlich entschied sie sich dafür. »Außerdem verbringt Kristie mehr Zeit mit Gorden, was Hailey auch kränkt.«

»Gorden MacPherson ist ein Idiot ... Das hab ich nicht offiziell gesagt.« Er zwinkerte ihr zu, wohl um das Gespräch in eine andere Richtung zu lenken.

»Könntest du Hailey nicht etwas mehr ... Aufmerksamkeit schenken? Sie bräuchte wirklich deine Hilfe.«

Die Gabel landete mit einem lauten Scheppern auf dem Teller. »Das ist eine Familienangelegenheit.« Seine Stimme klang auf einmal kalt.

Mit dieser Reaktion hatte Amy nicht gerechnet. Sie rutschte auf die äußere Kante des Sofas. Dennoch wollte sie sich nicht unterkriegen lassen. Sie war Vertrauenslehrerin und dazu verpflichtet, Familienangehörige zu informieren, wenn sie sich um eine Schülerin sorgte. Es war ihre Pflicht, sich einzumischen. »Was ist so schlimm daran, dass du mit ihr sprichst?« Amy machte eine Bewegung mit den Händen, die den gesamten Raum umfasste. »Ihr habt hier einen prima Rückzugsort. Anstatt dich mit mir ...« Beinahe hätte sie »mit mir zu vergnügen« gesagt, konnte sich jedoch im letzten Augenblick bremsen. Ihre nächsten Worte wählte sie behutsamer aus. »Nimm sie übers Wochenende hierher und ...«

Matthew erhob sich so abrupt, dass sie erschrocken zusammenzuckte. Er trug seinen Teller, auf dem sich noch eine halbe Scheibe Black Pudding befand, in die Küche und ließ ihn auf der Anrichte stehen. »Wenn du fertig bist mit dem Frühstück, können wir fahren. Die Straße müsste inzwischen geräumt sein.« Er verharrte in der Küche, als wisse er nicht, was er als Nächstes tun sollte. Dann schnappte er sich seine Jacke, die an einem Haken an der Tür hing, und streifte sie sich über. »Ich schaufle uns schon mal den Weg frei.« Er zog energisch den Reißverschluss zu und eilte hinaus, ohne Amy eines weiteren Blickes zu würdigen.

Sie sah ihm verblüfft hinterher, die Schüssel mit Porridge nach wie vor in der Hand. Es war noch so warm, dass es ihre Fingerspitzen wärmte. Trotzdem fröstelte sie. Sie hatte das Gefühl, aus der Höhe in die Tiefe zu stürzen. Sollte sie ihm folgen und herausfinden, weshalb er so heftig reagierte? Womöglich machte sie die Sache damit allerdings bloß schlimmer. Sie würde aber auch nicht klein beigeben. An Frühstück war jedenfalls nicht mehr zu denken. Sie stellte die Schüssel mit einem Knall ab. Sie würde allen beweisen, dass sie eine verantwortungsvolle Person war, auf die man sich verlassen konnte. Jemand, der sein Leben im Griff hatte. Jemand wie ... Sie überlegte, welche Filmfigur für diese Situation geeignet wäre, ihr fiel jedoch niemand ein.

Ein Gedanke schoss durch ihren Kopf. Sie schnappte nach Luft und atmete dann mit einem Seufzer aus. »Ach, nein.« Es gab eine Person, an der sie sich ein Beispiel nehmen konnte: die alte Amy.

Von draußen hörte sie das schabende Geräusch einer Schaufel, die über Asphalt kratzte. Vermutlich war es das Beste, wenn sie die Sache schnell hinter sich brachte. Amy schlüpfte in ihre Jacke, vermied es allerdings, auf das zerwühlte Bett zu sehen. Wenn sie Hailey auf diese Weise helfen konnte, würde sie ein paar Eigenschaften der alten Amy wieder aufnehmen. Aber bestimmt nicht alle.

Nach einer Weile schaltete Amy das Radio ein, damit es nicht so still war im Wagen. Matthew schien keinerlei Interesse daran zu haben, mit ihr zu sprechen. Er sah kaum in ihre Richtung, was sie wütend machte und gleichzeitig verunsicherte. Sie hatte versucht, das Thema erneut auf Hailey zu lenken, konnte ihm aber nicht mehr als ein Brummen entlocken, falls er überhaupt reagierte.

Kaum waren die ersten Worte des Nachrichtensprechers zu hören, drehte Matthew das Radio wieder aus. Es juckte Amy in den Fingern, es erneut einzuschalten. Sie wollte die angespannte Stimmung zwischen ihnen jedoch nicht weiter strapazieren. Davon abgesehen musste sie sich auf die Straße konzentrieren. Über Nacht hatte der Schnee die Hügel zugedeckt, sodass kein einziger Grashalm mehr zu sehen war. Die Äste der Bäume hingen tief unter dem neuen Gewicht. Die Sonne stand inzwischen so hoch, dass sie die Schneedecke glitzern ließ und Amy dadurch gelegentlich blendete.

»Du solltest langsamer fahren«, murmelte Matthew. Er sah hinaus auf den See, der nach wie vor dunkel und angsteinflößend wirkte.

Amy warf einen Blick auf den Tacho. Sie fuhr tatsächlich etwas zu schnell. Womöglich war das der unterdrückte Wunsch, rasch von Matthew wegzukommen. Unglaublich, dass sie vor weniger als zwei Stunden gemeinsam im Bett gelegen hatten. Unruhig klopfte sie mit den Fingern auf das Lenkrad. Da gab es eine weitere Sache, die sie mit ihm klären musste. »Meinst du ... also ... Glaubst du, ist es aufgefallen, dass wir nicht im Internat gewesen sind?« Sie presste die Lippen aufeinander. Es fing schon an, dass sie sich wie die alte Amy verhielt.

»Ist doch unwichtig«, gab Matthew tonlos zurück.

Amy hielt die Luft an. Sie kannte jemanden, den es brennend interessierte, wo sie letzte Nacht gewesen war.

Kapitel 19

Vor der Schule angekommen, sprang Matthew sofort aus dem Wagen. »Man sieht sich.« Damit lief er in großen Schritten über den Parkplatz und ins Gebäude.

Amy ließ ihn keine Sekunde aus den Augen, ohne zu wissen, was sie erwartete. Vielleicht, dass er sich ein letztes Mal zu ihr umdrehte, ihr winkte oder mit einem Zwinkern zu verstehen gab, dass da irgendetwas zwischen ihnen war. Jedoch schickte er ihr kein geheimes Zeichen. Sie atmete mit einem Seufzen aus und lehnte sich zurück in ihren Sitz. Sollte das alles gewesen sein? Hatte sie sich so sehr in ihm getäuscht? Die alte Amy wäre an dieser Stelle in Selbstzweifeln versunken. Diese Eigenschaft würde sie keinesfalls wieder annehmen. Sie wertete es vielmehr als Bestätigung dafür, dass sie selbst die Initiative ergreifen musste.

Während sie über den Parkplatz ging, legte sie sich eine Strategie zurecht, wie sie Hailey das Leben in der Schule erleichtern konnte. Wenn es nötig war, auch ohne Matthews Hilfe.

Bereits in der Eingangshalle drang ihr wie jeden Morgen der Duft nach gebratenen Eiern, Bohnen, Speck, süßem Gebäck und Kaffee entgegen. Die Gerüche wurden begleitet von Stimmengewirr und dem regelmäßigen Klappern von Tellern und Besteck.

Ihr Weg führte sie direkt Richtung Mensa, was unter anderem daran lag, dass sie ihr Porridge kaum angerührt hatte und ihr nun der Magen knurrte. In dem Saal waren mehrere runde Tische verteilt, im angrenzenden Raum gab es weitere Plätze. Vermutlich hatten hier früher Bälle stattgefunden. Zumindest wären die Räumlichkeiten groß genug dafür gewesen.

Amy betrat die Mensa und erhaschte dabei einen Blick auf Hailey. Das Mädchen saß allein an einem Tisch, neben ihr lag ein aufgeschlagenes Buch. Gelegentlich nahm sie einen Bissen von ihrem Frühstück und blätterte eine Seite weiter. Sie schien die Welt um sich herum ebenso zu ignorieren, wie die Welt es mit ihr tat.

Am liebsten hätte Amy auf der Stelle mit ihr gesprochen. Aber sie würde ihr keinen Gefallen damit tun, sich zu ihr an den Tisch zu setzen und mit ihr zu plaudern, als wären sie Freundinnen. Stattdessen schnappte sie sich einen Teller mit Shortbread vom Buffet und ging wieder hinaus.

In diesem Moment eilte Samantha die Treppe herunter. Sie hatte einen Apfel zwischen den Zähnen. Sam blieb abrupt stehen, als sie Amy entdeckte. Dann biss sie von ihrem Apfel ab und kam langsam auf sie zu. »Wo sind wir denn letzte Nacht gewesen?«

Amy zögerte eine Sekunde zu lange mit ihrer Antwort. »Ich war hier.«

»Selbstverständlich.« Sam lächelte schief.

Zwei Schülerinnen kamen soeben aus der Mensa und grüßten sie. Amy bemerkte, dass sie Sam mit einem vertrauteren Tonfall ansprachen, als sie es bei ihr selbst taten. So gesehen war das nicht weiter verwunderlich. Amy war eine Lehrperson, der natürliche Feind eines jeden Schülers. Samantha stand abseits dieser ungeschriebenen Regelung. Sie war keine richtige Lehrerin.

Da kam ihr eine Idee. Eigentlich hätte sie sich lieber in die Zunge gebissen, als die Worte laut auszusprechen, aber sie sah keine andere Möglichkeit, um unbemerkt mit Hailey zu reden. »Ich brauche deine Hilfe.«

Ihre Halbschwester stutzte. Offenbar hatte sie mit allem gerechnet, aber nicht damit. »Ach ja?«

»Könntest du Hailey sagen, dass ich sie nach dem Frühstück sprechen möchte? Sie soll in mein Klassenzimmer kommen.« Sam konnte mit Hailey reden, ohne dass es Aufmerksamkeit erregte.

Anscheinend verstand Sam Amys Gedanken hinter dieser Bitte. Sie sah zu Hailey, die nach wie vor in ihr Buch vertieft war. »Was bekomme ich dafür?«

Amy ließ die Schultern kurz hängen. Für einen Moment hatte sie tatsächlich geglaubt, dass Sam ihr diesen Gefallen tun würde, ohne etwas zu verlangen. Schließlich waren sie ... Na ja, Schwestern. Zumindest fast. Sie dachte nach. Dann seufzte sie. »Ich sage dir, wo ich letzte Nacht gewesen bin.«

»Abgemacht.«

Amy drückte sich gegen die Wand, als wäre sie eine Geheimagentin aus einem Spionagefilm und beobachtete Sam, die auf Hailey zuging und etwas zu ihr sagte. Das Mädchen blickte irritiert auf, lächelte dann aber. Es war zu laut, als dass sie hätte verstehen können, was die beiden miteinander sprachen. In diesem Fall musste sie Sam vertrauen. Eine Sache, die ihr alles andere als leichtfiel.

Keine Minute später kam Samantha zu ihr zurück und hakte sich bei ihr unter. »Lass uns ein wenig plaudern.«

»Das ist alles?« Sam sah auf das Display ihres Handys, das auf dem Fensterbrett zwischen ihnen lag. Sie wirkte enttäuscht.

Amy hob die Schultern. »Was hast du erwartet?«

»Na ja, vielleicht kann ich es als Randstory einbauen.« Seufzend stoppte sie die Aufnahme.

Für einen Moment herrschte Stille. Amy sah aus dem Fenster. Es hatte wieder zu schneien begonnen. Der Parkplatz verschwand inzwischen unter einer Schicht Pulverschnee. Der Anblick erinnerte sie an das Observatorium und was dort passiert war. »Es tut mir leid«, sagte sie zögerlich, bevor sie sich der Worte völlig bewusst war, »dass ich nicht da gewesen bin, um dir zu helfen.«

Sam wich ihrem Blick aus und sah stattdessen auf die leere Tischreihe neben ihnen. »Das sagtest du schon.«

Ihr selbstgefälliger Ton reizte Amy. »Was willst du denn noch? Ich kann nicht rückgängig machen, was passiert ist.«

Sam schnaubte. »Du hast ja keine Ahnung, wie oft ich mir das gedacht habe, als ich Mum jeden Tag im Krankenhaus besucht habe. Ich hätte alles dafür getan, irgendetwas an der Vergangenheit zu ändern, damit sie nicht sterben muss.« Ihre Stimme geriet ins Zittern. Hilflos streckte Sam die Arme aus.

Ihre Worte versetzten Amy einen Stich. Sie hatten nie darüber geredet. Amy hatte gedacht, dass Sam es so lieber war, anstatt über die Krankheit zu sprechen, die ihr die Mutter genommen und sie zur Familie Fitzgerald gebracht hatte. Womöglich war das ein Irrtum gewesen. »Sam ...« Amy wollte ihr eine Hand auf den Arm legen, sie vielleicht sogar umarmen, aber in diesem

Moment klopfte es an der Tür und zerstörte diesen kurzen Moment der Annäherung. »Komm ruhig rein.«

Gleich darauf streckte Hailey den Kopf durch den Türspalt. Sie sah unschlüssig von Sam zu Amy. »Sie wollten mich sprechen?«

»Ja, gibst du uns fünf ...«

»Nicht nötig. Wir sind fertig.« Sam schnappte sich ihr Handy und ging, ohne Amy noch einmal anzusehen.

Die Reaktion ihrer Halbschwester erinnerte Amy schmerzlich an Matthew. Weshalb wandten sich die Menschen ständig von ihr ab, obwohl sie alles richtig machen wollte? War es mit Colin genauso gewesen?

Hailey sprang zur Seite, um Sam auszuweichen. Sie wollte etwas zu ihr sagen, aber schon knallte die Tür mit solcher Wucht zu, dass Amy einen Augenblick lang befürchtete, die Wanduhr könnte vom Haken fallen.

»Habe ich die Hausaufgabe vermasselt?«, fragte Hailey verunsichert.

Amy öffnete den Mund, vergaß aber, was ihr auf der Zunge gelegen hatte. Zu sehr irritierten sie Haileys Gesichtszüge, die Matthews so ähnlich waren, wenn man erst einmal wusste, wonach man suchen musste. Das Kinn, die Nase, die Farbe ihrer Augen. Sie riss sich zusammen. »Setz dich.«

Mit gesenktem Kopf eilte Hailey zu ihrem Platz in der zweiten Reihe, wo sie auch während des Unterrichts saß.

Es sollte auf keinen Fall ein übliches Schülerin-Lehrerin-Gespräch werden. Deswegen ging Amy nicht zu ihrem Pult, sondern nahm den Stuhl in der Reihe vor Hailey. Sie setzte sich verkehrt herum hin, sodass ihre Arme auf der Lehne lagen.

Das Mädchen spielte unruhig mit den Fingern. Sie vermied es, Amy direkt anzusehen.

»Hast du dich inzwischen mit Kirstie vertragen?« Das war zwar nicht das, worüber sie mit Matthews Schwester sprechen wollte, aber irgendwo musste sie schließlich anfangen.

»Wir reden nicht so viel miteinander«, gab Hailey kleinlaut zu.

»Generell oder nur in letzter Zeit?«

Hailey sah sie verwirrt an. »Ich verstehe nicht.«

Amy seufzte. So hatte das keinen Sinn. »Okay, ich bin nicht dafür gemacht, lange um den heißen Brei herumzureden.« Die alte Amy hätte womöglich mehr Geduld aufgebracht, allerdings war das ein Charakterzug, der ihr oft zum Verhängnis geworden war. Zum Beispiel, als sie ewig darauf gewartet hatte, dass Colin zu ihr zurückkehrte. »Also kürzen wir die Sache ab: Ich würde dir gern helfen, dich besser in der Klasse zurechtzufinden.«

Haileys Gesicht wurde rot. »Ist es so offensichtlich?« Sie zog einen Bleistift aus dem Fach ihres Pultes und ließ ihn zwischen den Fingern auf und ab wackeln.

»Wie gesagt: Ich war auch mal jung. Und ich kenne die ungeschriebenen Gesetze.«

»Matthew scheint sie nicht zu kennen.« Hailey sah verlegen zur Seite, als wäre ihr diese Aussage peinlich.

Mit einem Mal schnürte es Amy die Luft ab. Weniger aus Mitleid Hailey gegenüber, sondern weil sie das Gefühl hatte, Matthew zu hintergehen. Tat sie das Richtige? Oder machte sie wieder aus den richtigen Gründen das Falsche? Nein. Sie hatte sich entschieden und würde die Sache auch durchziehen. Davon abgesehen würde sie sich von Matthew nicht vorschreiben lassen, was sie tun durfte und was nicht. Immerhin hatte sie in dieser Schule ebenso viel Verantwortung zu tragen wie er. Sie drückte die Schultern nach hinten. »Also, was meinst du, könnten wir tun, damit die anderen so richtig von dir beeindruckt sind?«

In diesem Moment hörte sie, wie sich die Türklinke nach unten bewegte. Rasch drehte sich Amy um.

Matthew stand in der Tür. Er schien überrascht, sie hier zusammen vorzufinden. »Ich hab dich schon überall gesucht.«

Es war nicht klar, wen von ihnen beiden er meinte. Dennoch beschleunigte sich Amys Herzschlag. Sie wollte nicht, dass er so weit von ihr entfernt war. Er wollte seine Nähe spüren. Und sie wünschte sich die Gewissheit, dass er nicht von einem Tag auf den nächsten verschwinden würde wie Colin.

»Wir besprechen gerade eine Hausaufgabe.« Hailey hatte sich schneller gefasst.

Aus den Augenwinkeln fing Amy ihren Blick auf, als wollte sie sich für die Notlüge entschuldigen.

Matthew lehnte sich gegen den Türstock. »An einem Samstag? Ohne Unterlagen?« Er deutete mit dem Kopf hinaus in den Flur. »Komm. Ich hab Mum und Dad im Videocall.«

»Wir sind gleich fertig. Eine Minute.« Amy konnte sich nicht erinnern, wann ihr Herz zuletzt so gerast hatte, nur weil sie mit einem Mann sprach.

Ihre Blicke trafen sich und für einen Moment glaubte sie, die Verbindung zu spüren, die sich zwischen ihnen aufgebaut hatte. In seiner Miene ließ sich nicht erkennen, ob er ähnlich empfand. Dann sah er an ihr vorbei zu Hailey.

»Worauf wartest du?«

»Komme.« Hailey sprang auf. Der Bleistift landete mit einem leisen Scheppern auf dem Pult und rollte Richtung Tischkante.

Amy erwischte ihn, bevor er zu Boden fiel.

Matthew folgte Hailey hinaus, ohne ein einziges Wort zu ihr zu sagen. Dieser Moment hatte erschreckende Ähnlichkeit mit jenem, als Colin den Koffer auf dem Parkettboden abstellte. Sie presste die Lippen aufeinander und schluckte einige Male. Tränen brannten in ihren Augen, aber sie blinzelte sie weg. Sie würde garantiert nicht hier in ihrem Klassenzimmer zu heulen anfangen.

Sie hasste es, die alte Amy zu sein.

Es dauerte einen Moment, bis sie das Gekritzel auf der Tischplatte bemerkte. Sie wandte den Kopf, um die Buchstaben zu entziffern. Schließlich erkannte sie das Wort »Party«.

»Ein hervorragender Vorschlag«, murmelte Amy. Sie sah wieder aus dem Fenster. Das Schneegestöber hatte weiter zugenommen. Da kam ihr eine Idee, wo die Party stattfinden könnte. Es fehlte lediglich der passende Zeitpunkt.

Kapitel 20

Die darauffolgenden Tage gestalteten sich wie ein Eiertanz, bei dem sie mit Hailey Vorbereitungen für die Weihnachtsparty traf und gleichzeitig versuchte, sich Matthew wieder anzunähern. Jedes Mal, wenn sich ihre Blicke streiften, nahm Amy all ihren Mut zusammen, um mit ihm zu sprechen. Aber er rauschte an ihr vorbei, bevor sie ein Wort herausbrachte.

»Die zwei Tage vor den Weihnachtsferien ist Matthew in Glasgow wegen dieser Fachartikel-Sache. Onkel Mason begleitet ihn.« Hailey saß mit unterschlagenen Beinen auf Amys Schreibtischstuhl. Sie hatte sich heimlich nach Schulschluss zu ihr ins Zimmer geschlichen, um gemeinsam Pläne für die Party zu schmieden.

Amy warf einen Blick auf den Wandkalender, der über ihrem Bett hing. »Das heißt, er kommt an dem Tag zurück, an dem die Große Konjunktion stattfindet?«

Hailey zuckte mit den Schultern. »Ich denke schon.« Sie beugte sich über ihren Block, auf dem sie sich Notizen zu den Partysnacks, Dekoration und Musik gemacht hatte. »Sollen wir die Einladungen eigentlich schriftlich machen oder glauben Sie, es reicht ein Aushang am Schwarzen Brett?«

Bisher hatten sie ihre Vorbereitungen geheim gehalten. Vor allem, damit Matthew nichts davon mitbekam. Er wäre aus mehreren Gründen von Amys Idee nicht begeistert gewesen. Sie konnte nur hoffen, dass sich Hailey vor Aufregung nicht verplapperte. »Vielleicht sollten wir uns mit beidem zurückhalten, bis Ma...« Das

Klopfen an ihrer Tür ließ sie augenblicklich verstummen.

Sie sahen sich erschrocken an, als wären sie bei etwas Verbotenem ertappt worden. Amy legte ihren Zeigefinger auf die Lippen.

Erneut klopfte es. »Amy, bist du da?«

Das Pochen an der Tür übertrug sich auf ihr Herz. Es war Matthew.

»Er darf mich nicht sehen«, flüsterte Hailey und schlug sich gleich darauf die Hände vor den Mund.

Amy machte eine Geste, dass sie abwarten sollte, konnte jedoch nicht verhindern, dass ihre Finger leicht zitterten.

»Mach bitte auf. Ich muss mit dir reden.« Er sagte es leise, als wäre es ihm unangenehm, wenn ihn jemand anders hörte.

Hailey nahm die Hände vom Mund und legte stattdessen den Kopf schief. Amy ignorierte ihren fragenden Blick. Das wäre die Gelegenheit, mit Matthew zu sprechen und ihre Auseinandersetzung endlich zu beenden. Aber sie wollte auch nicht, dass Hailey ihr Gespräch mithörte. Sie hatte keine Ahnung, was Matthew sagen wollte. Womöglich verletzte er Hailey versehentlich ... Oder er erwähnte ihre Nacht im Observatorium. Davon musste Hailey nichts erfahren.

Während sie noch überlegte, was sie tun sollte, entfernten sich seine Schritte. Ihr wurde das Herz schwer.

»Amy sollte eigentlich da sein.« Draußen im Flur hörte sie Samantha. »Ich hätte es mitbekommen, wenn sie gegangen wäre. Schließlich sind wir Nachbarinnen.«

Amy presste die Lippen aufeinander. Hatte Sam ihr einen Peilsender verpasst? Oder hatte sie Wanzen in ihrem Zimmer versteckt? Zuzutrauen wäre es ihr.

Es klopfte erneut. Dieses Mal energischer. »Komm, stell dich nicht so an.« Sam schien die Lage zu erheitern.

»Du kannst nicht einfach ...«

»Klar, ich bin ihre Schwester.« Daraufhin wurde die Türklinke nach unten gedrückt. Amy deutete Hailey an, dass sie sich im Badezimmer verstecken sollte. Sie selbst machte einen Satz zur Tür und riss sie auf, sodass Sam beinahe vor ihren Füßen landete.

Ihr schlug das Herz bis zum Hals, was Sam offensichtlich bemerkte. Denn in ihren Augen blitzte es auf wie jedes Mal, wenn sie Amy durchschaute. Sam spähte über ihre Schulter ins Zimmer. »Der Blazer«, flüsterte sie und deutete auf den Stuhl. Dann sagte sie lauter zu Matthew: »So, da ist sie ja. Gern geschehen.« Sie klopfte ihm im Vorbeigehen auf den Rücken.

Amy wurde heiß und kalt zugleich. Haileys Blazer hing über der Stuhllehne. Wenn Matthew ihn sah, würde er seine Schlüsse ziehen und endgültig das Vertrauen in sie verlieren. Sie lehnte sich mit ausgestrecktem Arm an den Türrahmen, um ihm möglichst die Sicht ins Innere ihres Zimmers zu nehmen. »Was hältst du davon, wenn wir in der Küche reden?« Ihre Stimme klang viel zu hoch.

Matthew sah sie irritiert an. »Dort bereitet Caitlin ein mehrgängiges Menü für die gesamte Schule vor. Zumindest hatte ich vorhin den Eindruck.« Er versuchte, einen Blick an ihr vorbeizuwerfen, aber sie stellte sich ihm in den Weg. »Können wir uns nicht einfach bei dir unterhalten?«

»Das passt gerade gar nicht«, platzte sie heraus. »Ich hab einige Hausaufgaben zu erledigen. Du weißt schon … Lehrer-Kram. Wir haben eben nie Freizeit. Nicht wahr?« Sie lachte unbeholfen.

Matthew seufzte. »Ich will dich auch nicht lange aufhalten.« Er fasste sich an den Hinterkopf. »Hör mal … Es tut mir leid, wegen H…«

»Ist schon in Ordnung. Ich bin sicher, wir finden eine Lösung.« Sie sprach so schnell, dass sie beinahe über ihre eigenen Worte gestolpert wäre. Die alte Amy war nie besonders gut im Lügen gewesen. Noch so eine Eigenschaft, die sie nicht gebrauchen konnte.

»Okay, vielleicht ist jetzt wirklich nicht der richtige Zeitpunkt.« Er sah sie direkt an, was ihr den Atem raubte. »Ich wollte jedenfalls … Das, was im Observatorium passiert ist …«

»Kein Problem.« Amy machte eine wegwerfende Handbewegung. Zu spät wurde ihr bewusst, dass diese Geste etwas völlig Falsches vermittelte.

Matthew ging einen halben Schritt zurück. Er vermied es, sie anzusehen.

»Das heißt … ich meine …« Mist, irgendwie musste die Situation doch zu retten sein.

»Alles klar.« Er wandte sich von ihr ab. »Ich verstehe schon. Schönen Tag noch.«

Amy starrte einen Moment lang auf seinen Rücken, bemerkte die Anspannung in seinen Schultern. Sie wollte etwas sagen, brachte allerdings keinen Ton heraus. Ihr fielen nicht die richtigen Worte ein, um ihm klarzumachen, was sie für ihn empfand, ohne Hailey mit der Nase darauf zu stoßen. Also schloss sie leise die Tür. Sie lehnte sich dagegen und schnappte nach Luft.

Da wollte Matthew endlich mit ihr reden und sie musste es dermaßen verbocken. Verstohlen wischte sie sich die aufkommenden Tränen aus den Augenwinkeln.

Keinen Augenblick zu früh, denn Hailey öffnete die Badtür einen spaltbreit. »Ist er weg?«

Amy deutete ihr mit einer Geste, dass die Luft rein war. Wenn sie nur ein Wort sagte, würde sie vermutlich in Tränen ausbrechen. Und sie war sich ziemlich sicher, dass es nicht zur Rolle einer Vertrauenslehrerin gehörte, vor ihren Schülern zu heulen.

Dennoch schien Hailey zu bemerken, dass etwas nicht stimmte. Unruhig wippte sie mit den Zehen auf und ab. »Matthew kann manchmal echt schroff sein.« Sie sah zur Seite, als wäre ihr das Verhalten ihres Bruders peinlich. »Oma sagt immer, er ist ein Miesepeter.« Hailey lächelte zaghaft.

Es war rührend, wie das Mädchen versuchte, Amy aufzuheitern. Sie schluckte die restlichen Tränen hinunter und atmete tief durch. Immerhin schien Hailey nicht bemerkt zu haben, dass Matthew beinahe von ihr gesprochen hätte.

»Okay, wo sind wir stehen geblieben?« Amys Stimme zitterte nicht so sehr, wie sie erwartet hätte. Sie war eben doch eine gute Schauspielerin.

Schon allein deswegen wurde es Zeit, dass Amy endlich aus Schottland verschwand. Weit weg von Samantha und Matthew.

Womöglich kam es Amy nur so vor, aber Matthew schien sie nach diesem Desaster mehr zu meiden als zuvor. Wenn sie sich in der Küche begegneten, sah er stur auf seinen Teller und verschwand innerhalb von fünf Minuten. Und wenn sie ihn ansprach, reagierte er nicht. Nach einer Weile gab sie es auf. Einmal hatte sie sogar geglaubt zu hören, wie sich seine Zimmertür öffnete. Sie war mit klopfendem Herzen im Flur stehen geblieben und hatte darauf gewartet, dass er sich zeigte. Doch da war Caitlin aus der Küche aufgetaucht, woraufhin die Tür mit einem leisen Klicken zurück ins Schloss fiel. In diesem Moment hatte sie sich elender gefühlt, als Colin die Wohnungstür hinter sich zugezogen hatte. Sie wäre gern wütend auf Matthew gewesen, aber stattdessen war sie traurig, dass es offenbar keine Chance für sie beide gab.

Immerhin hatte sie genug zu tun, um sich von dem beklemmenden Gefühl abzulenken, das sie stetig begleitete. Inzwischen war es ihr gelungen, ihre Schüler unter Kontrolle zu halten. Zumindest hatte sie keine weiteren Karikaturen von sich gefunden. Vielleicht hing es damit zusammen, dass vor den Weihnachtsferien einige Prüfungen anstanden und es sich wohl niemand mit ihr verscherzen wollte.

Amy warf einen Blick auf die Uhr. »Noch fünf Minuten. Denkt allmählich ans Abgeben.« Kein Murren. Keine Proteste. Lediglich eifriges Kratzen von Füllfederhaltern und Kugelschreibern auf Papier. Amy musterte die konzentrierten Mienen. Für einen Augenblick fühlte sie sich stolz. Sie hatte ihren Schülern etwas beigebracht und nun würden sie zeigen, dass sie es verstanden hatten. Vielleicht war das einer der Gründe, weshalb Eliza sich dazu entschieden hatte, Lehrerin zu werden. Das Gefühl, etwas bewirkt zu haben.

Der dreifache Gong der Schulglocke beendete die Einheit. Auf Amys Anweisung hin wurden die Prüfungsbögen zu ihr nach vorne gereicht.

»Brauchen Sie noch jemanden für die Musik?«, fragte Angus leise, nachdem er ihr einen Stapel Prüfungen auf das Pult gelegt hatte. Er sah sich verstohlen um, doch die anderen beachteten ihn nicht. Sie packten ihre Sachen zusammen und eilten dann hinaus.

Amy klappte das Klassenbuch mit einem Knall zu und setzte rasch einen ahnungslosen Gesichtsausdruck auf. »Was meinst du?«

»Na, für die Party.«

»Welche Party?«

Angus lachte leise. »Schon klar.« Er beugte sich zu ihr vor, obwohl sie inzwischen allein im Klassenzimmer waren. »Es ist ein offenes Geheimnis, dass Sie dahinterstecken.«

»Ich habe keine Ahnung, wovon du sprichst.« Anscheinend hatte Hailey früher als vereinbart von ihren Plänen erzählt. So gesehen konnte sie ihr das nicht verübeln. Das Mädchen war deswegen bereits seit Tagen aufgeregt.

»Bisher hat es keine geheimen Partys gegeben und dann tauchen Sie auf und …« Er wedelte mit den Händen wie ein Magier, der einen Zaubertrick vorführte. Gleich darauf räusperte er sich verlegen. »Also, wie sieht es aus? Ich bin wirklich ein guter DJ und kenne den Musikgeschmack der Zielgruppe.«

Damit entlockte er Amy seit einer gefühlten Ewigkeit ein Lachen. »Du hast mich überzeugt.« Sie senkte die Stimme. »Besprich alles Weitere mit Hailey.«

»Hab ich schon«, gab Angus mit geschäftsmäßigem Gesichtsausdruck zurück. Dann warf er sich seinen Rucksack um eine Schulter und verließ das Klassenzimmer.

Amy sah ihm mit einem Grinsen hinterher. Anscheinend hatte es ebenfalls die Runde gemacht, dass Hailey wesentlich an den Vorbereitungen beteiligt war. Ihr Vorhaben schien von Erfolg gekrönt zu sein.

Kaum war Angus verschwunden, tauchte Gregor in der Tür auf. Er breitete die Arme aus, als hätten sie sich nicht eben erst beim Frühstück gesehen. »Amy, meine Lieblingsenglischlehrerin.«

Sie sparte sich die Bemerkung, dass sie die Einzige an dieser Schule war, die Englisch unterrichtete. Stattdessen packte sie die Prüfungsbögen in ihre Tasche.

»Ich hab gehört, du planst eine weitere Exkursion?«

Ihr Mund wurde mit einem Mal trocken. An dieser Schule blieb wohl nichts lange ein Geheimnis. Davon abgesehen benötigte sie Gregors Okay, damit sie die Schüler in einen Bus stecken und zur Partylocation fahren durfte. Aus irgendeinem Grund hatte sie bisher darüber geschwiegen. Vielleicht, weil sie befürchtete, dass Matthew davon Wind bekommen könnte, sobald Gregor von ihren Plänen wusste. Sie hatte damit warten wollen, bis Matthew in Glasgow war. Dann musste sie eben improvisieren. Das gehörte zur Schauspielerei dazu. »Ja, ich dachte, es wäre ein schöner Abschluss, bevor die Ferien beginnen.«

»Wirklich eine hervorragende Idee. Ich habe natürlich strikte Anweisung gegeben, Matthew nichts davon zu sagen.«

Amys Knie wurden weich. Sie stützte sich mit einer Hand auf ihrem Schreibtisch ab. »Ach ja?«

»Selbstverständlich. Nicht, dass er am Ende enttäuscht ist, dass er an der Party nicht teilnehmen kann ... Der Lehrkörper wird natürlich auch vertreten sein. Wir lassen uns doch keine Feier entgehen, nicht wahr?«

Verdammt. Wenn die Lehrer dort waren, wäre es keine richtige Party mehr, sondern eine Schulveranstaltung. Damit würde Hailey bestenfalls als Streberin abgestempelt werden. Beliebtheit sah definitiv anders aus.

Amy setzte ein vertrauensvolles Lächeln auf. »Ich wollte es ja eigentlich geheim halten, aber ich habe eine zweite Party geplant – ausschließlich für das Personal. Am darauffolgenden Abend. Die Schüler sind dann bei ihren Familien zu Hause«, sie ahmte Gregors Tonfall nach. Nachahmung erzeugt Sympathie. Zumindest hatte sie das mal gelesen.

Gregor runzelte die Stirn.

»Dann können wir einen Hot Toddy trinken«, fuhr sie rasch fort, bevor Gregor ihr Vorhaben infrage stellte. »Weniger Verantwortung. Mehr Whiskey. Klingt großartig, oder? Und Matthew wäre auch wieder da.« Ihr Herz schlug unwillkürlich schneller, als sie seinen Namen laut aussprach. Kurz glaubte sie, heiße Schokolade auf ihren Lippen zu schmecken.

Gregor deutete in einer anerkennenden Geste auf sie, wie er es für gewöhnlich bei Matthew tat. »Definitiv meine Lieblingsenglischlehrerin.«

Am Abend vor der Weihnachtsparty ordnete Amy einen Stapel Hefte mit Hausaufgaben und ging in

Gedanken ihre Checkliste für den kommenden Tag durch. Am Vormittag würden sie und Hailey die Location dekorieren, Angus würde sein DJ-Pult aufbauen. Später lieferte der Caterer das Buffet.

Amy ließ den Blick durch das leere Klassenzimmer schweifen und blieb an dem Platz hängen, wo normalerweise Hailey saß. Das Mädchen hatte heimlich Matthews Schlüssel zum Observatorium aus seinem Zimmer stibitzt. Bei diesem Gedanken überkam sie ein mulmiges Gefühl. Sie hatte bereits Gewissensbisse, weil sie Matthew in gewisser Weise hintergingen. Ihn zu bestehlen, war allerdings etwas völlig Anderes. Wenn er jedoch nichts tat, um Hailey zu helfen, musste sie das selbst in die Hand nehmen.

In jedem Fall war der Plan das Risiko wert. Nicht nur für Hailey, sondern auch ihretwegen. Sie war durchaus in der Lage, Dinge im Alleingang zu regeln. Man konnte ihr vertrauen.

Was Matthew betraf ... Sie stand mit einem Ruck auf, sodass der Stuhl über den Boden quietschte. Sie würde erst darüber nachdenken, wenn sie zurück in London war. Mit dem nötigen Abstand würde sie sicherlich erkennen, dass das, was zwischen ihnen gewesen ist, nichts bedeutete. Sie hatten sich lediglich in einem romantischen Moment zu etwas hinreißen lassen. Dennoch stellten sich ihr bei der Erinnerung an ihren Kuss die Nackenhaare auf.

»Reiß dich zusammen«, sagte sie zu sich selbst. Dann drückte sie den Stapel mit den Heften an ihre Brust und schloss umständlich die Klassentür ab.

Ihr Magen knurrte. Hoffentlich hatte Caitlin etwas im Kühlschrank gelassen, das sie bloß aufwärmen musste, damit sie sich in ihr Zimmer verziehen konnte. Sie hatte keine Lust darauf, Matthew an diesem Abend zu begegnen. Am Ende sah er ihr noch an, dass sie Geheimnisse vor ihm hatte.

Sie wandte sich um und lief mit gesenktem Blick die Treppe hinauf. Die Stufen waren alt, glatt und an manchen Stellen uneben. Vor einer Weile wäre sie deswegen beinahe ausgerutscht.

Amy war so sehr in Gedanken versunken, dass sie zu spät bemerkte, dass jemand die Treppe heruntergelaufen kam. Erschrocken sah sie auf und drückte sich im letzten Augenblick gegen die Wand. Ein Heft rutschte ihr aus den Armen. Sie setzte schon an, einen Schüler darauf hinzuweisen, dass in den Fluren nicht gerannt wurde. Es war jedoch Matthew, der zwei Stufen unter ihr abrupt zum Stehen gekommen war, und die Worte blieben ihr im Hals stecken.

»Entschuldige«, nuschelte er und bückte sich nach dem Heft.

Amy nahm es ihm ab. Beinahe wäre es ihr durch die schweißnassen Finger geglitten. »Wo willst du denn hin?« Sie versuchte sich an einem freundschaftlichen Tonfall, klang aber eher nach einer eifersüchtigen Freundin. Dafür, dass sie Schauspielerin werden wollte, vergriff sie sich neuerdings viel zu häufig im Ton.

»Keine Zeit. Ich muss noch mal ins Observatorium.«

Ihr wurde heiß. Hatte er bemerkt, dass der Schlüssel fehlte? Spätestens wenn er vor verschlossenen Türen stand, musste ihm auffallen, dass sie nicht an seinem Schlüsselbund hingen. Und es war offensichtlich, wer sie genommen hatte. Schließlich war Hailey die Einzige, die wusste, wo er sie aufbewahrte.

Amy überlegte, ob sie einen Ohnmachtsanfall vortäuschen sollte, um Zeit zu schinden. Dann blieb jedoch weiterhin das Problem, dass Hailey den Schlüssel heimlich zurückschmuggeln musste. »Warte!«, rief sie ihm hinterher. Verdammt, sie musste rasch improvisieren.

Tatsächlich drehte er sich auf dem Treppenabsatz um. Er hob fragend eine Augenbraue und für den Bruchteil einer Sekunde glaubte sie, jenen Matthew zu erkennen, der kurz davor stand, die Arme um sie zu legen, sie zu küssen und nie wieder loszulassen.

»Können wir reden ... bitte?« Sie umklammerte mit einer Hand das Treppengeländer, da sie befürchtete, dass ihre Knie ansonsten nachgaben.

Er öffnete den Mund.

In diesem Moment hupte ein Auto, das wohl auf dem Parkplatz stand.

»Ich muss los. Mason wartet.« Damit lief er weiter nach unten.

Amy beugte sich über die Brüstung und erkannte gerade noch, wie Matthew durch das Foyer huschte. Gleich darauf hörte sie, wie die Haupttür zurück ins Schloss fiel.

Wenigstens war Matthew mit Mason unterwegs, der sicherlich einen Schlüssel zum Observatorium besaß. Das bedeutete, mit etwas Glück würde Matthew nicht bemerken, dass sein Schlüssel fehlte. Das war aber auch schon alles Positive, das sie der Lage abringen konnte.

Entmutigt ließ sie die Schultern sinken. Es hatte keinen Sinn, sich Matthew wieder anzunähern. Ihre Knie wurden weich. Sie lehnte sich gegen die Wand und atmete tief durch. Ein Kloß setzte sich in ihrem Hals fest. Matthew hatte eindeutig kein Interesse daran, dort anzuknüpfen, was sie im Observatorium begonnen hatten.

»Das sieht mir nicht nach einem glücklichen Paar aus.« Samantha stand einige Stufen über ihr. Die Hände hatte sie in den hinteren Hosentaschen verborgen.

»Schreib doch einen Artikel darüber«, gab Amy trotzig zurück. Dann eilte sie an ihr vorbei.

Kapitel 21

Obwohl der Hausmeister erst vor zwei Stunden den Parkplatz freigeschaufelt hatte, steckte Amy in ihren dicken Winterschuhen erneut im Schnee. Eisige Winterluft schnitt durch ihre Jacke und ließ sie zittern. Ihren Schülern schienen die niedrigen Temperaturen hingegen nichts auszumachen. Sie hatten ihre Schuluniformen gegen ihre private Kleidung getauscht. Manche sahen aus, als wollten sie auf einen Ball gehen, die meisten waren jedoch leger mit Pullover und Jeans gekleidet.

Vielleicht hätte sie Gorden ermahnen sollen, dass er den anderen keinen Schnee in den Kragen stecken sollte, schwieg aber. Sie hatten anstrengende Wochen mit Prüfungen und Unmengen Hausaufgaben hinter sich. Klar, dass ihnen die Anspannung von den Schultern fiel und sie teilweise herumtollten wie Zehnjährige. Sie traute sich dennoch zu, dass sie die Gruppe gut im Griff haben würde. Das Letzte, was sie brauchte, war eine Party mit Minderjährigen, die völlig aus dem Ruder lief.

Dann fuhr auch schon der Reisebus heran und ließ ihr keine weitere Zeit für mögliche Bedenken. Amy wies alle an, einzusteigen. Das erinnerte sie an ihren ersten Ausflug ins Observatorium und an Matthews Begeisterung, als er ihnen im Vortragsraum über die Große Konjunktion berichtet hatte. Am nächsten Abend war es so weit. Jupiter und Saturn würden sich erst in sechzig Jahren wieder so nahe kommen.

»Wartet auf mich!« Caitlin kam mit wedelnden Armen aus der Schule gelaufen.

Für einen Augenblick war Amy versucht, in den Bus zu springen und dem Fahrer zu sagen, dass er Gas geben sollte. Die neue Amy hätte das womöglich getan. Die alte Amy verkniff sich diesen Impuls.

Caitlin blieb keuchend vor ihr stehen, die Hände auf den Knien abgestützt. »Du brauchst ... eine Begleitperson.« Sie trug einen langen Mantel und Boots, in denen ihre Füße um drei Nummern größer aussahen. Die Haare hatte sie kunstvoll zu einer Ballfrisur nach oben gesteckt.

»Das ist nicht nötig.« Amy lachte unbeholfen und machte eine beschwichtigende Geste. »Ich komme prima klar.«

Caitlin richtete sich auf. »Anweisung von Gregor.«

»Davon hat er mir nichts gesagt.«

»Ist ihm vorhin eingefallen. Matthew ist in Glasgow und Samantha ... Keine Ahnung, hab sie seit dem Mittagessen nicht mehr gesehen.« Caitlin steckte die Hände in die Manteltaschen. »Hast du eine Vorstellung, wie viele Prüfungen ich in den letzten Wochen korrigiert habe? Von den Wochenend-Exkursionen ganz zu schweigen.« Sie grinste breit. Ihre Augen leuchteten vor Begeisterung. »Ich bin schon ewig auf keiner Party mehr gewesen.«

Das Schneegestöber um sie herum nahm wieder zu und es wurde allmählich dunkel. Obwohl Amy nicht hinsah, spürte sie die ungeduldigen Blicke ihrer Schüler im Nacken. Ein Windzug streifte sie und ließ sie zittern. Caitlin schien gegen die Kälte immun zu sein. Sie hatte ihren Mantel geöffnet und zeigte so einen Hosenrock in Karomuster und einen knallgelben Pullover.

Schließlich seufzte Amy. Wenn sie schon jemanden mitnehmen musste, war Caitlin im Vergleich zu den anderen Optionen das geringere Übel. Allerdings kam es ihr seltsam vor, dass Samantha verschwunden war. Das bedeutete nie etwas Gutes. »Okay, dann steig ein.«

Ein leises Murren ging durch den Bus, als sie und Caitlin einstiegen. Klar, sie hatten damit gerechnet, eine fast lehrerfreie Party zu feiern. Nun hatten sie gleich zwei an der Backe. Amy warf Hailey einen entschuldigenden Blick zu. Dieses Mal saß sie weiter hinten bei Angus. Immerhin. Das war ein Fortschritt. Sie selbst setzte sich in die erste Reihe und deutete Caitlin an, dass sie neben ihr Platz nehmen sollte. Sie würde sich etwas einfallen lassen, damit ihre Kollegin nicht durch ihre Anwesenheit die Stimmung vermieste. Vielleicht konnte sie Caitlin mit Alkohol abfüllen? Nein, das ging nicht. Sie hatte darauf geachtet, dass der Caterer ausschließlich alkoholfreie Getränke lieferte. Womöglich hatte Matthew ja noch Whiskey in seiner Wohnung.

Der Bus setzte sich in Bewegung. Bevor er das Schulgelände verlassen hatte, griff Caitlin nach dem Mikrofon. Amy streckte die Hand aus, um sie davon abzuhalten, eine Ansprache zu halten, aber da war es schon zu spät.

Ein inzwischen wohlbekannter schriller Ton ertönte durch den Bus. Amy hielt sich die Ohren zu, trotzdem hörte sie die erschrockenen Aufschreie, das Murren und das Gelächter. Caitlin ließ sich davon nicht irritieren. »Hallo!«, rief sie begeistert. »Wer hat Lust, heute so

richtig abzutanzen? Gebt mir ein Yeah!« Sie reckte eine
Faust in die Luft.

Das »Yeah« der Jugendlichen geriet zu einem verhaltenen Echo.

Amy bedeckte ihr Gesicht mit einer Hand und sank
tiefer in ihren Sitz. Das konnte ja heiter werden.

»Kommt schon, das geht lauter. Sind wir auf einer Beerdigung oder ...«

Okay, das war eindeutig zu viel. Wenn Caitlin so weitermachte, wäre es das Beste, auf der Stelle umzukehren. Ansonsten musste Hailey am Ende noch die Schule
wechseln. Amy stand auf, um Caitlin das Mikro wegzunehmen. In diesem Moment nahm der Bus eine scharfe
Kurve. Sie stolperte und riss Caitlin mit sich auf die gegenüberliegende Sitzreihe. Für den Bruchteil einer Sekunde kam ein Déjà-vu in ihr hoch. Sie war Matthew
auf ähnliche Weise in die Arme gefallen ... Nein, Konzentration.

Amy schnappte sich das Mikro, das unter den Sitz gerollt war, und rappelte sich wieder auf. Das Gelächter
um sie herum wurde lauter. Caitlin richtete sich kichernd auf. Ihre Frisur hatte von dem Zusammenstoß
keinerlei Schaden genommen.

»Okay. Ich denke, es ist Zeit, euch zu sagen, wohin es
geht.« Es wurde augenblicklich still. Alle sahen sie erwartungsvoll an. Amy setzte schon zu weiteren Erläuterungen an, dann kam ihr allerdings eine bessere Idee.
»Hailey, möchtest du vielleicht kurz nach vorn kommen?«

Haileys Gesicht lief rot an, trotzdem stand sie auf und
kam zu ihr. Unter dem Schwanken des Busses hangelte
sie sich von einer Sitzreihe zur nächsten.

»Hey, während der Fahrt wird nicht herumgerannt!«
Der Busfahrer drehte sich halb zu Amy um, richtete seinen Blick jedoch gleich wieder auf die Straße.

»Ja, natürlich. Es dauert auch nicht lange«, gab Amy beschwichtigend zurück.

Der Fahrer grummelte etwas, das nach »übernehme keine Haftung« klang. Amy ignorierte ihn und gab das Mikro an Hailey weiter. Sie glaubte, ihren Herzschlag zu hören. Aber ihre Augen strahlten vor Begeisterung. Genau diesen Anblick hatte sich Amy gewünscht.

Als Hailey verriet, dass die Party im Observatorium stattfinden würde, herrschte zunächst Schweigen. Dann gab Angus einen zustimmenden Pfiff von sich und klatschte in die Hände. Daraufhin stimmten die anderen in den Applaus ein.

Die erste Hürde hatten sie also überwunden. Blieben lediglich gefühlt hunderttausend weitere. Niemand wusste besser als sie, was bei einer Party alles schiefgehen konnte. Zumindest gab es in der Nähe des Observatoriums keinen Pool.

Erleichtert ließ sich Amy auf ihren Sitz sinken. Das Mikro behielt sie neben sich. Für den Fall, dass Caitlin erneut Partystimmung verbreiten wollte.

Kapitel 22

Im Observatorium brannten die Lichter und ließen das Gebäude wie einen Stern in der Dunkelheit erstrahlen. Amy hatte die Beleuchtung eingeschaltet gelassen, als sie am Nachmittag zurück zur Schule gefahren war. Sie hoffte, dass die Stromrechnung deswegen nicht auffällig in die Höhe schoss. Wenn alles so verlief wie gedacht, würde niemand bemerken, dass sie dort jemals gefeiert hatten. Am allerwenigsten Matthew.

Drinnen duftete es nach Zimt und Schokolade. Im Eingangsbereich erwarteten sie Lichterketten, Weihnachtsmänner im Kilt und mit Dudelsack, Strohsterne und ein Mistelzweig, die von der Decke hingen sowie jede Menge Dekoschnee. Amy graute vor dem Gedanken, die weißen Fusselchen später aufzusammeln. Aber solange ihr Plan aufging und Hailey danach besser in der Klasse aufgenommen wurde, war ihr das die Mühe wert.

Der Vortragsraum diente an diesem Abend als Tanzfläche. Das Buffet befand sich an der Längsseite der Wand. An den Tischen reihten sich Scones und Butterplätzchen neben Sandwiches mit Rindfleisch, Lachs, Räucherfisch und Truthahn. Hailey hatte außerdem auf die in Würfelchen geschnittenen Haggis und Black Pudding bestanden. Offenbar gab es zwischen ihr und Matthew weitere Ähnlichkeiten, von denen Amy bisher nichts geahnt hatte.

Amy ging zufrieden das Buffet ab. Sie war schon auf Partys mit schlechterer Verpflegung gewesen. Es bereite ihr lediglich Magenschmerzen, dass sie selbst für die Kosten aufkommen sollte. Sie stellte sich vor, die Feier sei ihr Weihnachtsgeschenk an die Schüler. Für die alte Amy war dies eine Selbstverständlichkeit, während sich die neue Amy fragte, weshalb sie sich in solche Unkosten stürzen musste.

Die Ersten machten sich über die Snacks her, allen voran Gorden, der Räucherlachs und Butterplätzchen gemeinsam auf einen Teller schaufelte.

Jemand dimmte die Beleuchtung und schaltete den Projektor ein, der an der Decke das Sonnensystem zeigte. Die Lichter riefen eine ähnliche Stimmung hervor wie in einer Diskothek. Zumindest, sobald die richtige Musik lief.

Angus hatte sich bereits hinter seinem DJ-Pult verschanzt. Seine Kopfhörer hatte er lässig aufgesetzt. Er spielte soeben den ersten Track an, den Amy nicht kannte. Verhalten wippten die meisten im Takt der Melodie mit, aber kaum jemand wagte sich auf die improvisierte Tanzfläche. Lediglich Caitlin bewegte sich mitten im Raum schwungvoll zur Musik, als würde ihr niemand zusehen. Einige Schüler tuschelten miteinander und schielten grinsend zu Caitlin hinüber. Sie wirkten jedoch eher amüsiert und nicht gehässig, weshalb Amy ihre Kollegin nicht panisch von der Tanzfläche zerrte.

Stattdessen hielt sie Ausschau nach Hailey und fand sie bei Kirstie und Gorden, die eng zusammenstanden und sich gelegentlich Blicke zuwarfen. Hailey schien die Vertrautheit zwischen den beiden nicht zu stören, denn sie plauderte ungestört mit ihnen. Ab und zu sah sie zu Angus hinüber, der ihr zuzwinkerte.

Amy unterdrückte den Impuls, sich zufrieden die Hände zu reiben. Es lief alles nach Plan. Womöglich sogar besser als erwartet. Sie nahm sich einen Glühwein und setzte sich in die hinterste Reihe des Vortragssaales.

Ein Windhauch streifte sie. Verwundert wandte sich Amy zur Tür. Eine Gruppe älterer Schüler kam herein und lachte laut. Amy konnte sich nicht erinnern, sie im Bus gesehen zu haben. Sie fing die Gruppe ab. »Wo kommt ihr denn her?«

»Von der Schule«, antwortete ein groß gewachsenes Mädchen mit einem sehr kurzen Rock, womöglich eine Sienna. Sie deutete auf Hailey, die mittlerweile von mehreren Schulkollegen umringt war und sich prächtig zu unterhalten schien. »Sie hat uns eingeladen.«

Amy sah zu Caitlin, die nichts von den Neuankömmlingen mitbekommen hatte. Sie tanzte inzwischen mit Gorden. Besser gesagt, Caitlin tanzte Cha-Cha-Cha, während Gorden peinlich berührt dastand und mit hochrotem Kopf seine Butterplätzchen in sich hineinstopfte. Dieses Bild irritierte Amy für einen Augenblick. Dann lenkte sie ihre Aufmerksamkeit wieder auf die neue Gruppe. »Wie seid ihr hergekommen?«

Einer der Jungs – eindeutig ein Edward – zückte seinen Schlüsselbund, an dem ein Autoschlüssel hing.

»Okay.« Amy zog eine Augenbraue hoch. »Und wer von euch ist schon einundzwanzig?« In Schottland konnte man mit siebzehn einen Führerschein besitzen, aber man brauchte einen Beifahrer, der mindestens einundzwanzig Jahre alt war.

Edward steckte den Schlüssel wieder in seine Hosentasche. Er grinste. »Ich kann auch so fahren.«

»Ach kommen Sie, Ms. Fitzgerald. Sie sind doch keine Spielverderberin«, sagte Sienna in bettelndem Tonfall.

Amy biss sich auf die Innenseite ihrer Wange. Sie konnte die älteren Schüler wieder rauswerfen. Wenn Hailey sie tatsächlich eingeladen hatte, würde sie ihr damit womöglich die Gelegenheit nehmen, zu ihnen dazuzugehören. Schließlich seufzte sie und machte eine einladende Geste.

»Sie sind die Beste.« Sienna war kurz davor, Amy an sich zu drücken, hielt sich jedoch im letzten Moment zurück.

Die Gruppe eilte die wenigen Stufen hinunter, quer über die Tanzfläche und zielgerichtet zum Buffet. Amy sah ihnen hinterher. Sie hatte kein gutes Gefühl bei der Sache, schüttelte dann aber den Kopf. Das war sicher nur die alte Amy, die sich zu viele Sorgen machte und Probleme sah, wo keine waren. »Es ist alles gut. Ich behalte die Kontrolle«, murmelte sie zu sich selbst. Daraufhin kippte sie den Apfel-Cranberry-Glühwein in einem Zug hinunter. Sie schwenkte den Becher und beobachtete, wie der letzte Tropfen am Rand entlanglief. Sie hätte gut ein bisschen Alkohol vertragen.

Wenig später stapelte Amy leere Teller aufeinander und ging damit in Matthews Wohnbereich. Dort hatte sie die restlichen Snacks im Kühlschrank gelagert. Je weiter sie sich vom Vortragssaal entfernte, desto mehr entwickelte sich die Musik zu einem erträglichen Hintergrundgeräusch, sodass sie ihre eigenen Gedanken wieder hören konnte. Sie ging den Flur entlang, vorbei an Masons Büro und blieb schließlich vor der kleinen Wohnung stehen. Es kam ihr seltsam vor den Raum ohne Matthew zu betreten. Sie starrte die Tür an, als würde sich dahinter etwas verbergen, das sie lieber nicht sehen wollte. Zugegeben, beinahe hatte sie Angst, dass Matthew tatsächlich dort auf sie lauerte und sie zur Rede stellte.

Quatsch. Sie nahm sich zusammen und legte eine Hand auf die Klinke. Da hörte sie von drinnen ein Geräusch. Amy hielt den Atem an und lauschte. Gelegentlich klapperte Geschirr, dann öffnete und schloss sich eine Schublade. Konnte es letzten Endes tatsächlich sein ... Nein, Matthew war in Edinburgh.

Entschlossen drückte sie die Klinke hinunter und stieß die Tür auf.

Samantha saß auf dem Sofa und verputzte einen der Haggis-Spieße. Sie sah Amy an, als würde sie bereits seit einer Weile auf sie warten. Sam deutete mit einem blauen Spießchen auf den Teller mit dem Haggis. »Wenn man sich erst mal an den Gedanken gewöhnt hat, dass darin Schafslunge ist, schmeckt es gar nicht so übel.«

Für einen Moment starrte Amy ihre Halbschwester mit offenem Mund an. Dann fasste sie sich wieder. Rasch schlug sie mit einem Fuß die Tür hinter sich zu.

»Du solltest die Türen schon abschließen, auch wenn wir hier mitten in der Pampa sind«, fuhr Sam zwischen zwei Bissen fort.

Amy fehlten nach wie vor die Worte. Deshalb stellte sie zunächst die schmutzigen Teller in der Spüle ab. Ihre Bewegungen fielen steif aus, ein wenig zittrig. Anschließend nahm sie ein Tablett mit Räucherfisch und Lachsbrötchen aus dem Kühlschrank und streifte die Folie ab. Sie spürte Sams Blicke auf sich ruhen, wollte sich davon aber nicht verunsichern lassen. Zumindest sollte Sam nicht bemerken, wie sehr sie ihre Anwesenheit überraschte. Hier, in diesem Raum, wo sie mit

Matthew ... Amy unterbrach den Gedanken und drückte die Kühlschranktür unnötig fest zu.

»Du kannst uns ruhig Gesellschaft leisten.« Amy bemerkte die Spiegelreflexkamera auf dem Wohnzimmertisch. »Aber ich hoffe nicht, dass du eine skandalöse Story aufdecken willst.« Sie nahm das Tablett und zog die Tür mit dem Ellbogen auf. »Damit würdest du nämlich nur deine Zeit vergeuden. Es ist nichts weiter als eine kleine Weihnachtsfeier.«

Sam lachte leise. »Eine Feier, die du organisiert hast.«

»Was soll das heißen?«

Wie um ihre Frage zu beantworten, war auf einmal Gegröle zu hören. Etwas schepperte beunruhigend laut. Vor Schreck rutschte Amy das Tablett beinahe aus den Händen. Sie schnappte scharf nach Luft.

So schnell es eben mit einem Tablett voller belegter Brötchen ging, eilte sie zurück in den Vortragssaal. Allerdings kam sie gar nicht so weit. Denn im Eingangsbereich und im Aufenthaltsraum drängten sich unzählige Leute aneinander, weshalb sie kaum durchkam. Sie zwängte sich zwischen ihnen durch und verlor ein, zwei Mal fast das Gleichgewicht, da sich von allen Seiten gierige Finger nach den Brötchen ausstreckten. Einige bedankten sich bei ihr, ohne dass sie die Stimmen den Händen zuordnen konnte. Eine unangenehme Mischung von schwerem und süßem Parfüm, gemischt mit Schweiß hing in der Luft. Amy kämpfte sich vor, bis sie zu einem Fenster kam, und öffnete es. Da erkannte sie, dass der Parkplatz vor dem Observatorium voll mit Autos war. Dann sah sie eine der eingerahmten Fotografien auf dem Boden liegen. Es war jenes, das die Mitglieder des Observatoriums zeigte. Das Glas hatte einen

Sprung und zog sich knapp an Matthews Gesicht vorbei. Er schien sie von dort aus ärgerlich anzusehen. »Oh nein.« Panik stieg in ihr hoch. Sie ließ das Tablett auf dem Fensterbrett zurück und bahnte sich einen Weg zum Vortragssaal.

Obwohl sie nur wenige Minuten weggewesen war, hatte sich die Zahl der Partygäste von einer überschaubaren Zahl zu einer unkontrollierbaren Meute entwickelt. Die Gespräche waren so laut, dass Angus der Musikanlage alles abverlangte, um sie zu übertönen. Amys Ohren klingelten mit jedem Schritt, dem sie sich der Tanzfläche näherte, etwas mehr.

Sie hielt nach Caitlin Ausschau, konnte sie aber nirgends entdecken. Auf einmal kam ihr der scharfe Geruch von Alkohol entgegen. Ihr wurde schwindlig. Sie stützte sich an der Wand ab. »Mist, Mist, Mist!« Ihr fielen einige Schüler auf, die bedrohlich hin und her schwankten und viel zu laut lachten. Wenn Samantha erfuhr, dass sich die Jugendlichen auf einer Party betranken, bei der sie die Aufsicht hatte, würde das genügen, damit die RADA sie niemals aufnahm. Amy strich sich die Haare aus dem Gesicht. Okay, sie hatte die Kontrolle verloren. Das bedeutete allerdings nicht, dass sie die Sache nicht beheben konnte. Als Erstes musste sie herausfinden, woher der Alkohol kam.

Sie kämpfte sich weiter zum Buffet und schnupperte am Glühwein und am Sirup. Beides erschien ihr unverdächtig.

»Jap. Scheint eine richtig tolle Party zu sein.« Samantha stand neben ihr, die Kamera halb erhoben. Sie machte einige Fotos von einer Gruppe tanzender

Schülerinnen. Blitzlicht zuckte durch den Raum und löste begeisterte Rufe aus.

Amy legte eine Hand auf die Linse. »Hilf mir lieber, Caitlin zu finden.«

Samantha neigte den Kopf. »Cathy ist hier?«

Anstelle einer Antwort wandte sich Amy von ihr ab und ließ den Blick über die Menge schweifen. Kaum eines der Gesichter kam ihr bekannt vor. Die Party war definitiv aus dem Ruder gelaufen. Verdammter Mist.

Dann entdeckte sie Hailey. Sie saß in der vordersten Stuhlreihe, umringt von mehreren Personen, die sie mit Rufen anfeuerten. Daraufhin nahm Hailey einen tiefen Zug aus einem Becher und erntete dafür Jubel.

Amy drängte sich zu ihnen durch und riss Hailey den Pappbecher aus der Hand. Sie roch daran. Whiskey mit Zimt. Wer auch immer diesen Hot Toddy gemixt hatte, war äußerst großzügig mit dem Alkohol gewesen.

»Hey, das ist mein ...« Hailey schwankte gefährlich auf ihrem Stuhl.

»Wo hast du das her?«, fuhr Amy sie an.

»Wieso?«

»Sie wollten keine Spielverderberin sein.« Sienna verzog den Mund zu einem schmollenden Gesicht. »Lassen Sie unserer Gastgeberin den Spaß.« Sie wollte noch etwas sagen, da blitzte das Kameralicht mehrfach hintereinander auf.

Sam kam zu ihnen. »Ich denke, ihr hattet genug für heute.« Sie deutete Angus mit einer unmissverständlichen Geste, die Musik abzustellen. Das Blitzlicht dürfte seine Aufmerksamkeit erregt haben, denn er kam der Aufforderung sofort nach. Wenige Augenblicke später ging das Licht an. Es war so grell, dass Amy einige Male blinzeln musste, bevor sie wieder etwas erkannte. Immerhin war der Lärm um sie herum verklungen.

Während sich Amy noch orientierte, stieg Samantha auf einen der gepolsterten Stühle. Sie klatschte in die Hände. »Alle mal herhören! Jeder, der Alkohol getrunken hat – oder auch nur daran gedacht hat, zu trinken – kommt mal schön her.«

Einige tauschten fragende Blicke aus. Amy sah, wie vereinzelte Pappbecher unter einem Stuhl verschwanden. Sie unterdrückte ein Seufzen. Die Aufräumarbeiten nach der Party nahmen Ausmaße an, mit denen sie nicht gerechnet hatte. Aber das war bis auf Weiteres Nebensache. Sie schielte zu Sam, die darauf wartete, dass jemand ihrer Aufforderung nachkam. Es rührte sich niemand, was zugegebenermaßen zu erwarten war. Sie hatte jedoch eine Ahnung, worauf ihre Halbschwester hinauswollte. »Wie ihr wollt.« Inzwischen hatte sie Hughes' Tonfall richtig gut drauf. »Dann erwartet euch alle nach den Ferien eine schöne Prüfung, die den Hauptteil eurer Gesamtnote ausmacht.«

Daraufhin hörte sie verhaltenes Gekicher. Dennoch erkannte sie, wie zumindest eine Handvoll Schüler unbehaglich das Gewicht von einem Bein auf das andere verlagerte. Es war an der Zeit, die strenge Lehrerin wieder aufleben zu lassen. »Und ich schreibe persönlich an eure Eltern und empfehle, dass ihr für den Rest des Jahres Nachhilfestunden bekommt.«

»Und die Fotografie-Stunden könnt ihr euch auch abschminken«, fügte Samantha hinzu.

Amy hatte keine Ahnung, welche der Drohungen wirkte, aber einige schubsten ihre Mitschüler nach vorn. Manche wankten dabei gefährlich.

»Bitte lächeln.« Sam machte Fotos von ihnen. Das Blitzlicht kam so rasch hintereinander, dass sie kaum die Augen offenhalten konnten. Amy kannte Sams Talent, Menschen auf Fotos besonders gut oder besonders schrecklich aussehen zu lassen. Sie konnte sich vorstellen, für welche Variante Sam sich dieses Mal entschied. Amy presste die Lippen fest aufeinander, um ihr Grinsen zu vertuschen. Es war ihnen gelungen, die Lage einigermaßen unter Kontrolle zu bringen.

Amys und Sams Blicke trafen sich. Für einen Wimpernschlag waren sie wieder zwei Schwestern, die zusammenhielten. Es hatte eine Zeit gegeben ...

Lautes Scheppern und Krachen unterbrach ihre Gedanken. Amys Kopf zuckte hoch. Der Lärm war aus dem Beobachtungsraum gekommen. Sie hatte das Gefühl, aus tiefer Höhe zu fallen, was ihr für einen Moment den Atem raubte. Dann fasste sie sich wieder und lief die Treppe hinauf, nahm zwei Stufen auf einmal.

Oben angekommen, hörte sie das Dröhnen von Musikboxen. Ihre Finger waren eiskalt, als sie die Tür aufstieß. Starker Alkoholgeruch, gemischt mit Zigaretten schlug ihr entgegen.

Mehrere Schüler sahen sie teils entsetzt, teils peinlich berührt an. Alle hatten bunte Pappbecher in der Hand, die nicht vom Catering stammten. An einer Wand standen zwei Fässer mit Zapfhähnen. Wann hatten sie die hierher geschmuggelt? Man konnte von ihren Schülern behaupten, was man wollte, aber sie verfügten über ein hervorragendes Organisationstalent. Jemand schaltete die Musik aus. Die Stille kam so unerwartet, dass Amy für einen Augenblick die Ohren summten.

Unter ihren Schuhen knirschte es leise. Glassplitter verteilten sich zwischen ausgetretenen Zigarettenstummeln über den Boden. Zusammen mit dem Okularauszug und dem Suchfernrohr.

Amy öffnete den Mund, ihr fehlten allerdings die Worte. Ein kalter Luftzug streifte sie. Erst jetzt fiel ihr auf, dass das Dach halb geöffnet war. Der Himmel war von Wolken bedeckt, die alle Sterne verbargen. Sie hatte das dringende Bedürfnis, die Tür hinter sich zu schließen und so zu tun, als hätte sie nichts gesehen. »Seid ihr völlig durchgeknallt?«, brachte sie schließlich hervor. Ihr Herz klopfte so stark, dass sie die Worte nur gepresst herausbrachte.

»Sorry, Ms. F.« Kirstie trat einen Schritt vor. Sie hatte den Kopf gesenkt und wirkte, als würde sie jeden Augenblick in Tränen ausbrechen. Gorden folgte ihr mit einem ähnlich betretenen Gesichtsausdruck.

»Komm mir nicht damit. Was soll dieser Mist?« Sie deutete auf das abgebrochene Suchfernrohr.

Gorden wurde blass. »Oh sch...«

»Ihr sagt kein Wort mehr.«

»Morgen ist dieses Konjunktionsdings«, gab Gorden zurück.

Verdammt. Amy wurde schwindlig. Sie musste sich am Türrahmen abstützen, um das Gleichgewicht zu bewahren. »Geht nach unten zu Sam... Ms. Carter.«

Kirstie öffnete den Mund.

»Keine Widerworte«, fuhr Amy sie an.

Sie folgten ihrer Anweisung und trollten sich mit gesenkten Köpfen hinaus. Ab und zu murmelte jemand eine Entschuldigung, aber Amy konnte die Stimmen nicht zuordnen. Sobald alle den Raum verlassen hatten, bückte sie sich nach dem Suchfernrohr. Sie erinnerte sich daran, wie sie mit Matthew die Sterne beobachtet hatte. Es dauerte einen Moment, bis sie begriff, dass ihr Tränen über die Wangen liefen. Sie wischte sie mit einer Hand weg. Mit der anderen wiegte sie das Suchfernrohr. Wie sollte sie Matthew beibringen, dass ... Allein bei der Vorstellung zitterte sie am gesamten Körper, was allerdings nichts mit der Kälte zu tun hatte.

Ein Kloß setzte sich in ihrem Hals fest und schnürte ihr die Luft ab. Amy schluckte mehrmals. Matthew würde die Große Konjunktion nicht beobachten können.

Sie hatte seinen Traum zerstört.

Kapitel 23

So lange wie Amy in die Tasse bereits anstarrte, musste der Tee inzwischen kalt sein. Amy konnte sich nur dunkel daran erinnern, wie sie zurück in die Gemeinschaftsküche der Lehrer gekommen war.

Sie hatten Caitlin schlafend im Büro des Observatoriums gefunden. Offenbar hatten ihr die vergangenen Wochen mit den Prüfungen und Exkursionen mehr zugesetzt, als sie sich selbst eingestehen wollte. Anschließend waren sie und Sam mit den Schülern zurück ins Internat gefahren.

Sam war danach mit Amys Auto zurückgekommen. Gemeinsam hatten sie die Nacht damit verbracht, das Observatorium aufzuräumen. Als ob sie damit hätten verheimlichen können, was passiert war. Allein bei dem Gedanken daran krampfte sich Amys Magen zusammen. Die meiste Zeit hatten sie in stillem Einvernehmen nebeneinander Becher, Pappteller und Einwegbesteck in Müllsäcke geworfen, den Dekoschnee aufgesammelt und das Observatorium wieder in seinen ursprünglichen Zustand versetzt. In diesen Stunden herrschte ein Friede zwischen ihnen, den es seit Jahren nicht mehr gegeben hatte.

Sam saß ihr später in einem dicken Pullover gegenüber. Sie hatte ebenso dunkle Schatten unter den Augen wie Amy. »Er wollte heute Morgen wieder da sein.« Sam sagte es, als setzten sie ein Gespräch fort.

Amy zuckte bei ihren Worten hoch. Müde fuhr sie sich mit einer Hand über das Gesicht. Gut möglich, dass die Reste ihres Make-ups dabei verwischten. Aber was spielte das für eine Rolle?

»Solltest du ihn nicht anrufen und na ja … vorbereiten?«

»Worauf? Dass er sich noch mal sechzig Jahre gedulden muss, um seinen Fachartikel zu veröffentlichen?« Amy verbarg das Gesicht hinter den Händen. »Er bringt mich um.«

Sam lächelte auf eine Art, die ausdrücken sollte, dass es nicht so schlimm werden würde.

In diesem Moment quietschte die Tür zur Küche. Augenblicklich schnellte Amys Puls in die Höhe. Ihr wurde schwindlig.

Es war bloß Gregor. Anstelle seines üblichen Anzugs trug er eng anliegende Lauf-Klamotten. Seine Haare waren vom Schlaf verwuschelt, davon abgesehen wirkte er verstörend gut gelaunt. »Möchte sich jemand der Jogging-Runde anschließen?«

»Sorry. Lange Nacht«, antwortete Sam.

Amy brachte immerhin ein schwaches Kopfschütteln zustande.

Gregor grinste breit. »Ich will später alle Details erfahren.«

»Besser nicht«, murmelte Amy.

»Was hast du gesagt?«

»Katerstimmung.« Sam machte eine beschwichtigende Geste. »Alles gut.«

Gregor hob beide Daumen und verschwand um die Ecke. »Matthew! Schön, dass du wieder da bist«, sagte Gregor, »wie ist es in Edinburgh gelaufen?«

»Gavin hat keine Chance.«

Beim Klang der vertrauten Stimme fuhr Amy halb von ihrem Stuhl auf. Panisch wischte sie sich die Handflächen an ihrer Hose ab und wechselte einen Blick mit Sam.

Lange bevor Amy auch nur ansatzweise bereit war, tauchte Matthew im Türrahmen auf. Er hatte seine Sporttasche in der einen Hand, die andere hob er zu einem Gruß. Amy schenkte er keine Beachtung. Er wandte sich bereits ab, da stupste Sam Amy unter dem Tisch an.

Amy sprach, ohne zu wissen, was sie eigentlich sagen sollte. »Matthew, warte kurz.«

Er warf ihr einen flüchtigen Blick zu. »Keine Zeit. Ich muss ins Observatorium und die Beobachtung für heute vorbereiten.«

Amy hatte das Gefühl, einem Kind sagen zu müssen, dass der Weihnachtsmann nicht existierte. Ihr war eiskalt.

»Genau darum geht es.« Sam hob die Schultern. Sie hatte ja recht, es war besser, die Sache gleich zu klären. Insbesondere bevor sich Amy vor Angst übergeben musste.

Matthew kam zurück. Er ließ seine Sporttasche neben der Tür fallen und verschränkte die Arme vor der Brust.

»Ähm, also ...« Amy zupfte am Ärmelsaum ihres Pullovers herum.

Sam zog den Stuhl neben sich ein Stück hervor. Die Beine scharrten mit einem unangenehmen Geräusch über den Boden. »Du solltest dich setzen.«

Matthew atmete hörbar aus. »Ist etwas mit Hailey?«

»Mit ihr ist alles in Ordnung.« Damit stand Sam auf. »Ich glaube allerdings, das solltet ihr unter euch klären.« Bevor Amy reagieren konnte, verließ Sam die Küche und schloss die Tür hinter sich.

Amy wunderte sich über die ungewohnte Diskretion ihrer Halbschwester. Sie hätte erwartet, dass Sam mit ihrem Diktiergerät und einer Kamera neben ihr kleben bleiben würde. Aber hier ging es ja nicht um sie, sondern um Matthew. Um seinen Traum, der sich in winzige Bruchstücke zerlegt hatte.

Anstatt sich hinzusehen, lehnte er sich an den Küchentresen. Seine abwehrende Haltung ihr gegenüber machte es Amy nicht einfacher. Sie deutete auf die Teekanne und den Teller mit Weihnachtskeksen. »Möchtest du Tee? Ich fürchte, er ist schon kalt, aber ...«

»Was ist los?«

Plötzlich wurde ihr bewusst, dass dies das erste Mal seit ihrem gemeinsamen Abend im Observatorium war, an dem sie allein in einem Raum waren. Ihr Mund war mit einem Mal trocken. Sie nahm einen großen Schluck aus ihrer Tasse. Der Schwarztee schmeckte bitter. »Es ist ... ein kleiner Unfall passiert ... Es wurde niemand verletzt oder so«, fügte sie rasch hinzu.

»Okay?«

»Es ist etwas kaputt gegangen.« Amy fuhr mit einer Fingerspitze über den Rand ihrer Tasse. »Etwas sehr Wichtiges.« Ihre Stimme war kaum mehr als ein Flüstern.

Matthew kam einige Schritte näher, wodurch ihr Herz schneller schlug. »Was ist kaputt?«

Sie öffnete den Mund, brachte jedoch kein Wort heraus. Stattdessen griff sie mit zittrigen Fingern in ihre

Tasche, die auf dem Boden stand, und legte das Suchfernrohr auf den Tisch.

Er erkannte es sofort. Natürlich. Matthew sog die Luft scharf zwischen den Zähnen ein. Dann ließ er sich doch auf den Stuhl sinken. Vorsichtig strich er über das Suchfernrohr, als könnte es ansonsten in weitere Bruchstücke zerfallen. »Wie ... Was ...«

Am liebsten hätte Amy die Hand ausgestreckt, um ihn zu berühren, ihm irgendwie Trost zu spenden. Aber das hätte alles nichts geholfen. In knappen Worten fasste sie die Ereignisse des Abends zusammen, verschwieg aber, dass Hailey Alkohol getrunken hatte.

Während sie sprach, hatte Matthew die Stirn in die Hände gelegt. Er starrte auf das Suchfernrohr, weshalb Amy nicht sicher war, ob er ihr zuhörte. Es dauerte lange, bis er endlich etwas auf ihre Erklärung erwiderte. »Hast du eine Ahnung, was das bedeutet?«, fragte er langsam.

Anstelle einer Antwort nickte sie lediglich. Ihre gefalteten Hände lagen zwischen ihren Knien. Sie wagte es nicht, den Blick zu heben und ihn anzusehen.

»Weißt du, was das für mich bedeutet?« Er wurde allmählich lauter.

»Ja, und es tut mir leid«, brachte sie mit erstickter Stimme hervor.

»Wie kann man nur auf so eine dämliche Idee kommen?« Matthew stemmte sich vom Stuhl hoch, die Hände zu Fäusten geballt. »Das Observatorium ist ein Ort der Wissenschaft und keine ausgefallene Party-Location.« Er wandte sich von ihr ab und sah aus dem Fenster. Mit einer Hand fuhr er sich über das Gesicht.

Amy wollte ihn umarmen, wagte aber nicht, sich auch nur einen Zentimeter zu bewegen.

»Die Vorbereitungen, die Pläne ... Alles umsonst. Daingead.«

So wie er das letzte Wort aussprach, klang es nach einem Fluch. Vermutlich war es das auch.

»Es geht nur um die Bilder, oder?«, fragte Amy zögerlich. »Könntest du nicht ein Teleskop ... besorgen?« Bevor sie den Satz zu Ende gebracht hatte, wusste sie bereits, dass sie völligen Schwachsinn redete.

Matthew fuhr zu ihr herum. »Klar, ich könnte nach Glasgow fahren und mir das Teleskop von der Universität in den Kofferraum packen.« Er gestikulierte mit den Armen in der Luft. »Du glaubst doch nicht ernsthaft, dass das so einfach ist? Jeder, der ein annähernd brauchbares Teleskop besitzt, wird es heute garantiert nicht aus der Hand geben.« Er verpasste dem Stuhl einen Tritt, wodurch dieser umkippte. Das Scheppern hallte in der Küche wider. »Den Artikel für die Society kann ich vergessen. Ohne aktuelle Fotos haben die kein Interesse daran.« Zum ersten Mal seit Wochen sah er sie direkt an. »Und das nur, weil du ... Was auch immer du tun wolltest. Ist dir schon mal in den Sinn gekommen, dass es nicht ausschließlich um dich geht? Und du bist auch nicht Haileys beste Freundin.«

Er hatte recht. Jedes seiner Worte traf zu. Dennoch hatte Amy genug davon, sich von ihm angreifen zu lassen. Matthew machte es sich einfach, indem er alle Verantwortung auf sie abwälzte. Allerdings war das bloß eine Seite der Medaille. Amy drückte die Schultern zurück und stand auf, um zumindest annähernd mit ihm auf Augenhöhe zu sein. »Wenn du dich mal um deine

Schwester gekümmert hättest, wäre es vielleicht gar nicht so weit gekommen.«

Matthew bückte sich nach seiner Sporttasche. »Du allein bist daran schuld, weil du verantwortungslos und unzuverlässig bist.« Er riss die Tür auf und stieß fast gegen Sam, die dort wohl gelauscht hatte.

Amy schnappte nach Luft. Etwas Schweres hatte sich auf ihre Brust gelegt und ließ sie kaum noch atmen. Sie presste ihr Kiefer so fest aufeinander, dass es schmerzte.

Wieder einmal hatte sie alles falsch gemacht.

Kapitel 24

Ihre Umgebung war verschwommen von den Tränen, die sie sich regelmäßig aus dem Gesicht wischte. Sie musste weg aus Schottland. Und zwar so schnell wie möglich.

Entschlossen schob Amy das Bücherregal zur Seite und riss die Geheimtür auf. Sie schluchzte bei der Erinnerung daran, wie Matthew ihr den Raum gezeigt hatte. Rückblickend hatte der Schlamassel genau damit begonnen. Wäre er weiterhin der unfreundliche Stinkstiefel geblieben, wäre das alles nicht passiert.

Wahllos schnappte sie ihre Koffer und einen Stapel Kartons, die sie quer im Raum verteilte. Dann riss sie ihren Schrank und die Schubladen auf, zerrte die Klamotten von den Kleiderhaken und warf sie in die Koffer. Einige ihrer Sachen landeten auf dem Bett oder dem Stuhl.

Sobald der Schrank leer war, nahm sie mehrere Bücher vom Regal und ließ sie in einen der Kartons fallen. Ein Buch rutschte zur Seite und landete auf dem Boden. Amy kümmerte sich nicht darum.

Da nahm sie aus den Augenwinkeln eine Bewegung wahr. Die Zimmertür öffnete sich einen spaltbreit. Ihr Puls schoss in die Höhe. War es womöglich ... Nein, es war lediglich Samantha. Sie schloss die Tür und lehnte sich mit verschränkten Armen dagegen. Sam warf einen flüchtigen Blick auf das Chaos, das sich innerhalb kürzester Zeit in dem Zimmer ausgebreitet hatte. »Ist das nicht ein wenig übertrieben?«

Für einen Augenblick stockte Amy. Sie wusste nicht genau, was sie erwartet hatte, aber garantiert nicht diese verständnisvolle Tonart, die Samantha anschlug. Auch wenn sie versuchte, ihr Mitgefühl hinter Sarkasmus zu verstecken. Aber sie kannte ihre Halbschwester zu gut, um sich davon täuschen zu lassen. Amy klappte den ersten vollen Karton zu und strich sich eine Strähne aus dem Gesicht. »Ich kann hier nicht länger bleiben.«

»Wegen Matthew?«

»Wegen all dem hier.« Mit einer Bewegung schloss sie den gesamten Raum ein.

Samantha ließ den Blick über die am Boden liegenden Klamotten schweifen, als wären sie ihr bislang nicht aufgefallen. Sie zuckte mit den Schultern. »Du bist seit über einem Jahr eine Chaotin ... Was mich wieder zu der Frage bringt ...«

»Vergiss es.« Amy griff nach einem Pullover, der über dem Stuhl hing, und versuchte, ihn zusammenzulegen. Ihre Hände zitterten allerdings viel zu sehr, weshalb sie ihn schließlich zusammenknüllte und zu den anderen Sachen in den Koffer warf. »Ich bin keine Lehrerin. Ich gehe an die RADA und werde Schauspielerin.«

Samantha schnalzte mit der Zunge, als wollte sie ihr damit sagen, dass sie nicht die Einzige mit Problemen war. »Wie auch immer.« Sam stieß sich von der Tür ab und trat einige Schritte näher. »Du nimmst es mir hoffentlich nicht übel, dass ich trotzdem einen Artikel über dich veröffentliche.«

»Das kannst du nicht machen.« Amy wurde schwindlig, sodass sie sich am Schreibtisch abstützen musste.

»Doch.« Samantha steckte die Hände in die hinteren Hosentaschen. »Die Story von der verantwortungslosen Lehrerin ist zwar nicht das, was ich mir erhofft hatte, aber zumindest kann ich einen Artikel vorlegen.« Ihre Stimme wurde sanfter. »Du kannst nicht von mir erwarten, dass ich meine Chance in den Wind schlage, nur weil du dich wieder in Schwierigkeiten gebracht hast.«

Amys Schwindelgefühl legte sich und ließ sie wieder klar denken. »Mit so einer Geschichte nimmt mich die RADA niemals auf.« Sie schob den halb gepackten Koffer mit dem Fuß ein Stück zur Seite. »Du zerstörst damit meinen Traum.« Erneut stiegen Tränen in ihr hoch. Amy drehte sich rasch weg und wischte sich mit hektischen Bewegungen über die Wangen.

Es klopfte. Gleich darauf streckte Caitlin den Kopf herein. Sie trug einen Pyjama mit Schneemann-Motiven. »Warum macht ihr so einen Lärm? Es ist noch viel zu früh.« Sie gähnte. Erst danach nahm sie die Koffer wahr. »Fährst du über die Feiertage nach Hause?«

Amy hob die Arme, ließ sie aber gleich darauf kraftlos sinken. »Ich ... gehe. Und komme nicht mehr zurück.« Bei diesen Worten krampfte sich etwas in ihrer Brust zusammen.

Auf einmal wich die Müdigkeit aus Caitlins Gesicht. Sie machte einen Schritt ins Zimmer. »Was? Wieso?«

Amy rieb die Lippen aneinander und wich Caitlins Blick aus. Sie wollte nicht darüber sprechen, was im Observatorium passiert war.

»Das erzählt sie dir später.«

Ruckartig hob Amy den Kopf. Sam schob Caitlin soeben zurück auf den Flur.

»Ich verstehe nicht …«

»In der Küche stehen Kekse. Bedien dich.«

»Ich weiß. Hab ich gebacken.« Caitlin stellte sich auf die Zehenspitzen und sah über Sams Schulter zu Amy. »Warum gehst du? Ist es wegen der Party gestern?«

»Bis nachher.« Samantha schlug die Tür zu.

Amy schüttelte den Kopf. »Ich hab keine Ahnung, ob ich dir dafür danken oder ob ich dich für das größte Biest aller Zeiten halten soll.«

Samantha zuckte mit den Schultern. »Mir ist beides recht.« Sie sah Amy dabei nicht an, sondern schob konzentriert zwei Pullover und eine Strumpfhose auf dem Bett zur Seite und setzte sich auf die Bettkante.

Nun, da Caitlin wusste, dass sie das Internat verließ, schien es erst Realität zu werden. Bis dahin hätte Amy noch die Möglichkeit gehabt, sich anders zu entschieden. Aber so gab es kein Zurück mehr.

Resigniert hob sie eine Jeans vom Boden auf und rollte sie zusammen. »Vermutlich habe ich es nicht besser verdient.« Sam hatte recht. Wenn sie ihr damals mit dem Artikel geholfen hätte, würden sie nicht hier stehen. »Ich habe Matthews Traum zerstört, deswegen geht meiner auch nicht in Erfüllung. Die Einzige, die bei dieser Geschichte gut aussteigt, bist du.«

Sie bemerkte, wie Sam unbehaglich vor und zurück wippte.

»Du hast ihn wirklich gern, oder?«

Darauf musste sie nicht antworten. Stattdessen stopfte Amy lose Socken in einen Wäschesack.

»Spiel nicht die eifrige Hausfrau«, sagte Samantha nüchtern. »Womöglich liebst du ihn sogar.«

Anstelle einer Antwort legte Amy den Wäschesack in ihren Koffer und klappte ihn zu. »Ich wollte nicht, dass irgendetwas kaputtgeht. Ich wollte ihm nicht die Chance nehmen, diesen Aufsatz zu veröffentlichen.« Sie kniete halb auf ihrem Koffer und mühte sich damit ab, den Reißverschluss zuzuziehen.

»Na ja, ohne Fotos kein Artikel.« Samantha lehnte sich zurück auf die Ellbogen.

Die Worte hingen noch in der Luft, da schoss bereits das Adrenalin heiß durch Amys Körper. »Das ist es.« Sie sprang auf. »Er braucht nur die Fotos.«

»Warum siehst du mich dabei so an?«

»Du hast Kameras.« Es fiel ihr schwer, langsam zu sprechen, sodass ihre Worte nicht zu einem einzigen Atemstoß verschmolzen.

»Ja?«, gab Sam zurück. »Aber damit kann ich nicht ins All fotografieren.«

»Das brauchst du auch nicht. Die Konjunktion ist mit bloßem Auge sichtbar, man braucht lediglich …«

Samantha richtete sich auf. »Eine verdammt gute Spiegelreflex mit einem Objektiv, das die Farben korrekt wiedergibt, das Bild nicht verzerrt und eine hohe Auflösung hat.« Sie kniff ein Auge zu. »Und noch ein paar andere Dinge, damit die Fotos gut werden.«

»Du hast bestimmt alles, was man dafür benötigt.«

Samantha wog den Kopf hin und her. »Denke schon.«

»Dann hilf Matthew bitte, die Fotos zu machen.«

»Definitiv nicht.« Sam machte eine abwehrende Geste. »Ich muss zurück nach Glasgow und mich an meinen Artikel setzen. Die Story soll noch vor Weihnachten gedruckt werden.«

Amy rieb sich die Stirn. Sie blickte zu Boden. Es gab nur diesen einen Weg, um ihren Fehler Matthew gegenüber wieder gutzumachen. »Wenn du es tust«, ihr brach beinahe die Stimme weg. Sie hatte schon einmal einen Handel mit Samantha geschlossen. Ihre Halbschwester würde sich auf einen erneuten Deal einlassen, wenn sie ihr das richtige Angebot machte. Sie schluckte den Kloß hinunter, der sich in ihrem Hals gebildet hatte. »Wenn du Matthew hilfst, erzähle ich dir, was auf Natashas Party passiert ist und weshalb ich hier bin.«

Nachdenklich tippte sich Samantha ans Kinn. »Ich bekomme wirklich alle Infos?«

Amy rang sich ein Lächeln ab, konnte aber nicht verhindern, dass ihre Unterlippe zitterte. »Jedes noch so kleine schmutzige Detail.«

»Einverstanden.« Samantha streckte ihr die Hand hin und Amy schlug ohne zu zögern ein. Da bemerkte sie, dass Sams Finger genauso kalt waren wie ihre eigenen. Eigentlich hätte sie gedacht, dass ihre Halbschwester vor Freude im Kreis springen würde. Stattdessen sah sie Amy mit ernstem Gesichtsausdruck an. »Du hast ihn wirklich gern, oder?«, fragte sie leise.

Amy senkte das Kinn. »Und deswegen muss ich gehen.«

Kapitel 25

Matthew hatte keine Ahnung, wie lange er schon den ausgefüllten Prüfungsbogen von Jodie Simmons anstarrte. Bei manchen Fragen hatte sie anstelle einer Antwort ein Männchen mit ahnungslosem Gesichtsausdruck hingekritzelt. Besser hätte auch er seine momentane Gefühlslage nicht beschreiben können. Er nahm seine Brille ab und rieb sich die Nasenwurzel.

Zuerst war er wütend auf Amy gewesen, genau genommen war er es nach wie vor, aber allmählich sickerte Verständnis zu ihm durch. Ähnlich einem weit entfernten Stern, den man nur entdeckte, wenn man wusste, wo man hinsehen musste. Das änderte allerdings nichts daran, dass er seinen Traum, über die Große Konjunktion zu berichten, in die Tonne treten konnte.

Unwillkürlich sah er auf die Uhr. Eigentlich hätte er längst im Observatorium sein müssen, um alles für die Beobachtung vorzubereiten. So wünschte er sich lediglich, dass dieser Abend schnell vorüberging.

Ein Klopfen an der Tür lenkte ihn von seinen Gedanken ab. Er hob den Kopf. Jemand rüttelte an der Klinke, aber er hatte abgeschlossen. Womöglich war es Amy, die sich bei ihm entschuldigen wollte. Matthew schnaubte und sah demonstrativ aus dem Fenster. Draußen dämmerte es bereits.

»Ich weiß, dass du da drin bist.« Es war Samantha. Sie schlug fest gegen die Tür. »Benimm dich nicht wie ein Kleinkind.« Er hörte, wie sie frustriert brummte.

»Lasst mich doch einfach in Ruhe«, murmelte er. Erneut warf er einen Blick auf den Stapel Prüfungsbögen, die er bis nach Weihnachten korrigieren sollte. Er stützte den Kopf in den Händen ab und starrte geistesabwesend vor sich hin.

Draußen im Flur wurde eine Tür abgeschlossen, gefolgt von dem schabenden Geräusch, das Kofferrollen über Linoleumboden machten. Gleich darauf hörte er Gregors Stimme. Er und Samantha wechselten einige Worte, ohne dass er mitbekam, worüber sie sprachen.

Dann fiel Amys Name. Matthew richtete sich abrupt auf. Er lauschte. Gregor schlug soeben vor, anstatt der geplanten Weihnachtsfeier für das Lehrpersonal eine Silvesterfeier zu organisieren. »... wenn du und Amy mich bei der Vorbereitung unterstützen wollt ...«

»Amy ist vorhin weggefahren«, fiel ihm Samantha ins Wort. Als würde ihn der Name magnetisch anziehen, schlich Matthew näher an die Tür heran. »Ich glaube, sie hat dir eine Nachricht hinterlassen.«

Einige Sekunden herrschte Schweigen. Matthew stand inzwischen dicht an der Tür.

»Sie hat gekündigt?« Gregor klang so fassungslos, wie Matthew es noch nie erlebt hatte. »Aber wieso?«

Ohne weiter darüber nachzudenken, riss Matthew den Schlüssel im Schloss herum und öffnete schwungvoll die Tür. »Amy ist weg?« Sein Puls ging mit einem Mal schneller. »Sie hat gar nichts zu mir gesagt.«

»Natürlich nicht«, gab Samantha kühl zurück. Sie trug ihre Winterjacke. Ihre Wangen waren rot vor Hitze. »Du bist ja auch der Grund, weshalb sie gegangen ist, du Vollidiot.« Rasch legte sie eine Hand an den Türstock, vermutlich damit er die Tür nicht wieder schließen konnte. Zumindest solange er ihr nicht die Finger brechen wollte.

»Ich hab keine Ahnung, was da zwischen euch vorgefallen ist, aber hol sie zurück.« Gregor fuchtelte mit seinem Handy vor Matthews Nase herum, sodass er den Luftzug spüren konnte. »Das ist eine dienstliche Anweisung.« Bevor er etwas darauf erwidern konnte, zog Gregor seinen Koffer weiter Richtung Treppenhaus, wo er ihn ächzend nach unten schleppte.

»Das ist die beste Idee, die ich heute gehört habe«, sagte Samantha trocken. »Davor haben wir allerdings noch etwas anderes zu erledigen.« Sie verpasste ihm einen kleinen Schubs an der Schulter. »Pack deine Sachen. Wir müssen diese Große Kommunikation beobachten.«

Matthew schob seine Brille nach oben. »Meinst du die Jupiter-Saturn-Konjunktion?«

Samantha wedelte mit den Armen. »Was auch immer.«

»Aber ...«

»Ich erkläre es dir unterwegs.« Samantha sah auf ihr Handydisplay. »Und jetzt beeil dich.«

Die Luft war so klirrend kalt, dass es beim Atmen wehtat. Unter ihnen leuchteten die ersten Lichter der angrenzenden Ortschaft, die ähnlich schimmerten wie später die Sterne. Zumindest, sobald sich die Wolken am Himmel verzogen hatten. Aber immerhin war er hier. Matthew konnte nicht sagen, wie lange er auf diesen Tag gewartet hatte. Akribisch hatte er sich darauf vorbereitet. Seit Wochen hielt er die Wettervorhersage im Blick, analysierte Fotos von vergangenen Jupiter-

Saturn-Konjunktionen und plante seinen Bericht. Angesichts der Ereignisse der letzten Stunden erschien es ihm beinahe surreal, dass er nun tatsächlich hier stand.

Samantha schien von dem bevorstehenden astronomischen Ereignis bislang unbeeindruckt zu sein. Sie hielt sich etwas abseits und konzentrierte sich auf ein Audio, das sie auf ihrem Handy abspielte. Zuerst hatte Matthew gedacht, es wäre eine Sprachnachricht von Amy. Aber zwischendurch war auch Samanthas Stimme auf der Aufnahme zu hören. Gelegentlich wehte der Wind Wortfetzen zu ihm herüber, sodass er zwar nicht alles mitbekam, aber doch genug, um zu verstehen, dass sich Amy in London Ärger eingebrockt hatte und Samantha daraus einen Vorteil zog. Samantha wechselte unablässig das Gewicht von einem Bein auf das andere, als wäre sie unentschlossen, was sie mit den Informationen anfangen sollte.

Die ersten Wolken wanderten weiter und gaben ein Stück Himmel frei. Dahinter kam der Abendstern zum Vorschein. Matthew stockte für einen Augenblick darin, das Stativ mit Samanthas Kamera in die richtige Position zu bringen. Amy hatte sich den Abendstern ausgesucht, um sich an ihren gemeinsamen Abend zu erinnern. Matthew ließ die Arme sinken und starrte auf den frisch gefallenen Schnee. Seinetwegen hatte Amy die Schule verlassen. Sie würden sich nie wieder begegnen. Reue legte sich auf seine Haut wie die Kälte und sickerte in seinen Körper.

Entschieden schüttelte er den Kopf und machte sich wieder am Stativ zu schaffen. Er musste sich auf die Konjunktion konzentrieren und darauf, ordentliche Fotos davon zu schießen. Danach könnte er sich

Gedanken über Amy machen. Sein Kiefer spannte sich an. Immerhin war Amy auch dafür verantwortlich, dass das Teleskop für eine Weile unbrauchbar sein würde.

Das Stativ knackte leise.

»Hey, mach ja nichts kaputt.« Samantha warf ihm einen strengen Blick zu.

»Bleib ruhig«, murmelte er.

Er spürte, wie Samantha ihn noch einige Sekunden lang beobachtete. Dann spielte sie wieder die Audiodatei auf ihrem Handy ab. Matthew achtete nicht weiter darauf, sondern brachte die Kamera in den richtigen Winkel. Er verstand, weshalb Samantha so penibel damit war. Allein das Objektiv kostete schätzungsweise ein Monatsgehalt.

Matthew sah erneut in den Himmel und verzog das Gesicht. »Verdammte Wolken.« Der Abendstern war hinter einer neuen Wolkendecke verschwunden.

Samantha steckte hastig ihr Handy weg. »Laut Wetterbericht soll es noch aufklaren.«

»Hoffentlich.« Er schwieg einen Moment. »Übrigens ... danke. Für deine Hilfe.«

»Bedank dich lieber bei Amy. Es war ihre Idee.«

Bei der Erwähnung ihres Namens rieb sich Matthew den Nacken. »Hasst sie mich sehr?«

»Du hast ihr das Herz gebrochen.« Eine Windbö fuhr über die Aussichtsplattform des Observatoriums und ließ Samantha sichtlich schaudern.

»Wie meinst du das?« Er steckte die Hände in seine Jackentaschen und schaute in den Himmel, in der Hoffnung, so gleichgültig zu wirken, wie er es sich vorstellte.

Einen Atemzug später spürte er etwas Nass-Kaltes in seinem Nacken. »Was soll das?« Er wischte den Schnee aus seinem Jackenkragen. Dennoch glitt ein Teil davon zwischen seine Schulterblätter, wodurch sein Shirt unangenehm kalt an ihm klebte.

»Du bist ein absoluter ...« Samantha wedelte mit den Händen auf der Suche nach dem richtigen Begriff, gab dann aber lediglich einen frustrierten Laut von sich. »Was auch immer du mit Amy gemacht hast, sie war in den letzten Wochen so, wie sie es vor dem Drama mit Colin gewesen ist.« Sie bückte sich erneut und formte einen weiteren Schneeball. »Aber jetzt wird sie wieder diese unausstehliche Person sein, die nur an sich selbst denkt.«

Matthew zuckte mit den Schultern. »Ich habe keinen Unterschied festgestellt.« Es tat ihm augenblicklich leid, die Worte laut ausgesprochen zu haben.

Samantha warf prompt den Schneeball nach ihm. Er drehte sich jedoch rechtzeitig weg, sodass sie ihn nur am Rücken traf. »Und was war das mit Hailey? Sie wollte ihr mit der Party helfen. Du bist ja offensichtlich nicht in der Lage, deine Schwester zu unterstützen.« Samantha schwieg einen Augenblick. Dann riss sie die Augen auf, als hätte sie die wahre Bedeutung hinter ihren Worten entdeckt. Es dauerte einen Moment, bis sie sich wieder auf ihn konzentrierte. »Hailey ist eine Außenseiterin gewesen, bevor Amy etwas unternommen hat.« Ihre Stimme wurde ruhiger.

Matthew öffnete den Mund, schloss ihn aber gleich darauf wieder. Er kickte ein Häufchen Schnee zur Seite. »Wenn ich etwas tun würde, würde ich es nur schlimmer machen.«

»Es würde ja schon reichen, wenn du sie in der Klasse freundlicher behandelst.«

Er schnaubte. »Dann wäre sie die kleine Schwester, die von ihrem Bruder verhätschelt wird. Dadurch hätten die anderen noch mehr Grund, sie auszuschließen.«

Samantha kam einige Schritte auf ihn zu. »Du meinst ...«

»Ich bin nur so schroff zu Hailey, damit ihre Klassenkameraden nicht denken, ich würde sie bevorzugen. Ich helfe ihr, indem ich strenger zu ihr bin.« Das schlechte Gewissen plagte ihn deswegen ohnehin schon. Deswegen hatte er auch so heftig reagiert, als Amy ihn auf Haileys Probleme angesprochen hatte.

Samantha rieb sich die Schläfe. »Auf so eine bescheuerte Idee kann auch nur ein Mann kommen.«

»So bescheuert ist das gar nicht. Macht Amy nicht etwas Ähnliches für dich?« Er deutete mit dem Kinn auf die Jackentasche, wo Samanthas Handy steckte. »Sie hat dir von dieser Natasha erzählt, damit du deine Story bekommst.« Matthew gewann den Eindruck, als würde Samanthas Gesicht ein wenig an Farbe verlieren.

»Das ist etwas ganz anderes. Das war ein Tausch. Meine Hilfe gegen ihre Geschichte. Absolut fair.«

Er hob eine Braue. »Glaubst du das wirklich?«

Da bemerkte er aus dem Augenwinkel eine Veränderung am Himmel. Er blickte nach oben. Die Wolken hatten sich verzogen. Jupiter und Saturn leuchteten wie Stecknadelköpfe zwischen den Sternen. Sie standen so dicht beieinander, dass man glauben konnte, sie würden sich berühren.

Samantha schnappte hörbar nach Luft. »Ich schätze,
wir sollten ein paar Fotos schießen.«

Kapitel 26

Kraftlos streckte Amy ihre Hand nach der Schale mit den Weihnachtskeksen aus. Das war die einzige Bewegung, die sie in den vergangenen Stunden mehrfach wiederholt hatte. Zu mehr war sie nicht fähig. Das Zierkissen unter ihrer Wange war vermutlich voller Krümel. Den Blick hatte sie auf den Fernseher gerichtet, wo in einer Show prominente Personen Weihnachtslieder sangen und von einer Jury bewertet wurden.

»Wenn das Ding schon die ganze Zeit über laufen muss, können wir uns dann bitte etwas ansehen, wovon der IQ nicht mit jeder Minute sinkt?«

Chloes Stimme erinnerte Amy daran, dass sie nicht allein zu Hause war. Ihre Freundin machte Dehnübungen auf einer Yogamatte, die sie zwischen Küchentisch und Sofa platziert hatte. So schnell würde sie Chloe auch nicht loswerden, da sie ihr ja eigentlich die Wohnung überlassen hatte, solange sie in Schottland war. Da sie früher als geplant zurückgekehrt war, lebten sie vorläufig zusammen. Das war Chloe dennoch lieber, als frühzeitig zurück zu ihren Eltern zu ziehen. Womöglich würde dieses WG-Leben länger bestehen. Allein vor dem Gedanken graute es Amy. Sie wollte einfach nur noch ihre Ruhe haben.

»Sie hat Liebeskummer, siehst du das nicht?« Und dann war da noch Eliza, die Amy zuverlässig mit Keksen versorgte. Momentan rührte sie in einer Schüssel den Teig für Shortbread an. Gelegentlich strömte der Duft von warmer Schokolade und Zimt zu Amy hinüber.

»Ich hab keine Ahnung, was mit ihr los ist. Sie sagt ja seit Tagen kaum ein Wort ... was auch etwas Gutes hat.«

Bei dem Gerede war es unmöglich zu verstehen, wie die Bewertung der Jury zur Darbietung von Sue Perkins ausfiel. Schwerfällig richtete Amy sich auf. Ihr Kopf fühlte sich viel zu schwer an, um ihn aufrecht zu halten. »Ich habe keinen Liebeskummer«, gab sie brummend von sich.

Als einzige Reaktion erntete sie von Eliza eine hochgezogene Augenbraue. Dann rührte sie energisch weiter im Teig herum.

Amy wandte sich wieder dem Fernsehprogramm zu. Es lief Werbung.

»So, es reicht.« Chloe schnappte sich die Fernbedienung und schaltete den Fernseher aus.

»Hey! Ich will das sehen.«

»Den Spot über das Anti-Schuppen-Shampoo?«, fragte Chloe trocken.

»Nein, die Sendung. Die mit den ...«

»Möchtegern-Schauspielern?«

Eliza nahm die Kochschürze ab und hing sie sorgfältig über einen der Stühle. »Morgen ist Weihnachten. Da streitet man sich nicht.«

»Vielleicht in deiner Familie«, gab Chloe zurück.

Amy warf Chloe das Zierkissen an den Kopf. »Gib die Fernbedienung wieder her.«

Demonstrativ setzte sich Chloe im Schneidersitz auf ihre Matte und streckte die Fernbedienung in die Höhe. »Hol sie dir doch.« Das hatte Amy gestern schon einmal versucht und dafür einen blauen Fleck am Schienbein einkassiert.

Eliza hockte sich auf die Sofalehne. »Wie wäre es, wenn du uns endlich erzählst, was in Dumfries passiert ist?«

»Wozu?« Amy wischte einen Kekskrümel von ihrem Pullover. »Das macht die Sache auch nicht besser. Sam schreibt ihren Artikel und ich kann die RADA vergessen.«

»Und an dieser Stelle wird es interessant.« Chloe wedelte mit der Fernbedienung herum. »Weshalb hast du Samantha von dem Unfall mit Natasha erzählt? Das war doch selten dämlich.«

Amy nahm einen angebrochenen Mandelkeks und betrachtete ihn von allen Seiten. »Kann schon sein. Aber zumindest hab ich dadurch etwas Gutes bewirkt.« Sie verfolgte seit Tagen den Blog der Astronomical Society of Glasgow. Bisher hatten sie jedoch keine Infos zu ihrem neuen Fachbuch veröffentlicht. Sie konnte nur hoffen, dass Matthew seinen Aufsatz mit den Fotos eingereicht hatte. Von Samantha hatte sie nichts gehört. Vermutlich war sie damit beschäftigt, ihren vernichtenden Artikel zu schreiben.

»Soll das heißen, du hast etwas für jemand anders getan und daraus einen Nachteil gezogen?« Chloe sah sie mit großen Augen an.

Amy hob die Schultern. »Sieht so aus.«

Ihre Worte gingen in einem Quieken unter, das Eliza von sich gab. »Das ist wunderbar.« Sie umarmte Amy so stürmisch, dass sie beinahe zusammen vom Sofa gerutscht wären.

Amy schob Eliza von sich weg. »Ach ja?«

»Klar. Das bedeutet nämlich, dass die alte Amy zurück ist.«

»Und das ist gut?«

»Auf alle Fälle.« Chloe stand von der Matte auf und streckte sich. »Die alte Amy ist viel liebenswerter.«

Wieder sah Amy die beiden Teetassen. So real, dass sie glaubte, danach greifen zu können. »Den Eindruck hatte ich bisher nicht«, murmelte sie.

»Ich finde es großartig.« Mit einem zufriedenen Lächeln ging Eliza zurück in die Küche und öffnete die Ofenklappe. Augenblicklich zog der Duft von gebackenen Plätzchen durch die Wohnung.

Chloe setzte sich neben Amy und klopfte ihr auf den Oberschenkel. »Ist schon klar, dass dich das mit Colin zurückgeworfen hat. Aber deshalb musst du noch lange keine Persönlichkeitsänderung vornehmen«, sagte sie in einem ungewohnt sanften Tonfall.

Wie aufs Stichwort kam Eliza zurück und setzte sich auf Amys freie Seite. »Und selbst wenn du eine andere Person sein könntest. Deswegen bist du nicht immun gegen Gefühle. Gute wie Schlechte.«

Vor Amys Augen tauchten auf einmal zwei Tassen Kakao mit Marshmallows auf. Sie schniefte. Dann legte sie jeweils einen Arm um die Schultern ihrer Freundinnen und zog sie zu sich heran. »Es tut mir leid.«

Eliza und Chloe klatschten sich über Amys Kopf hinweg ab.

»Also war's das mit der Schauspielkarriere?« Eliza lehnte sich ein Stück zurück, um Amy ansehen zu können.

Amy wog den Kopf hin und her. »Das wird es ohnehin gewesen sein, wenn ich nicht an die RADA gehen kann.« Der entscheidende Workshop würde nach dem

Jahreswechsel stattfinden. Ohne sie, da sie keine Chance auf einen Platz hatte.

»Ist ja nicht so, als gäbe es keine anderen Schauspielschulen.«

Damit hatte Eliza recht, aber für Amy gab es keine bessere Schauspielschule als die Royal Academy of Dramatic Art. Wenn man sein Handwerk perfekt beherrschen wollte, musste man dorthin gehen und nirgendwo anders. Davon abgesehen …

Bevor der Gedanke in ihrem Kopf Gestalt annehmen konnte, kündigte ihr Handy eine Nachricht an. Hektisch streckte sie die Hand danach aus und warf dabei fast die Keksschale um. Einen lächerlichen Augenblick lang, dachte sie, es wäre Matthew. Aber es war Samantha. Sie hatte ihr eine Sprachnachricht hinterlassen. Für einen Moment schwebte ihr Daumen über dem Play-Button. Ihr Herz schlug ihr bis zum Hals. Mit angehaltenem Atem berührte sie schließlich das Display.

»Ich wollte nur schnell Bescheid geben, dass mein Artikel angenommen wurde und inzwischen online ist. Den Link schick ich dir gleich.« Sie machte eine kurze Pause. Im Hintergrund war das Läuten von Telefonen und das eifrige Tippen auf Tastaturen zu hören. »Und du darfst mir gratulieren. Ich bin offizielle Journalistin im Wissenschaftsressort. Wir sehen uns dann morgen bei Beatrice und Dad.«

Chloe und Eliza sahen Amy verwirrt an.

»Wieso Wissenschaft?«

»Vielleicht hat sie eine Analyse zu Amys Psyche verfasst.«

»Samantha ist doch nicht Sigmund Freud.«

Amy war nicht in der Lage, sich an der Diskussion zu beteiligen. Sie starrte auf ihr Display. Ihr Schicksal war besiegelt. Was sollte sie nun mit ihrem Leben anfangen? Zurück ans Lehrerpult?

»Jedenfalls will ich jetzt wissen, worum es in diesem Artikel geht.« Chloe rückte in Amys Blickfeld. »Hast du den Link schon?«

Amy nickte wortlos.

»Na, dann klick endlich drauf.«

Sie bewegte sich nicht.

»Schön, ich übernehm das für dich.« Damit hatte Chloe ihr das Handy auch schon aus der Hand genommen.

»Hey ...«

»Hol's dir doch.« Chloe sprang vom Sofa auf.

Eliza legte die Fingerspitzen auf ihre Schläfe und schüttelte leicht den Kopf. »Nicht schon wieder.«

Einen Augenblick später streckte Chloe die Nase in die Luft. »Riecht hier etwas komisch?«

Das ließ Eliza hochschrecken. »Ach nein, die Plätzchen!« Sie eilte in die Küche und zog die Ofentür auf. Qualm stieß hervor. Hustend öffnete Eliza das Fenster. »Alles gut. Es ist nicht so schlimm, wie es aussieht.«

Chloe blieb davon völlig unbeeindruckt. Sie scrollte auf Amys Handy langsam nach unten. Amy drückte ein Kissen an ihre Brust. Sie ließ ihre Freundin keine Sekunde aus den Augen, wurde aus ihrer Miene allerdings nicht schlau. »Es ist eine Katastrophe, oder?« Sie hatte den Eindruck, als würde Chloe ewig an dem Artikel lesen. »Ich bekomme nie wieder eine Anstellung. Weder als Schauspielerin noch als Lehrerin.«

Endlich hob Chloe den Kopf. »Ich schätze, das hängt ganz von dir ab.«

Eliza kam zu ihnen zurück. Ihre Haare waren zerzaust. Neugierig sah sie Chloe über die Schulter. »Ja, das würde ich auch so sagen.«

Was sollte das bedeuten? Amy presste das Kissen fester an sich.

Kapitel 27

In der Nacht hatte es geschneit, sodass der Rasen und das Dach von einer dünnen Schneeschicht bedeckt waren. Unwillkürlich dachte Amy an den Schnee in Schottland, der dort weitaus mehr Kraft zu haben schien. Genug, um zwei Menschen für einige Stunden von der Außenwelt abzuschotten. Sie schüttelte den Kopf und stieg aus ihrem Wagen. Von der Rückbank holte sie die Geschenke. Parfüm für ihre Mutter. Eine Schallplatte der griechischen Opernsängerin Maria Callas für ihren Vater. Und eine schicke Schreibfeder für Samantha, die sie niemals benutzen würde, aber auf ihrem Schreibtisch würde sie sich bestimmt gut machen. Als Journalistin würde sie nun wohl einen eigenen Schreibtisch bekommen, den sie sich mit niemandem teilen musste. Amy hoffte, dass Sam dieses Friedensangebot verstand.

Sams Motorrad war nirgends zu sehen. Vermutlich war es lediglich eine Frage der Zeit, bis ihre Halbschwester auftauchte.

In diesem Moment fuhr ihr Vater heran. Er zwängte sich mit seinem überdimensionierten Auto in eine Parklücke zwischen zwei anderen Wagen. Obwohl ihre Eltern geschieden waren, feierten sie Weihnachten zusammen, wenn nötig, auch mit den jeweiligen neuen Partnern, was bereits zu seltsamen Konstellationen geführt hatte. Dieses Mal waren sie unter sich.

Amy beobachtete, wie er einen großen Karton vom Beifahrersitz hievte, in dem er jedes Jahr die Geschenke transportierte. Das gehörte inzwischen zu ihrer

Weihnachtstradition wie der Christmas Cake nach dem Truthahn. Er umklammerte den Karton und wäre beinahe auf einem Häufchen Schnee ausgerutscht.

Er kam auf sie zu. Amy tat so, als wäre sie mit ihrem Handy beschäftigt. Sie war nervös, ihre Eltern wiederzusehen. Seit der Ankündigung, dass sie kein Geld mehr von ihnen bekommen würde, hatte weitestgehend Funkstille geherrscht. Die Einladung zum Weihnachtsessen hatte sie über Samantha erhalten.

»Du hast dir eindeutig den besseren Platz ausgesucht.« Er sah neidisch zu Amys Auto, das sicher unter dem Carport stand.

Sie lächelte schief. »Wer zuerst kommt ...«

»Dann lass uns reingehen. Vielleicht können wir ja bereits vorher etwas vom Kuchen abstauben.«

»Ich glaube nicht, dass Mama das zulässt.«

Sie lachten beide. Immerhin herrschte zwischen ihnen schon einmal Frieden.

Im Hausflur begrüßten sie ein Wichtel mit übergroßer Mütze und der Duft nach Weihnachtsbraten, gebackenen Kartoffeln und Preiselbeersoße. Amy und ihr Vater streiften die Schuhe ab und schlüpften in die bereitgelegten Hausschuhe. Der Weg ins Wohnzimmer war mit Rentieren, Nussknackern und Strohsternen geschmückt. Letzteres blendete Amy aus. Sie hatte die Begeisterung für Sterne verloren.

Beatrice kam mit schnellen Schritten die Treppe herunter. Gleichzeitig verschloss sie ihren Ohrring hinter dem Ohr. Ihre Mutter machte mit ihrem dunkelblauen Etui-Kleid und dem Perlenschmuck eher den Eindruck, als würde sie auf eine Opernpremiere gehen, anstatt ein unaufgeregtes Weihnachtsfest mit ihrer Familie zu feiern. Zumindest hoffte Amy, dass es ein unaufgeregtes Fest werden würde.

Sie begrüßte beide mit einem Küsschen und drückte Amy sogar fest an sich, was sie doch überraschte. Immerhin war sie davon ausgegangen, dass ihre Mutter ihr die Geschichte mit Natasha nach wie vor übelnahm.

Die Lichter des Weihnachtsbaums leuchteten in einer Intensität, dass Amy sich um die Stromversorgung in der Nachbarschaft Sorgen machte. Der Weihnachtsengel auf der Spitze berührte beinahe die Decke. Amy legte ihre Geschenke zu den anderen unter dem Baum und folgte ihren Eltern weiter ins Esszimmer. Die beiden tuschelten etwas, das sie nicht verstand. Sie glaubte, dass ihre Mutter einen verstohlenen Blick zu ihr hinüberwarf, konnte es aber nicht mit Sicherheit sagen.

Im Esszimmer betrachtete Amy den festlich gedeckten Tisch mit der weinroten Decke, dem Porzellangeschirr und den Stoffservietten. Sie runzelte die Stirn. Es waren fünf Gedecke vorbereitet. »Erwarten wir Besuch?«

»Deine Schwester«, gab ihr Vater trocken zurück.

Amy gab ihm mit einem Blick zu verstehen, dass er sie nicht für dumm verkaufen sollte. »Und wer noch?«

Ihre Mutter sah auf die Standuhr. »Wo bleibt Samantha eigentlich?«

Aleister sah auf sein Handy. »Sie ist bestimmt bald da.« Er steckte das Handy wieder weg. »Sam muss eine weitere Strecke zurücklegen als wir.«

Beatrice kniff die Lippen zusammen. »Dann sollte sie eben früher losfahren. Es ist unhöflich, zu spät zu kommen.« Sie seufzte. »Na ja, darf es vielleicht ein Glas Sherry vor dem Essen sein?«

Amy rieb sich die Oberarme. Sie fühlte sich unbehaglich damit, hier mit ihren Eltern zu stehen. Der lebende Beweis dafür, dass sie auf ganzer Linie gescheitert war. Sie hatte es nicht einmal ein Semester als Lehrerin durchgehalten. Und allmählich zweifelte sie daran, ob die RADA die richtige Wahl für sie gewesen wäre. Die alte Amy musste nicht im Mittelpunkt stehen oder in die Rolle einer anderen Person schlüpfen. Was sie brauchte, war …

Ein Glas Sherry rückte in ihr Blickfeld und lenkte sie von ihren Gedanken ab.

»Du musst uns unbedingt von Schottland erzählen. Sam hat angedeutet, dass du dort einiges erlebt hast.«

Amy nahm ihrem Vater das Glas aus der Hand und starrte in die bernsteinfarbene Flüssigkeit. »Sam übertreibt.«

In diesem Moment klingelte es an der Tür.

Beatrice hob mit einem Kopfschütteln den Blick nach oben zur Decke. »Es ist offen. Warum kommt sie nicht direkt herein?«

»Vielleicht findet sie es unhöflich, einfach so hereinzuplatzen?« Lachfältchen bildeten sich um Aleisters Augen.

Ihre Mutter lächelte sanft zurück.

Okay, zwischen ihren Eltern war eindeutig etwas vorgefallen. Bevor Amy weiter darüber nachdenken konnte, hörte sie, wie die Haustür geöffnet wurde.

»Hallo? Ist jemand da?«, rief Sam zögerlich. Sie hatte zwar einige Jahr in dem Haus gelebt, jedoch fühlte sie sich vermutlich nach wie vor wie ein Gast. Insbesondere, seitdem Aleister nicht mehr hier wohnte.

»Im Esszimmer«, antwortete ihr Vater.

Es war das Rascheln von Jacken zu hören, die ausgezogen wurden. Amy horchte auf. Es klang, als wäre Sam nicht allein gekommen.

Schließlich trat ihre Halbschwester ins Esszimmer. Sie fuhr sich durch die Haare, die vom Motorradhelm zerzaust waren. Dann sah sie über die Schulter. »Komm endlich herein. Oder willst du den Tag im Flur verbringen?«

Jemand räusperte sich. Augenblicklich beschleunigte sich Amys Herzschlag. Sie trank den Sherry in einem Zug leer.

Matthew betrat den Raum. Es kam Amy unwirklich vor, ihn hier zu sehen. Nicht zuletzt wegen des Weihnachtspullovers mit Rentier- und Schneeflockenmotiven. Er schien ihren Blick bemerkt zu haben. Entschuldigend hob er die Schultern. »Hailey hat darauf bestanden, dass ich den anziehe.«

Aleister klopfte ihm auf den Rücken, als würden sie sich schon ewig kennen. »Matthew, schön Sie kennenzulernen.« Er beugte sich vor, um ihm etwas ins Ohr zu flüstern. Aber er sprach so laut, dass es trotzdem jeder hören konnte. »Es ist wunderbar, nicht der einzige Mann in einer Mädelsrunde zu sein.«

Beatrice hob eine Augenbraue und verschränkte die Arme vor der Taille. »Ich weiß nicht, was ich davon halten soll, dass du mich als ›Mädel‹ bezeichnest.«

»Betrachte es als Kompliment«, gab ihr Vater mit einem Augenzwinkern zurück. Er rieb sich die Hände. »Dann können wir ja mit dem Essen beginnen ... Setzt euch schon mal. Beatrice und ich bringen den ersten Gang.«

Sam zog Amy hinüber zum Esstisch. »Er verschwindet nicht, wenn du blinzelst«, murmelte Sam ihr zu.

Matthew setzte sich ihnen gegenüber, sorgsam darauf bedacht, Amys Blicken auszuweichen.

Sam legte das Kinn in die gefalteten Hände. »Du wolltest Amy doch etwas sagen.«

Er räusperte sich und fasste sich an den Hinterkopf. Bevor er allerdings ein Wort herausbrachte, kamen ihre Eltern zurück. Aleister hielt den Suppentopf mit zwei Topflappen fest und stellte ihn in der Mitte des Tisches ab. Der Duft von Kastanien, Sellerie und Kartoffeln stieg Amy in die Nase.

Ihre Mutter reichte Matthew als Erstes eine großzügige Portion Suppe. »Ich hoffe, Sie mögen Trüffelöl.«

Matthew lachte unbeholfen. »Das werden wir sehen ... oh, vielen Dank. Das genügt.«

Beatrice gab ihm noch einen halben Schöpflöffel oben drauf.

Amy verfolgte die Szene ungläubig. Allmählich liefen ihre Gedanken wieder in geordneten Bahnen. Weshalb war Matthew hier? Und warum schien sie die Einzige zu sein, die von seinem Besuch überrascht war? Sie sah zu Sam, die sie breit angrinste.

»So, erzählt mal, wie ihr euch kennengelernt habt.« Aleister sah erwartungsvoll von Matthew zu Amy.

Sie tauschte mit Matthew einen raschen Blick. Amy richtete mit einer schnellen Bewegung ihre Haare, um sicherzugehen, dass niemand bemerkte, wie ihre Ohren rot anliefen.

Matthew kostete von der Suppe. »Schmeckt hervorragend. Ich denke, ich mag Trüffelöl.«

Sam atmete hörbar aus. »Wir unterrichten alle zusammen an der St. Margret School in Dumfries. Matthew ist Physiklehrer.«

»Wie du dort eine Stelle bekommen hast, verstehe ich ohnehin nicht so recht«, sagte Beatrice.

»Das ist eine lange Geschichte. Und nicht einmal besonders spannend.« Sam schlürfte lautstark ihre Suppe, wodurch sie sich von Beatrice einen finsteren Blick einhandelte. »Viel interessanter ist das Projekt, das Matthew aktuell verfolgt.«

Beatrice verschränkte mit einer eleganten Bewegung die Finger unter dem Kinn und sah ihn erwartungsvoll an.

Matthew tupfte sich den Mund mit der Stoffserviette ab. Er wirkte dabei so unbeholfen, als hätte er das niemals zuvor in seinem Leben getan. Was vermutlich auch der Wahrheit entsprach. »Ich würde es nicht unbedingt als ›Projekt‹ bezeichnen. Es ist eher eine Idee. Gregor, also unser Stiùiriche, muss es erst absegnen.«

»Das ist der Schuldirektor«, erklärte Beatrice Aleister. Amy wunderte sich nicht darüber, dass ihre Mutter Schottisch verstand. Immerhin verbrachte sie den Großteil ihres Urlaubs in Schottland. Da wird sie das ein oder andere Wort aufgeschnappt haben.

»Ich möchte einen Astronomie-Club für unsere Schülerinnen und Schüler gründen«, fuhr Matthew fort. »Mit regelmäßigen Ausflügen ins Observatorium, Sternbeobachtungen und so weiter.«

Amy hörte ihm zu, aber sie konnte seinen Worten kaum folgen. Dafür hämmerte ein Gedanke in ihrem

Kopf viel zu laut. »Konntet ihr die Fotos machen? Hat die Society deinen Bericht angenommen?«, platzte sie schließlich heraus.

Sam ließ ihren Löffel sinken. »Hast du meinen Artikel denn nicht gesehen?«

Mit einem unbehaglichen Gefühl rührte Amy in der dicken Suppe. Die Kastanien gingen allmählich unter und würden bald matschig werden. »Eliza und Chloe haben ihn gelesen, aber sie wollten mir nicht sagen, was du geschrieben hast.«

»Und du hast das Lesen verlernt, oder wie?«

»Hab mich nicht getraut«, murmelte Amy undeutlich.

Sam gab ein frustriertes Brummen von sich. »Du bist manchmal wirklich ...«

»Achtet auf euren Umgangston.« Beatrice warf ihnen einen warnenden Blick zu. »Zu Weihnachten will ich keine Schimpfwörter oder Beleidigungen hören.«

»Dumme Nuss.«

»Samantha!«

»Die Bilder sind klasse geworden.« Matthew legte seinen Löffel in den leeren Teller. »Und ja, mein Aufsatz wird in dem Buch erscheinen. Gavin ärgert sich wahrscheinlich grün und blau.« Zum ersten Mal seit einer Ewigkeit grinste er sie an.

Es fühlte sich an, als würde Amy eine schwere Last von den Schultern genommen. »Das sind wunderbare Neuigkeiten.« Plötzlich duftete die Suppe herrlich nach Zwiebeln, Möhren und Salbei.

»Das Problem ist nur, dass ich womöglich meinen Job verliere ...«

Amy verschluckte sich. Sie hustete mehrmals, bevor sie wieder Luft bekam. »Weshalb?«, brachte sie keuchend hervor.

»Gregor hat angedroht, ihn zu feuern, wenn er dich nicht zurückholt.« Sam kratzte den letzten Rest ihrer Suppe aus dem Teller.

»Der Hauptgang kommt noch, du musst den Teller also wirklich nicht auslecken«, ermahnte Beatrice. Daraufhin legte Aleister ihr eine Hand auf den Unterarm. Wieder so eine Geste, die sie seit Jahren nicht bei ihren Eltern gesehen hatte.

»Du hast die Schule verlassen?« Im Gegensatz zu ihrer Mutter wirkte ihr Vater völlig gelassen.

Auf der Suche nach den passenden Worten wog Amy den Kopf hin und her. »Na ja, es war wohl nicht das Richtige für mich.«

»Das ist absoluter Mist. Die Kids mögen dich.« Sam schielte zu Matthew. »Und die Lehrer auch.«

Darauf wusste Amy nicht, was sie erwidern sollte. Sie knetete die Stoffserviette in ihrem Schoß. Für einen Moment herrschte unangenehmes Schweigen.

»Dann bringe ich mal den Truthahn.« Ihre Mutter räumte energisch die Teller ab, als gäbe es einen Zeitplan, den sie einhalten musste.

»Warte, ich helfe dir.« Aleister schob geräuschvoll seinen Stuhl zurück und folgte ihr in die Küche.

Sam sprang auf. »Ich auch.«

Innerhalb eines Atemzuges waren sie und Matthew allein. Amy trank einen Schluck Wasser, um einen Vorwand dafür zu haben, nichts sagen zu müssen. Ein weiteres Glas Sherry wäre ihr lieber gewesen, aber sie wollte sich nicht vor Matthew betrinken.

Währenddessen zog er sein Handy aus der Hosentasche und tippte darauf herum. Eindeutiger hätte er ihr nicht zeigen können, dass er nicht mit ihr sprechen wollte.

Ruckartig streckte er die Hand vor.

Überrascht zuckte Amy zurück und schüttete Wasser auf ihre Hose. Sie tupfte die Flecken mit der Serviette ab, froh darüber, mit etwas beschäftigt zu sein.

»Vielleicht solltest du Samanthas Artikel lesen.«

Sie hatte befürchtet, dass er das sagen würde. Ihr Blick huschte hinüber zur Tür. Wie lange dauerte es denn, einen Truthahn aus dem Ofen zu holen? »Okay«, erwiderte sie zögerlich. Sie rieb sich die Hände an den Oberschenkeln ab und griff nach dem Handy.

»Es ist nicht so schlimm, wie du denkst.« Seine Stimme klang sanft und vertraut. Erinnerungen wurden wach, die ihr eine Gänsehaut bescherten und ihren Mund trocken werden ließ.

Davon ermutigt sah sie auf das Display und las die Überschrift. Ihr klappte der Mund auf. Sie überflog den Artikel. »Aber da ...«

»Steht kein einziges Wort über dich.«

Stattdessen hatte Sam über Matthew geschrieben, seine Leistung als Hobbyastronom und seinen Bericht, der bald erscheinen würde, und über die Große Konjunktion von Jupiter und Saturn.

Am Ende des Artikels angekommen, hob Amy den Blick. Ihre Wangen fühlten sich heiß an.

»Außerdem hat sie ein Interview mit einem Journalisten der Astronomy Now für mich organisiert ... Eine Fachzeitschrift für Astronomie.«

In diesem Moment kamen ihre Eltern und Sam zurück.

Ihre Mutter kniff die Augen zusammen. »Was haben wir über Handys bei Tisch gesagt?«

Amy murmelte eine Entschuldigung und schob Matthew das Handy unauffällig zu. Ihre Fingerspitzen berührten sich für den Bruchteil einer Sekunde. Das warme Gefühl, das durch ihren Körper strömte, hielt auch noch an, als Aleister den Truthahn anschnitt.

Kapitel 28

Im Wohnzimmer roch es nach Vanille, Zimt und dem Tannenbaum. Draußen funkelten die Lichter der umliegenden Häuser wie Sterne und erinnerten Amy an die Nacht im Observatorium. Matthew saß neben ihr auf dem Sofa, zwar mit gebührendem Abstand, aber dennoch nah genug, damit sie seinen Duft nach Schnee, Zitrone und Muskat einatmen konnte. Sie bildete sich sogar ein, die Wärme zu spüren, die von ihm ausging.

Um sich abzulenken, nahm sie ein Scone. Bevor sie davon abbeißen konnte, landeten einige Krümel auf dem Schafwollteppich. Sofort fielen ihr wieder die Teeflecken auf ihrem eigenen Teppich ein, die sie vor einer gefühlten Ewigkeit weggeschrubbt hatte. Die Teetassen, kalt und unberührt. Sie hielt die Luft an, um sich gegen den Schmerz zu wappnen, der für gewöhnlich auf dieses Bild folgte.

Es passierte nichts.

Amy atmete langsam aus.

Sie hörte Papier rascheln und lenkte ihre Aufmerksamkeit weg von der Vergangenheit hin zur Gegenwart. Ihre Mutter zog sorgsam eine goldene Schleife von einem Päckchen und öffnete die Schachtel. Darin kam ein dunkelblauer Kaschmirschal zum Vorschein. Beatrice ließ den Stoff sachte durch ihre Hände gleiten. Amy bekam nicht mit, was sie zu ihrem Vater sagte. Denn Sam streckte ihr ein Geschenk hin. Es war in ein Papier mit Schneemännern, Tannenbäumen und Schneeflocken eingewickelt. Sam wirkte verlegen. Ein

Ausdruck, den man bei ihr äußerst selten zu sehen bekam. Amy hatte keine Ahnung, weshalb Samantha nicht den Artikel über sie veröffentlicht hatte. Sie waren stillschweigend übereingekommen, dass sie nicht in der Gegenwart ihrer Eltern darüber reden wollten. Sie hätten sich damit wohl nur eine Standpauke eingehandelt, in der es um Zusammenhalt unter Geschwistern ging.

Sam ließ sich auf dem Hocker ihr gegenüber nieder. Sie wippte nervös mit einem Bein auf und ab. »Mach es schon auf.«

Amy wickelte das Papier ab. Darunter verbarg sich ein Schulheft, auf dem Sams Name stand. Eine Ecke war eingeknickt und die Tinte, mit der Fach und Jahrgang notiert worden waren, war ausgebleicht. Unschlüssig betrachtete Amy Vorder- und Rückseite des Heftes.

»Schau hinein.«

Sie schlug eine Seite auf. Es war ein Englischheft aus der unteren Jahrgangsstufe. Sams Handschrift hatte sich fest in das Papier gedrückt. Amy erinnerte sich daran, wie Sam konzentriert jeden einzelnen Buchstaben geformt hatte, um die Wörter richtig zu schreiben. Sie hatte oft neben ihr gesessen und ihr bei den Hausaufgaben geholfen.

Die Aufgaben in dem Heft gingen von Kurzgeschichten über Zusammenfassungen bis hin zu Übungen zu Grammatik und Rechtschreibung. Vor allem Letzteres hatte Sam gehasst, da die Buchstaben bei ihr häufig durcheinandergerieten, egal wie sehr sie aufpasste. Neben jedem Text befanden sich die roten Korrekturen und Anmerkungen ihres damaligen Lehrers, der immer wieder betonte, dass Sam unbedingt an ihren Grammatikkenntnissen arbeiten musste.

Amy blätterte weiter, bis sie in der Mitte des Heftes angekommen war.

»Stopp.«

Amy musterte die Doppelseite. Bei dieser Aufgabe hatten sie einen Bericht über eine Ausstellung geschrieben. Ihr war nicht sofort klar, was daran so besonders sein sollte. Dann begriff sie. Es waren kaum Fehler angestrichen und am Ende lobte der Lehrer Sam für ihre Arbeit.

»Ab da hast du mir geholfen.«

Amy blätterte weiter vor. Tatsächlich folgten nur wenige Markierungen mit dem Rotstift. Dann schlug sie wieder die Seite mit dem Bericht auf.

»Eine Krawattennadel.« Die laute Stimme ihres Vaters machte ihr bewusst, dass sie nicht allein waren. Er hielt eine goldene Nadel in die Höhe und betrachtete sie ausgiebig. »Das ist wirklich sehr ... einfallsreich.«

Ihre Mutter sah mit hocherhobenem Kinn auf einen unbestimmten Punkt an der gegenüberliegenden Wand. »Vielen Dank, dass du mich an deine schlechten Seiten erinnerst.«

Matthew rückte näher an sie heran und deutete auf das Heft. »Was hat es damit auf sich?« Er sprach leise, was völlig unnötig war, denn ihre Eltern waren in eine Diskussion über vergangene Weihnachtsgeschenke vertieft. Amy und Sam tauschten einen Blick aus.

»Ich war sozusagen Amys erste Schülerin.« Sam faltete das Geschenkpapier zusammen. »Sie hat mir bei diesem Bericht geholfen.« Ihr Gesicht lief rot an. Rasch schnappte sich Sam das Geschenkband und wickelte es halbherzig um das zusammengeknüllte Papier. »Jedenfalls hast du mir damit gezeigt, wie toll es ist, Geschichten aufzuschreiben. Ich glaube, deswegen wollte ich Journalistin werden.« Sie zupfte an dem Papier herum. »Matthew hat mich daran erinnert, wie wichtig es ist, dass Geschwister miteinander arbeiten und nicht gegeneinander.«

Amy legte den Kopf schief. »Wie meint sie das?«

Matthew kniff ein Auge zusammen und rieb sich den Hinterkopf. »Du hattest recht. Mit Hailey. Dass ich sie zu streng behandle. Eigentlich mit allem.« Er sah hinüber zu ihren Eltern. Beatrice schenkte Aleister Eierlikör ein. Sie lachten über etwas und wirkten wie frisch verliebte Teenager. »Ich werde dafür sorgen, dass sich Hailey in der Schule wohler fühlt.« Unvermittelt nahm er Amys Hand.

Die Berührung brachte sie für einen Augenblick aus der Fassung. Allmählich verstand sie die Zusammenhänge. »Deswegen hast du den Artikel über mich nicht geschrieben?«

Sam zuckte mit den Schultern. »Geschrieben schon, aber er war Mist ... nichts für ungut. Matthews Arbeit war spannender.« Sie grinste Amy breit an. »Und vor allem viel besser geeignet für das Wissenschaftsressort. Mit der Story über dich wäre höchstens in der Klatsch-Abteilung gelandet.« Sie zupfte am Saum ihres Pullovers herum. »Hör mal, es tut mir leid wie ... Na ja, wie die Sache zwischen uns gelaufen ist. Ich hätte nicht ...«

»Ist schon in Ordnung.« Amy klappte das Heft zu und legte schützend eine Hand auf den Umschlag. »Lass uns noch mal von vorn anfangen, okay?«

Ihre Mutter kam mit einem Tablett voller Gläser auf sie zu, bevor Amy etwas darauf erwidern konnte. »Eierlikör?«

In derselben Sekunde ließ Matthew ihre Hand los, als wäre es ihm peinlich, gegenüber ihren Eltern seine Gefühle für Amy offen zu zeigen.

Sie nahmen jeder ein Glas. Amy brauchte ohnehin einen Moment, um zu begreifen, dass Sam die Situation nicht ausgenutzt hatte. Womöglich konnte man anderen Menschen doch vertrauen.

Matthew setzte sein Glas an die Lippen und trank einen halben Schluck. Dann verschluckte er sich.

»Ist was anderes als ein Hot Toddy, nicht wahr?«, fragte Amy mit leichtem Spott in der Stimme.

»Selbstverständlich«, erwiderte Beatrice, »ein Hot Toddy hat viel mehr ...« Auf der Suche nach dem richtigen Ausdruck griff sie mit den Fingerspitzen in die Luft.

»Alkohol?«, schlug Sam vor.

Beatrice sah sie tadelnd an. »Ich dachte eher an ›Rohheit‹.«

»Natürlich. Das Wort lag mir auch auf der Zunge.« Sam leerte ihr Glas in einem Zug.

Das Telefon im Flur klingelte. Beatrice stellte das Tablett ab und eilte hinaus.

»Kommt wie gerufen«, flüsterte Sam. Amy unterdrückte ein Lachen.

Aleister setzte sich neben Sam auf den Hocker und legte ihr einen Arm um die Schultern. »Du solltest wirklich nicht so grob mit Beatrice umgehen.« Er drückte Sam an sich. Dann sah er zu Matthew. »Ich glaube, hinter Ihnen versteckt sich ein Geschenk.«

»Ähm ja.« Er griff hinter sich und holte ein kleines Päckchen hervor. Das Papier war ein wenig zerknittert und die Schleife hing locker. »Aber das kann auch später ausgepackt werden.«

»Oh nein, ich will wissen, was da drin ist«, sagte Sam.

»Ich bestehe ebenfalls darauf.« Aleister beugte sich neugierig vor.

Verlegen zupfte Matthew die Schleife zurecht, ohne viel am Ergebnis zu verändern. Schließlich gab er es auf und streckte es Amy hin.

Sie bekam große Augen. »Aber ich habe kein Geschenk für dich.«

Matthew wog den Kopf. »Ich hätte da schon eine Idee.« Sein Blick fiel auf Aleister. Er fuhr hoch und wedelte abwehrend mit den Händen in der Luft herum. »Also, das sollte keine ... Ich meine ...« Er seufzte und wandte sich wieder an Amy. »Mach es bitte auf, ja?«

Amy löste mit zittrigen Fingern das Papier. Darunter kam eine Schachtel zum Vorschein.

»Ein Armband? Oder eine Halskette?«, dachte Aleister laut nach.

Amy hob den Deckel hoch. »Ein Schlüssel?«

Aleister sah in Richtung Flur, wo die Stimme ihrer Mutter gedämpft zu hören war. »Das würde Beatrice sicherlich als kreativ einstufen.«

Amy nahm den Schlüssel und hielt ihn ins Gegenlicht der Lampe. Er schien absolut neu zu sein, zumindest entdeckte sie keinen Kratzer.

»Damit kommst du ins Observatorium«, erklärte Matthew.

»Ob das so eine gute Idee ist?« Sam kicherte, fing dann aber Amys Blick auf. »Entschuldige, war nicht so gemeint.«

Erneut strich sich Matthew über den Hinterkopf. »Es soll eine Einladung ... eher eine Bitte sein, zurück zur Schule zu kommen.«

Behutsam legte Amy den Schlüssel wieder in die Schachtel. »Weil du sonst deinen Job verlierst?«

»Was? Ach Quatsch. Du kennst doch Gregor. Wir lieben uns praktisch.« Er kratzte sich verlegen an der Wange.

Für einen Moment glaubte Amy, dass er seine letzten Worte auf sie beide bezogen hatte. Unwillkürlich hielt sie die Luft an und legte ihre Hand auf die seine, ohne den Blick von ihm abzuwenden. Ein, zwei Atemzüge lang existierten ausschließlich sie und Matthew. Die Welt um sie herum rückte in den Hintergrund.

Dann holte sie Sams Stimme wieder zurück. »Sollen wir uns vielleicht mal über den Christmas Cake stürzen, solange Beatrice die Küche nicht bewacht?«

»Eine hervorragende Idee«, erwiderte ihr Vater.

Erneut waren sie allein. Allmählich bekam Amy den Eindruck, dass Sam es darauf anlegte.

Matthew schien es ähnlich zu sehen, denn er rutschte ein Stück näher an sie heran. »Es wäre für mich das größte Geschenk, wenn du zurück zur St. Margret kommst. Alle finden dich toll, Hailey vermisst dich jetzt schon und ich ...«

Auf einmal hatte Amy Tränen in den Augen. Sie dachte an die RADA. Samantha hatte in ihrem Artikel kein Wort über sie verloren. Es hinderte sie nichts daran, an dem Workshop teilzunehmen. Womöglich würde sie sogar einen Platz an der Academy bekommen. Zumindest solange sie keine negativen Schlagzeilen produzierte. Wünschte sie sich weiterhin einen Stern am Broadway? Die Sterne über Schottland erschienen ihr mit einem Mal umso viel erstrebenswerter.

Sie wusste nicht, ob sie lachen oder weinen sollte. Schließlich umarmte sie Matthew und drückte ihn an sich. Er legte seine Hände auf ihren Rücken. Zuerst zögerlich, aber dann hielt er sie fest in seinen Armen. Er streifte mit seinen Lippen sanft über ihre Wange, bis er endlich ihren Mund erreichte.

Kapitel 29

Der dreifache Gong der Pausenglocke war inzwischen zu einem vertrauten Geräusch geworden. Amy ließ sich davon nicht ablenken, sondern erklärte in Ruhe die Hausaufgabe. Ihre Schüler sollten einen Zeitungsbericht über die Sternbeobachtung schreiben, die sie in der vergangenen Woche mit Matthew gemacht hatten. Und obwohl es die letzte Stunde des Tages war, hörten ihr alle weiterhin zu und notierten alles Wichtige. Erst nachdem Amy die Einheit offiziell beendet hatte, packten sie ihre Sachen zusammen.

Hailey schenkte ihr ein unauffälliges Lächeln, als sie an Amy vorbeikam und wandte sich dann wieder Kirstie zu. Die beiden Mädchen unterhielten sich über eine Serie, die Amy vom Hörensagen kannte. Angus wartete an der Tür auf Hailey und nahm ihre Hand.

Amy sah ihnen hinterher. Die vergangenen Monate hatten sich besser entwickelt, als sie es für möglich gehalten hätte. Allein der Gedanke daran genügte, um ihr das Gefühl zu geben, knapp über dem Boden zu schweben. Sie hatte ihre übrigen Kurse an der Uni abgeschlossen und danach von Gregor das Angebot bekommen, fix an der St. Margret zu unterrichten. Finley, der ehemalige Englischlehrer, war in die USA gezogen, um an einer Privatschule zu arbeiten. Er hatte in einem Dating-Portal jemanden in Portland kennengelernt und sich Hals über Kopf verliebt. Das war auch der Grund, weshalb er eine Auszeit genommen hatte, um herauszufinden, ob ihm das Leben dort zusagte.

Sie nahm den Schwamm und wischte die Tafel sauber. Sobald sie hier fertig war, würde sie ins Observatorium fahren und den Abend mit Matthew verbringen. Allein beim Gedanken daran vibrierte ihr Körper sanft.

Ein leises Klopfen an der Tür ließ sie innehalten. Matthew streckte den Kopf herein. Er sah sich verstohlen um. »Ist die Luft rein?«

Amy ließ den Schwamm sinken. »Ich verstehe diese Heimlichtuerei nicht. Schließlich ist es ein offenes Geheimnis, dass wir ...«

Weiter kam sie nicht. Matthew war mit wenigen Schritten bei ihr und legte eine Hand auf ihren unteren Rücken. Sein Gesicht war so nah, dass es ihr den Atem verschlug. »Was wolltest du sagen?«

Eine wundervolle Wärme breitete sich in ihr aus, sodass ihr der Gedanke an die sinkenden Temperaturen nichts mehr ausmachte. Amy lachte und faltete die Hände in seinem Nacken. »Wir kommen jeden Morgen gemeinsam mit dem Auto her. Da ist es nicht sonderlich schwer, eins und eins zusammenzuzählen.« Sie waren inzwischen in eine Wohnung in der Nähe des Internats gezogen, dennoch verbrachten sie viel Zeit mit Caitlin und Gregor und kochten gemeinsam in der Gemeinschaftsküche.

»Deine Logik ist unbestreitbar«, murmelte er in ihren Hals.

Amy schloss die Augen. Seine Lippen berührten ihre Haut und lösten einen angenehmen Schauer aus.

»Meine Lieblingsenglischlehrerin. Wie waren die ersten Tage als Festangestellte?« Wie aus dem Nichts stand Gregor im Klassenzimmer. Er breitete die Arme aus, als hätten sie sich seit einer Ewigkeit nicht gesehen und nicht erst vor wenigen Stunden. »Ich störe hoffentlich nicht?«

Sie schüttelten beide den Kopf und machten eine wegwerfende Handbewegung.

»Ich will euch auch nicht lange aufhalten.« Gregor kam auf sie zu und legte ihnen jeweils eine Hand auf die Schulter. »Ich finde es großartig, dass wir inzwischen so ein tolles Team sind. Und da wir den Start des neuen Schuljahres gut überstanden haben, möchte ich euch zu einer kleinen Party einladen ... Nicht zuletzt, weil wir keine Weihnachtsfeier hatten.« Dabei zwinkerte er Amy zu.

Sie sah kurz zu Boden. Die Sache mit der Notlüge war ihr nach wie vor unangenehm. »Ich könnte etwas organisieren.«

»Solange es nicht im Observatorium stattfindet, bin ich mit allem einverstanden«, warf Matthew ein.

»Jedenfalls planen Caitlin und ich für das Wochenende eine Gartenparty mit Grillspezialitäten, scharfer Soße und einem kleinen Wettbewerb, angelehnt an die Highland Games. Soweit ich mitbekommen habe, steht das Schüler-Team bereits, und wir brauchen noch jemanden für das Lehrer-Team und da dachte ich ...« Gregor sah Amy erwartungsvoll an.

»Oh nein.« Sie hob abwehrend die Hände. »Auf keinen Fall werde ich Baumstämme durch die Gegend werfen.« Ein Blick zu Matthew genügte, um zu erkennen, dass sie von ihm in dieser Angelegenheit keinerlei Hilfe zu erwarten brauchte. »Sag nicht, dass du ...«

Er grinste sie breit an. »Natürlich werde ich Gregor dabei unterstützen. Wir können nicht zulassen, dass die Schüler uns bei den Games besiegen.«

Gregor rieb sich die Hände. »Hervorragend. Ich gebe euch noch Bescheid wegen der Disziplinen.« Damit verabschiedete er sich von ihnen.

Amy wartete ab, bis seine Schritte im Gang verklungen waren. Dann pikste sie Matthew mit dem Zeigefinger in die Brust. »Das habt ihr doch von Anfang an geplant.«

Er lachte leise und zog sie wieder zu sich heran. »Wo sind wir stehen geblieben?«

Kurz bevor sich ihre Lippen berührten, klopfte es erneut an der Tür. Dieses Mal schaute Hailey herein. »Da bist du«, sagte sie zu Matthew. »Kirstie und die anderen wollen nachher in die Stadt fahren. Eis essen. Ist es okay, wenn ich sie begleite?«

»Klar. Aber kommt nicht zu spät zurück.«

Hailey sah kopfschüttelnd zur Decke. »Wir sind keine kleinen Kinder mehr.« Sie zog die Tür hinter sich zu.

»Das hast du großartig gemacht.« Amy zählte es zu ihren Leistungen, dass Matthew inzwischen lockerer mit seiner Schwester umging und sie nicht mehr wie eine Aussätzige behandelte. »Hey, wo willst du hin?«

»Dass man hier keine fünf Minuten seine Ruhe hat.« Matthew überprüfte, ob die Tür auch tatsächlich geschlossen war. Dann umarmte er sie erneut.

Amy verschränkte die Hände in seinem Nacken. »Wo waren wir?« Sie stellte sich auf die Zehenspitzen, um ihn endlich ... die Melodie von Elton Johns *I'm still standing* ertönte. Amy legte ihm einen Finger auf die Lippen. »Einen Augenblick.« Sie schnappte ihr Handy vom Lehrerpult und nahm Samanthas Videoanruf entgegen.

»Ich will gar nicht lange stören ... Hi, Matthew.« Sam winkte in die Kamera. Im Hintergrund war der antike Wandschrank zu sehen, der in ihrem Arbeitszimmer stand.

»Das sagen sie heute alle«, grummelte Matthew.

Sam legte den Kopf schief und öffnete den Mund, aber Amy kam ihr zuvor.

»Wie ist das Leben als Journalistin?«

»Als Journalistin, die laut aktuellen Umfragen die beliebtesten Artikel aus dem Wissenschaftsressort schreibt.«

Amy schnappte nach Luft. »Ernsthaft?«

»Natürlich.« Sam lehnte sich lässig in ihrem Bürostuhl zurück.

»Ich dachte, wir könnten darauf anstoßen. Du, ich und Matthew, sofern er diesen griesgrämigen Gesichtsausdruck loswird.«

»Ich habe keinen griesgrämigen Gesichtsausdruck.«

Sam schnalzte mit der Zunge. »Wenn du meinst ... Also, dieses Wochenende in Glasgow?«

Amy verzog entschuldigend das Gesicht. »Da muss ich an einer Mini-Version der Highland Games teilnehmen.«

»Dein Ernst?« Sam blinzelte, dann grinste sie breit. »Ich bin dabei. Sag mir wann und wo.«

»Einverstanden.«

In diesem Moment umfasste Matthew sie von hinten und legte das Kinn auf ihre Schulter. »So, wir müssen leider Schluss machen. Ihr könnt später noch miteinander reden.« Er beendete das Gespräch, bevor sie reagieren konnten. Mit Schwung drehte er Amy zu sich, nahm ihr Gesicht in beide Hände und küsste sie.

Sie stellte sich auf die Zehenspitzen und drückte sich fest an ihn. Ihr wurde schwindlig vor Glück. Es dauerte eine Weile, bis sie sich wieder voneinander lösten.

»Siehst du, so schwer war das doch nicht«, sagte Matthew.

»Du bist wirklich ein Charmeur.«

Er zuckte mit den Schultern. »Ich bin Schotte. Was hast du erwartet?«

Anstelle einer Antwort zog sie ihn erneut zu sich heran.

Das Leben in Schottland war gar nicht so schlecht, wie sie angenommen hatte.